Best Time

白 马 时 光

# 知更鸟女孩

〔美〕查克·温迪格 著

吴超 译

## BLACKBIRDS

百花洲文艺出版社
BAIHUAZHOU LITERATURE AND ART PRESS

第一部分

PART ONE

# 1 德尔·阿米可之死

汽车旅馆的百叶窗破烂不堪，路上不时有汽车呼啸而过，刺眼的汽车灯光射进窗户，房间里忽明忽暗。

又一辆车子驶过，借着灯光，米莉安在脏兮兮的镜子里看到了自己。

瞧你那熊样，就像刚从公路上滚下来似的，她暗想道。又脏又破的牛仔裤，白色紧身 T 恤。漂染的金发已经失去光泽，黑色的、坚硬的发根不可阻挡地冒了上来。

她双手叉腰，对着镜子左边扭扭，右边扭扭，随后用手背擦掉德尔亲吻她时留下的一抹唇膏印。

"该开灯了。"她自言自语地说。

床头放着一盏台灯，她按下开关，淡黄色的灯光顿时充满了简陋破旧的房间。

一只蟑螂赫然趴在地板中央，一动不动，也许它是被这突如其来的光明惊乱了方寸？

"去！"她说，"快滚吧！今天饶你一命。"

蟑螂如蒙大赦，屁颠屁颠地钻到折叠床下面，不见了。

米莉安又站到了镜子前。

"他们总说你身上藏着古老的灵魂。"她喃喃说道。今晚她真真切切地感觉到了这一点。

浴室里，淋浴喷头发出阵阵嘶嘶声。时间快到了。她坐在床沿，揉揉眼睛，打了个哈欠。

随即传来旋动淋浴把手的吱吱声，嵌在墙壁里面的水管呻吟着，咕咕隆隆如同火车经过。米莉安紧紧蜷缩起脚趾，指关节啪啪作响。

浴室里的德尔惬意地哼唱起来，他哼的是某种土得掉渣的乡村小调。米莉安讨厌乡下。那音乐单调乏味，带有典型的美国中部地区的味道。等等，这里不是北卡罗来纳州吗？北卡罗来纳州位于中部吗？管他呢。中部地区，南部联邦，完全开放的无名之地。有什么打紧？

浴室门开了，德尔·阿米可身上蒸汽腾腾，从里面走了出来。

或许他也曾是个玉树临风的大帅哥。即使现在看来，说不定仍算英俊潇洒。虽然已经步入中年，但他的身体并没有发福走样，仍然瘦得像根竹竿儿，而且胳膊和小腿依旧强健有力。他穿着一条普普通通的平角内裤——一看就是地摊儿上的便宜货——瘦削的臀部被紧紧包裹着。他的下巴很漂亮，这是米莉安的看法，而且胡楂并不扎人。德尔冲她咧嘴一笑，舌头舔过自己珍珠一样洁白的牙齿。

米莉安闻到了薄荷的清香。

"漱口水。"德尔说着撮起嘴，朝她的方向哈了一口气，"水槽下面找到的。"他手里拿着一条满是碎线头的劣质毛巾，正在头上使劲地揉来揉去。米莉安真担心他把头发连皮擦下来。

"好极了。"她说，"嘿，我想到了一种新的蜡笔颜色：蟑螂棕。"

德尔掀开头上的毛巾，莫名其妙地盯着米莉安。

"什么？蜡笔？你在想什么呢？"

"绘儿乐①什么千奇百怪的颜色都有。比如焦棕色、焦赭色、杏仁白、婴儿屎黄之类的。我只是觉得蟑螂的颜色非常独特。绘儿乐也应该开发出这种颜色。小孩子们一定会喜欢的。"

德尔笑了起来，但他明显还有些摸不着头脑。他继续用毛巾擦着头发，随后又忽然停下，眯起眼睛望着她，像在研究一幅三维立体画，仿佛誓要找出藏在其中的小海豚。

他上上下下把她打量了一遍。

"我记得你说过，你跟我到这儿来……是找乐子的。"他说。

米莉安耸耸肩，"是吗？说实话，乐子是个什么东西？我还真不知道，实在对不住。"

"你……"他的声音弱了下去。后面的话他想说出来，却又不好意思开口，嘴唇动了数次，他才终于鼓起勇气，"你怎么还穿着衣服？"

"这都被你看出来了？眼神儿真好！"她说着冲他眨了下眼并竖起大拇指，"德尔，有个坏消息要告诉你。我其实并不是'鸡'，更不是你以为的那种路边'野鸡'，所以，今天晚上咱们不会上床。也许更准确地说是今天早上。不管怎样，反正没戏。我不是卖的，也不搞一夜情。"

德尔绷紧了下巴，"可是，提出要求的人是你。你欠我。"

"反正你还没有给钱，况且在这个州卖淫是不合法的，所以我也犯不着内疚了。坦率地说，别人想干什么那是他们自己的事儿，与我无关。说白了，德尔，我什么也不欠你。"

"该死的，"他骂道，"你倒振振有词。你一定很喜欢自己这张嘴吧？"

"还行吧。"

"你是个骗子，嘴巴不大却满嘴谎话的骗子。"

① 绘儿乐（Crayola）儿童画笔创建于1903年，由美国Binney&Smith公司生产，迄今已有百年历史。

"我妈常说我跟水手有得一拼，都是满嘴跑火车的主儿，只是说出来的话味道不一样罢了。她总数落我是眼镜蛇打喷嚏——满嘴放毒。哦，你说得没错，我的确是个瞎话连篇的骗子。你瞧，我身后还背着瞎话篓子呢。"

德尔一副无所适从的窘模样，好像屁股下面被米莉安点了一把火。他的鼻孔微微翕张，犹如一头气急败坏、准备冲锋的公牛。

"女孩子家，在这种事上拿别人寻开心，很好玩吗？"他最后从齿缝间挤出了这么一句话，随后把手里的毛巾丢到了墙角。

米莉安扑哧一笑，"我没有拿你寻开心啊。我不是一直都彬彬有礼吗？我他妈简直就是传说中的窈窕淑女、大家闺秀。"

德尔无奈地深吸一口气，转身走向梳妆台，把一块破得丢了都没人捡的天美时手表戴在他那皮包骨头的手腕上。不过他很快就看到了米莉安放在手表旁边的东西。

"搞什么鬼？"

他拿起那叠照片，大致翻看了一下。其中一张是一个女人和两个小女孩儿在西尔斯百货的合影；另一张中仍是那两个孩子，地点是在游乐场里；还有一张是那个女人在某人婚礼上的照片。

"我在你车里找到的。"米莉安解释说，"她们是你的家人，对不对？我很好奇，既然你有妻子也有女儿，为什么还要带小姐到这种地方开房呢？呃，虽然我不是小姐。好丈夫或者好爸爸应该干不出这种事，当然，我说的也不算，毕竟我对你并不了解。也许正是因为你觉得内疚，才把她们的照片藏在汽车的储物箱里，图个眼不见心不烦，是不是？"

他原地向后转过身，拿着照片的手微微发抖。

"你倒对我说三道四起来了。蝙蝠身上插鸡毛，你他妈算个什么鸟？"他怒气冲冲地反问道。

米莉安摆了摆手，"别激动，我没有说三道四，我只是在等待。

既然咱们两个都在等，也许我该告诉你实情。我跟踪你已经有一两个星期了。"

德尔蹙起眉头，狐疑地注视着她，仿佛转眼就能把她认出来一样，或者至少他希望如此。

米莉安没有理会，继续说了下去："我知道你喜欢找小姐，各种各样的小姐。显然你的口味儿不拘一格。生活嘛，本来就该丰富多彩，这一点我非常认同。我碰巧还知道你一些无聊的小癖好，你喜欢打女人。被你打过的小姐至少有四个，其中两个眼眶被打青了，一个下巴被划破，第四个被打烂了下嘴唇——"

动如脱兔，用来形容德尔此时的动作最合适不过。

砰！米莉安的一只眼睛上挨了重重一拳，她整个身体被打得仰面倒在床上，毛细血管爆裂。米莉安只觉得天旋地转，无数小星星围着她的脑袋转个不停。她一边喘气，一边奋力向后爬去；她以为德尔会立刻打来第二拳或者掐住她的脖子，然而当她缩成一团准备又踢又咬或者用前臂去格挡德尔的脖子时，却惊讶地发现德尔仍站在原地纹丝不动。

他只是呆呆地站在那里，浑身瑟瑟发抖。愤怒，悲哀，困惑？米莉安说不清楚。

她耐心等着。德尔仍然没有向她走近一步，甚至连看都没有看她。他的眼神暗淡无光，视线飘忽，仿佛望着千里之外的某个地方。

米莉安小心翼翼地伸手去拿床头柜上的闹钟。那是一个老掉牙的破闹钟，半天才会跳一个数字，而且伴随着"咔嗒"一声脆响。

"12∶40了，"她说，"你只剩下三分钟。"

"三分钟？"他斜着眼问，心里暗自揣度着对方到底在耍什么鬼把戏。

"没错，德尔，三分钟。现在你该问问你自己了，你有没有什么秘密的事情想要告诉我？比如你外婆烤面包的配方，海盗藏宝的地方，或者留下一句文艺点的临终遗言，就像'墙纸或我，总有一个要去了'？"
她抱歉地摆摆手，"哦，那是王尔德的话。不好意思，我扯得有点远了。"

他一动不动，但浑身已经紧张起来，每一块肌肉都紧紧绷在骨头上。

"你想杀了我？"他问，"你是这么想的吗？"

她弹了下舌头，"不，伙计，我可没那样想。我不是当杀手的材料。与好斗的人相比，我属于被动攻击的那一类。或者说得简单些，我喜欢冷眼旁观，耐心等待。就像等着猎物自己死掉的秃鹰。"

两人四目相对。米莉安感受到了恐惧，她一阵恶心，可同时又有些兴奋。

咔嗒。闹钟上的 0 变成了 1。

"你还想打我。"米莉安说。

"有这个可能。"

"你心里想的是：我要结结实实揍这婊子一顿，然后再好好和她睡一回——当然，前提是你的小弟弟能够争气。我在你的储物箱里看见壮阳药了，就放在止痛药的旁边。"

"你给我闭嘴！"

她竖起一根手指头，"让我最后再问你一个问题。你打你的老婆和女儿吗？"

德尔一愣。米莉安不知道这意味着什么，是他感到内疚了吗？或是他从来都没有想过要碰自己的女儿一根头发？他辛辛苦苦维持着一个好爸爸的形象，而一旦自己的丑行被她们发现，他还有什么脸面活在世上？

"到这个时候，"米莉安说，"那些已经不重要了。我主要是好奇，你嫖妓，还殴打妓女，我现在已经可以肯定你绝对不是什么称职的爸爸。我只是很想深入了解你的性格。"

德尔懊恼地大叫一声，再次抡起拳头向她打去。只是这一次他动作笨拙，拖泥带水，制造出很大的动静，就像他身上带了一个扩音器。米莉安将身子向后一仰，德尔的拳头从离她鼻尖只有几毫米的地方擦过，好险。

躲过了拳头，米莉安顺势抬腿，一脚踹在德尔的裤裆里。

德尔疼得弓着腰连连后退，屁股撞在墙上，手捂着裆部叫苦不迭。

"你怎么可能每次都得手呢，笨蛋。"米莉安不屑地说。

咔嗒。已经12：42了。

"还有一分钟。"她说着从床上下来。

他仍然不明白一分钟之后会怎么样，遇到过同样情况的人没有一个明白的。

"闭嘴，"他呜咽着说，"你这该死的臭婊子。"

"接下来是这样子的。我们马上就会听到停车场上有人按喇叭——"

话音刚落，窗外响起了汽车喇叭声。一次，两次，第三次的时候，司机干脆按着喇叭不松手了。那声音凄厉刺耳，经久不息。

德尔望望窗外，又望望米莉安。她曾经见过这样的表情，那是绝望中困兽的表情。他不知道该怎么办，不知道该往哪儿逃，可事实上他哪里都去不了。他被困在了这里，只是他无法理解自己如何被困在了这里，又为了什么。

"你肯定想问接下来会怎样。"米莉安满不在乎地打了个响指，"外面该有人喊叫了。也许就是那个按喇叭的家伙，也许是他按喇叭要找的那个家伙。这都无关紧要。因为……"

拖长的字音后面她故意留下一个空当，这空当随即被停车场上传来的喊声给填补了。喊的什么听不清楚，瓮声瓮气的，犹如穴居人的咆哮。

德尔惊讶地睁大了双眼。

米莉安用拇指和食指比出一把手枪的形状，"枪口"对准了闹钟。随后，"击发装置"——她的拇指——向下一弯。

"砰！"她嘴里说道，而与此同时——

咔嗒！闹钟上的时间跳到了12：43。

"德尔，你有癫痫病？"

她的问题仿佛悬在了半空，但德尔的沉默给出了最好的回答。它使随之而来的画面变得顺理成章。他先是一愣，满脸不解地看了她一眼，接着——

他浑身突然一紧。

"来了，"米莉安说，"最关键的时候到了。"

突然发作的癫痫如同一道能够摧毁一切的巨浪向他袭来。

德尔·阿米可的身体变得紧绷，只是双膝一软，上身轰然沉了下去，脑袋险些撞到梳妆台的角上，与此同时，他发出一阵仿佛窒息般的叫声。但他并没有完全躺倒在地，而是跪坐着，上半身直挺挺的。随后，他的背突然一弓，肩胛骨重重地撞在地毯上。

米莉安揉了揉眼睛。

"我知道你在想什么。"她盯着德尔如同香槟酒瓶上即将弹出的软木塞一样膨胀突出的眼珠说，"妈的，这臭婊子为什么不在我嘴巴里塞上一个钱包？她在等我咬到自己的舌头吗？天啊，她要眼睁睁看着我发作而不管不问？或者，也许你想的是，哼，我癫痫发作也不是头一回了，以往都没要了我的命，这次肯定也死不了。人不可能吞下自己的舌头，对不对？那些都是耸人听闻的谣言。又或者，你也许在想，只是也许，我一定是个有魔法的女巫？"

他喉咙里发出一阵咯咯声，脸颊憋得通红，而后开始发紫。

米莉安耸耸肩，眼角抽动了一下，目不转睛地注视着那片蔓延开来冷酷又有魅力的紫色。她并非第一次见到这样的情景。

"还没完呢，亲爱的施虐狂先生。这是你的宿命，就在这个鬼地方，在这个该死的汽车旅馆房间里，你会被自己的舌头给噎死。如果我能救你，我自然会尽力而为，可惜我无能为力。如果我把钱包塞到你的嘴里，那恐怕只会把你的舌头推得更深。我妈过去常说，'米莉安，该是什么就是什么。'德尔，你命该如此，谁也改变不了。"

德尔的口中开始吐出白沫，毛细血管的破裂使他的双眼变得通红。

这场景和她记忆中的一模一样。

德尔紧绷的身体开始松弛下来。此时他已经斗志全无，纤细的身躯软绵绵的，脑袋以令人恐惧的角度歪斜着，脸贴在地上。

这时，更让人意想不到的一幕发生了。躲在床底下的那只蟑螂不知为什么突然蹿出来，它像爬梯子一样踩着德尔扭曲的上嘴唇，肥硕的小身体三挤两挤便钻进了德尔的一侧鼻孔。

米莉安倒吸了一口凉气，身体抑制不住地颤抖起来。

她想开口，想对德尔说声抱歉，可是——

她无力改变这一切。胃里一阵恶心，她起身冲进浴室，对着马桶呕吐起来。

米莉安在马桶前跪了一会儿，头靠在旁边的洗脸池底座上。陶瓷凉冰冰的，正好有助于她平静下来。她闻到了清爽的薄荷味儿，那是来自水槽下面廉价的漱口水。

每一次的经历都是如此痛苦，就好像自己身上的某些部分也随着他们一同死去，于是需要吐出来，冲得无影无踪。

当然，一如既往，她知道怎么做能让自己好受起来。

爬出浴室，越过德尔渐渐变凉的尸体，她从床的另一头拿过自己的小挎包。翻了几下她便找到了自己想要的东西，一包被压皱了的白色万宝路香烟。她手指哆嗦着抽出一支塞在嘴上，点着了火。

她深吸一口，让烟雾在肺里停留许久，才从鼻孔中喷薄而出，她那样子就像一头喷着蒸汽的火龙。

恶心的感觉有所缓解，憋在嗓子里的秽物被尼古丁压回到了肚子里。

　　"好多了。"她对着空气说，仿佛德尔的鬼魂能够听到，或者那只蟑螂。

　　随后她又伸手到包里，拿出一个黑色的螺旋笔记本，本子的螺旋线圈里插着一支红色的钢笔，这便是她的 2 号记事本。本子已经快用完，只剩十页。十页空白，不知能记下多少可怕的事件：未来，虽然无迹可寻，却早已注定。

　　"哦，等等，"她说道，"真是马虎，正事儿可不能忘——"

　　米莉安俯身爬到德尔的尸体前，从他的裤兜里掏出了钱包。可惜钱包里只有寥寥几张五十元的票子和一张万事达信用卡。虽然不算多，但也足够她填饱肚子，并赶到下一个城市了。

　　"谢谢你的捐款，德尔。"

　　米莉安将几个枕头叠放在床头板前，靠在上面。她翻开本子，写道：

　　亲爱的日记本：今天，我又做了同样的事。

## 2　食腐动物与食肉动物

40 号州际公路。凌晨 1：15。

大雨初停，玉带一样的高速公路闪闪发光。

空气中充斥着一股湿润的沥青味儿，这气息让米莉安不由联想到爬过潮湿碎石路面的肥嘟嘟的蚯蚓。

汽车嗖嗖地从身旁驶过，米莉安只能看到刺眼的头灯慢慢靠近，而后便是霓虹般的尾灯渐行渐远。

离开汽车旅馆已经二十分钟了，她很奇怪搭个便车为什么如此艰难。她站在公路边，伸出胳膊，竖起大拇指，白 T 恤在夜色中格外醒目——她没有穿内衣，湿透了的白色紧身 T 恤清晰勾勒出乳房的轮廓。标准的路边卖淫女打扮，而她对自己的样貌很有自信，怎么说都应该是上等货色。可是，为什么没有人停车呢？

一辆雷克萨斯疾驰而过，丝毫没有减速的迹象。

"白痴！"她骂道。

一辆白色 SUV 隆隆驶过。

"大白痴！"

一辆破皮卡叮叮咣咣地开过来，终于等到了，她心里一阵安慰。开这种垃圾车的人看到像她这样秀色可餐的野鸡，恐怕是很难把持住自己的。皮卡车降低了车速，司机大概是想观察观察，可他随即又加大了油门，并嘲笑似的按起了喇叭。皮卡从米莉安身旁呼啸而过时，从开着的车窗里飞出了一个印有"福来鸡①"字样的快餐杯，杯子几乎贴着她的头皮划过去，落在她身后的路沟里。那乡巴佬无耻的狂笑声像多普勒效应一样消失在公路上。

米莉安立刻收起大拇指，对着远去的皮卡车竖起中指，嘴里喊道："去死吧，王八蛋！"

她以为皮卡车会扬长而去。可是，它红红的尾灯亮了起来。一个急刹车，皮卡停住了，然后又倒进了路肩。

"该死的！"米莉安说道。这就对了嘛，她只不过想搭个便车。司机会是什么人？隔着背心挠肚皮的乡巴佬？她甚至有些期待已经死掉的德尔·阿米可的孪生弟弟从车里钻出来，然而从车上下来的却是两个看似兄弟的年轻人。

他们嬉皮笑脸地望着她。

其中一人有着消防队员般健硕的身躯，满头拖把一样的金发下面是一双精明又透着痞子气的眼睛。另一人个头儿矮些——不，那是个十足的"矮冬瓜"。不仅又矮又胖，而且满脸雀斑，头上戴着一顶北卡罗来纳人常见的便帽，一双小眯眯眼被帽檐半遮着。两人都是一副城乡接合部里白人小伙子吊儿郎当的打扮。

米莉安冲他们点头致意，"车子不错。就是有点漏风，不怕得感冒吗？"

"这是我老爸的车。"金发小伙儿说着，径直走到她面前，而那个

---

① 福来鸡（Chick-fil-A）是美国一家连锁快餐店。

矮冬瓜却溜到了她的身后。这时又有几辆车从路上经过。

"能搭到这样的车也是三生有幸。"她说。

"你想搭便车？"矮冬瓜在她身后问道，他的语气并不友善。

"不是，"她回答说，"我只是在这里没事儿竖中指玩儿。"

"你是北方佬。"金发小伙儿不屑地说。讽刺的是，他自己说话也并没有什么南方口音。他那双冷冰冰的眼睛不停地打量着米莉安，像一双无形的手，把她浑身上下摸了个遍，"嗯，还是个漂亮的北方佬。"

米莉安揉了揉太阳穴。面对两个自以为是的小混混，她要不要忍气吞声地任由他们在公路边戏弄自己？她并没那个心情，她很疲惫，那只青肿的眼睛也疼得她心烦意乱。

"听着。我知道怎么回事。你们两个大概以为能从我身上捞点什么好处：也许你们只是想和我过不去，也许是想劫个财，或者劫个色。我明白。这么说吧，食腐动物和食肉动物是有着本质区别的，我是对人无害的食腐动物，而你们，也许是食肉的掠夺者。但实话告诉你们，今天我没有时间陪你们玩儿。我他妈都快累死了。所以，我劝你们还是乖乖回到你们的老爷车上，该去哪儿去哪儿。"

金发小伙儿上前一步。他并没有碰米莉安，但却面对面地盯着她。

"我喜欢你说话的调调。"他抛了个媚眼说。

"最后一次警告，"米莉安说，"别以为看见我的眼睛挨过打，就以为我好欺负。有时候女人挨打的原因是非常复杂的，说不定她是故意挨打的。不过今晚我可不会让这种事再次发生，你们听明白了吗？"

这话显然没有作用，因为矮冬瓜已经把他那香肠一样的肥手指放在了她的屁股上。

米莉安忍无可忍。她猛地向后一仰脖子，头正好撞在矮冬瓜的鼻子上，清晰的一幕画面瞬间浮现在她眼前——

矮冬瓜已经五十多岁，身体肥胖得更不像样子，鼻子像一朵硕大的杜松花。此时他正对着一个身穿黄裙子的女人大吼大叫，豆大的汗珠从他眉角淌下，嘴巴里唾沫横飞。突然，他用肥大的手掌扶住了厨房的洗手台，心脏病发作使他的左侧身体失去了控制，变得僵硬，从胸口开始，他浑身的每一根神经都跟着疼痛起来。

——矮冬瓜一声惨叫，连忙捂住了鼻子。米莉安认为这还不够，随即伸手抓住矮冬瓜的裤裆使劲一捏。金发小伙儿见状大吃一惊，但米莉安知道他不会继续呆站在那里无动于衷。于是她对着他的眼睛吐了一口，这为她又争取到了一秒钟的时间，随后她举起另一只手，朝他的咽喉位置打去，一拳，两拳——

癌症已经快要将他吞噬，他的内脏已经挤满了大大小小的肿瘤，不过他早已是风烛残年，眼看都快八十岁了。他躺在医院的病床上，床头两侧布满了各式各样的医疗设备，床边围着他的家人。一个小男孩儿拉着他的手，一位上了年纪的女人俯身亲吻着他的额头。另一个女人四十来岁，一头金发紧紧扎在脑后。她表情平静，轻轻拍打着他的胸口，一次，两次，这时病床上的老人大喊了一声，吐出一口鲜血，死了。

矮冬瓜试图还手，可惜他动作笨拙得犹如一头大灰熊，米莉安只轻轻一闪，他肉乎乎的手掌打了个空。随后米莉安顺势抬起胳膊，手肘在他已经流着血的鼻子上又来了一下，这次矮冬瓜倒在地上老实了。

金发小伙儿仍然梗着脖子，脸涨得通红，不顾一切地向米莉安扑过来。她上半身往后一仰，躲避他的双手，但腿却抬了起来，膝盖直接顶在金发小伙儿的肚子上。他哎哟一声，吃力地喘着气，倒在一片碎石地面上。

　　"也不动动你们的脑子，要是没有一点防身的本事，三更半夜我会一个人跑到这荒郊野外来吗？"她冲他们吼道，接着又抓起一把碎石子朝那个金发小伙儿扔去，对方呻吟着，只顾举起双手护着脑袋。米莉安从喉咙里汲出一口痰，向那满头的金发吐去。此外，她还一把扯下矮冬瓜头上的帽子，随手扔在了公路上，嘴里骂道："浑蛋！"

　　这时，一道强烈的白光照了过来。那是汽车的头灯，强光后面是巨大的轰鸣着的黑影。

　　液压式刹车器发出连续的咻咻声。

　　那是一辆没有挂拖车的十八轮大卡车的车头。只见它缓缓滑到路肩上停了下来，碎石被巨大的轮胎碾压得嘎吱乱响。

　　米莉安只好用手遮着眼睛，但她很快就看到了灯光前司机的轮廓。老天爷，她心里一惊，简直遇到怪物史莱克①了。拿着火把和草钗的村民们都跑哪儿去了？

　　"史莱克"手里握着一根撬棍。

　　"什么情况？"史莱克问。他的声音像洪钟一样嗡嗡作响，甚至把空转着的发动机的声音都压了下去。

　　"我们闹着玩儿呢。"米莉安大声回答。

　　她看不清史莱克的脸，但能看到他如水泥方砖一样硕大的脑袋冲着矮冬瓜和金发小伙儿晃了晃。之后他无所谓地耸了耸肩，问道："要搭便车吗？"

　　"我？还是地上那两个浑蛋？"

　　"你。"

　　"哼，豁出去了！"米莉安咕哝了一句，走到驾驶室旁，爬了上去。

---

① 怪物史莱克是同名美国动画片中的角色，因为体格庞大，长相丑陋，经常被村民们拿着火把和草钗驱赶。

插 曲

# 采 访

．

米莉安举起瓶子灌了一口。心中有些失望：唉，要是伏特加该多好。

头顶，数只麻雀在仓库的屋檐下扑棱着翅膀——几个黑色的、忙碌的影子。

她又点燃一支万宝路，像猫玩耗子一样把烟灰缸推过来推过去。她吐出几个烟圈儿，手指无聊地弹着桌面——她的指甲参差不齐，有的光秃秃，有的却顾长漂亮。

终于，门开了。

那小伙子走了进来，胳膊下夹着一个翻开了的笔记本，肩上挎着一个手提电脑包，脖子上还挂着一台小录音机。他的头发，天啊，也许比鸡窝还乱。

他拉过一把椅子。

"不好意思。"他说。

米莉安耸耸肩，"没什么。你叫保罗，对吧？"

"对，是叫保罗。"他礼貌地伸手过来，米莉安盯着那只手，迟迟没有反应，仿佛那手上长了让人恶心的痔疮。

　　起初他没有明白，愣了一下才恍然大悟，"哦，哦，对了。"

　　"你真的想知道？"米莉安问。

　　保罗收回手，轻轻摇了摇头。随后他坐下来，一句话也没有多说，只是拿出笔记本和一两本杂志（标题如同勒索信，封皮泛着紫红荧光、耀眼的柠檬黄和醒目的珊瑚绿），并小心翼翼地将录音机放在桌子中央。

　　"谢谢你答应接受我的采访。"他说。这小伙子的声音有些紧张。

　　"没什么。"她吸了一口烟，对着保罗的方向喷出一团烟雾，然后接着说道，"我不介意谈这件事，反正也不是什么秘密，只是从来没有人愿意听。"

　　"我愿意听。"

　　"我知道。我要的东西你带来了吗？"

　　他提起一个皱巴巴的棕色袋子放在她的面前，袋子碰到地面时发出清脆的声音。

　　米莉安满不在乎地看了一眼，打了个响指说："它自己可不会打开，对不对？"

　　保罗立刻从袋子里抽出了一瓶尊尼获加红方威士忌[1]。

　　"你真用不着送我这么好的酒。"米莉安摆了摆手说。

　　她拧掉瓶盖，对着瓶子喝了一口。

　　"我们的杂志名叫《反抗基地》，现在有百十来个读者。我们马上就准备开始在网上发布了。"

　　"欢迎来到未来，是吧？"她用手指抚摸着潮湿的威士忌瓶身，"其实这些对我来说根本无所谓。我只是很高兴能和人聊一聊，我喜欢聊天。"

　　"那好。"

---

[1] 尊尼获加（Johnny Walker）是著名的苏格兰威士忌，红方也称红牌，是其中最受欢迎的一个系列。除了红牌，尊尼获加还有黑牌、金牌、蓝牌、绿牌等系列。

两人坐在那里，四目相对。

"你采访的技术很烂，你知道吗？"米莉安说。

"对不起。只是你和我预想中的不太一样。"

"你预想中的我是什么样子？"

保罗顿住了，他打量着米莉安。一开始，米莉安怀疑保罗是对她有意思，也许还动了想和她上床的念头，可她很快就发现事实并非如此。保罗的脸上只有惊讶，就像一个人看到一只长了两个脑袋的小羊羔，或者看到圣母玛利亚的画像被烤成了一片面包时的表情。

"我的叔叔乔说你不是普通人。"他解释说。

"你的叔叔乔，我很想问候他，可惜……"

"他最后跟你说的一样。"

米莉安并不意外，"我还从来没有错过。顺便说一句，我挺喜欢乔的。我们第一次见面是在酒吧里，我喝多了。他不小心撞到我身上，所以我就看到了他死于中风的那一幕。他妈的，我当时就觉得干脆一不做二不休，把实情告诉他得了。所有的细节——你也知道，最要命的就是细节。我对他说，乔，一年之后的某一天，你会去钓鱼，确切地说是三百七十七天后。我在一张餐巾纸上算了半天才得到的那个数字。我说，你会穿着你的高筒防水鞋，到时候你会钓到一条大鱼，不算最大，也不算最好，但个头的确很大。我不知道那是什么鱼，因为，他妈的，因为我不是鱼家——"

"你是想说鱼类学家吧？"

"鱼家，鱼类学家，管他的，我又不是语言学家。他说那可能是一条鳟鱼，而且是条虹鳟鱼，要么就是一条大嘴鲈鱼。他问我当时他用的是什么鱼饵，我说看起来像一枚亮晶晶的硬币，被火车碾成椭圆形的硬币。他说那叫旋式鱼饵①，他经常用那种饵钓鳟鱼。我再强调一遍，

---

① 旋式鱼饵是指在饵上附有桨叶状小金属片的渔具，在水中拉动时会旋转。

我不是什么鱼……呃……鱼类学家，反正他说的差不多就是这种鱼。"

她在烟灰缸里捻灭了烟头。

"然后我又说，乔，你当时很高兴，虽然周围一个人都没有，但你还是把鱼提了起来，快活地笑着，嘴里吹着口哨，好像是给上帝或者水里的其他鱼看，你就是在这个时候中风的。你血管中的某处血栓突然松落，而后像子弹一样沿着你的动脉飞速前进。砰！直接冲进大脑。我说你立刻便不省人事，落进了水里。由于周围没有人施救，你很快就会淹死，而你钓到的那条鱼却捡了条命。"

保罗一直安静地听着。他紧张地咬着下嘴唇，露出一排洁白的、年轻人的牙齿。

"他的尸体就是在水里被找到的，"保罗说，"手里还握着家伙儿。"

米莉安哧哧笑了起来，"手里握着家伙儿。"

保罗莫名其妙地眨了眨眼睛。

"怎么？没听懂？手里握着家伙儿，意思不就是握着小弟弟吗？"她失望地摆摆手，又抽出一支万宝路，"算了，没意思。乔要是在的话，他一定能听懂，他最喜欢这种双关语了。"

"你和他上过床吗？"保罗忽然问。

米莉安故作震惊，装出一副受伤的南方少女的可怜模样。

"为什么这么问，保罗？你把我当成什么人了？我可不是那种随便的女孩子。"然而保罗也并不是三岁小孩子。米莉安点上烟，接着说道，"人家一直穿着贞操带呢，钥匙早被扔到河里去了，真的。所以说，保罗，我没有和你的叔叔上床。我们只是在一起喝酒来着，一直喝到酒吧打烊，之后就分道扬镳了。在你找到我之前，我其实一直都不知道他有没有相信我说的话。"

"他在去世之前一个月把这件事告诉了我。"保罗叉开手指，梳了梳他那乱蓬蓬的头发。而后他望着远处，陷入了回忆，"他完全相信了你的话。我劝他那天不要去钓鱼，他只是耸耸肩，说他很想去，还说如果自己真的阳寿已尽，那死就死吧。我觉得他甚至还有点兴奋。"

保罗伸手打开了录音机，随后认真地注视着米莉安。

他是在征求她的同意吗？难道他认为米莉安会扑过来咬他一口？

"那么，"他说，"究竟是怎么一回事呢？"

米莉安叹了口气，"你是说我的灵视能力？"

"嗯，对，你的灵视能力。"

"这个嘛，保罗，它是有规则的。"

# 3　路易斯

高速公路仿佛没有尽头。车窗外黑咕隆咚，只有前面的车灯射出长长的光柱，将黑夜一分为二。路旁的松树、指示牌从黑暗中显现出来，又飞快地闪入车后面的黑暗。

卡车司机是个大块头：手握起来像沙包，肩膀结实得像公牛，胸脯好似石墩。但他胡子刮得干干净净，脸膛圆润，目光柔和，头发的颜色如同阳光下的沙滩。

说不定他是个强奸犯，米莉安心想。

卡车的驾驶室里同样整洁干净，甚至干净得有些离谱，连一点点灰尘都看不到。一个有洁癖的控制狂，连环强奸杀人犯，会用女人的皮肤做衣服的变态，这些令人不寒而栗的猜测接二连三地蹦进米莉安的脑子里。车载无线电台安装在一个镀铬平板上，座位是棕色的皮革（说不定是人皮）。后视镜上挂着一对儿铝制中空的骰子——骰子各面的点凸在外面——在半空中慵懒地转来转去。

"人生就像掷骰子。"她忽然发了句感慨。

史莱克一时没反应过来，困惑地看了她一眼。

"你要去哪儿？"审视了米莉安一番后，史莱克问。

"没哪儿，"她回答说，"脚踩西瓜皮，滑到哪里是哪里。"

"去哪儿都无所谓？"

"差不多吧。反正我只想离那家汽车旅馆和那两个浑蛋远远的。"

"万一我正要去另一家汽车旅馆呢？"

"只要不是那一家，我都无所谓。"

史莱克看起来有些忧郁。他一双大手紧紧握着方向盘，双眉紧蹙。米莉安心想他是不是正在偷偷计划着如何对付她，或者盘算着她雪白的脑壳将来能派个什么用场。做个骷髅糖果盘应该不错，或者做一盏灯。大概在两年前她曾去过墨西哥，好像正好赶上亡灵节①庆典？那些被装饰得五颜六色的祭坛——香蕉、亡灵面包、万寿菊、芒果、红丝带、黄丝带。不过她印象最深的还是那些别致的骷髅糖：用坚硬的调和蛋白制成头骨，象征死亡，上面点缀各色各样的糖果小吃，做出眼睛和嘴巴的形状，既美味又有趣。也许旁边这家伙正打着这个鬼主意呢——把她的头骨裹上糖浆，嗯，味道好极了。

"我叫路易斯。"史莱克忽然开口，迫使她的胡思乱想暂告一个段落。

"省省吧，老兄，"她说，"我对交朋友不感兴趣。我只想搭个便车离开这儿。"

这样的回答应该能让他闭嘴了吧？她心里想道。事实的确如此。不过他却变得更加心事重重起来。史莱克——对了，他叫路易斯——咬着嘴唇，仿佛陷入了沉思，但手指却轻轻敲打着方向盘。他生气了？不高兴了？打算现在就强奸了她？米莉安什么都说不准。

① 亡灵节是墨西哥传统节日，时间通常从10月31日的万圣节开始，11月1日为幼灵节，祭奠死去的儿童；11月2日为成灵节，祭奠死去的成年人。骷髅糖是该节日中的特色食品之一。

"好吧，"她脱口而出，"你想聊就聊吧，我陪你聊。"

他脸上露出惊讶的神色，但却并没有开口。

米莉安决定自己先起个话头。

"你想知道眼睛的事儿对吧？"她问。

"什么？"

"黑眼圈，我眼上的瘀青。你一下车就看到了对不对？别不承认。"她清了清嗓子，"不过你的卡车倒是真心不错，里外都闪闪发亮。"而她心里想的却是：说不定你擦车用的是像我这样漂亮姑娘的头皮。米莉安即便在胡思乱想之时也没有忘记顺带恭维一番自己的美貌。这种话她通常都会大声说出来的，不过鉴于当前的情况，说出来恐怕会被直接踢到外面湿淋淋的公路上。

"没有，"他结结巴巴地回答，"不，我是说看到了。但你没必要告诉我——"

米莉安打开她的挎包，在里面摸索着什么，"你看起来有点迷瞪。"

"迷瞪？"

"对，迷瞪。这词儿挺有意思，你说呢？有点土，有时候还容易和睡觉那个眯瞪搞混淆。比如说，我困了，先眯瞪一会儿。"

"这个……我还真没想过。"

她掏出一支烟塞到嘴上，另一只手开始拨弄打火机。

"介意我抽支烟吗？"

"介意。不能在车里抽烟。"

米莉安不由皱起了眉头，此时此刻她特别想来一支。无奈，她只好收起打火机，任由香烟叼在嘴上。

"好吧，你的车你做主。咱们还是说说我的黑眼圈吧，大概你只想聊这个。"

"是那两个混混打的吗？我们可以报警。"

　　米莉安哼了一声："就那俩屄货，你觉得像是他们打的吗？拜托，我一个人就把他们摆平了。这是我男朋友打的。"

　　"你男朋友居然打你？"

　　"以后不会了。我和那渣子分手了。所以我才不愿意回那家汽车旅馆，明白了吧？因为那浑蛋还在那儿。"

　　"你撇下他偷跑了。"

　　"记住，是我一脚蹬了他。那个自鸣得意的杂种打了我之后就心满意足地躺在床上吃饼干，哼，至少他没把饼干砸到我眼睛里。后来那白痴就睡着了。嗯，你可以想象他有多蠢了。他呼噜打得山响，时断时续的，活像一头喝醉酒的大狗熊。当时我就想，我受够了，再也不想跟着他受欺负，被他用烟头儿烫、用皮带抽、用高尔夫球鞋砸了。"

　　路易斯的双眼死死盯着前方的路，好像一时半会儿他也不知道该对这个姑娘的故事做出何种评论。米莉安继续说了下去。

　　"所以我就找了一副手铐，不好意思啊，我连这么恶心的细节都告诉你了，可那畜生是个变态的恋物癖。我把手铐偷偷铐在了他的手腕上，另一头铐在了床柱上。"米莉安从嘴上拿下香烟，用拇指和食指捏着捻来捻去，"我把钥匙扔到了马桶里，还在上面尿了一泡。不过这还没完，就像电视里常说的，稍等，未完待续。"

　　不得不说，米莉安是个撒谎成性的女孩子，她热衷于撒谎，而且撒谎的技巧非常高明。

　　"然后我又拿起一个塑料袋，里面装的是蜂蜜。我又该跟你说些变态的细节了，那家伙喜欢拿吃的东西增加情趣。比如在我乳头上抹上奶油，在我嘴里塞根棒棒糖，或者在他自己屁股里夹一大块花椰菜，总之就是这一类。我拿起袋子，把黏糊糊的蜂蜜全都倒在了他的——"

　　她用食指在空中做了一个盘旋而下的动作，然后指向自己裤裆的位置，与此同时，她还用一声口哨为自己的动作配了音。

"我的天。"路易斯惊呼道。

"还没完呢。离开时，我故意让房间的门敞开着，还有窗户。要是有什么小动物钻进房间想尝一尝他的蜂蜜'棒棒糖'，那就尝吧。苍蝇也好，蜜蜂也好，哪怕是流浪狗，我都不管了。"

"我的天。"路易斯再次惊呼，他的下巴绷得紧紧的。

"总之喜欢蜂蜜的都可以去大快朵颐了。"她清了清嗓子，又把烟塞到嘴里，"无家可归的流浪汉也能去跟他挤一挤。"

之后，驾驶室里安静了下来。路易斯沉默了足有一分钟。他一副模范司机的样子，身体坐得端端正正，双肩紧张地控制着两条胳膊，只是脸上露出了愤愤不平的表情。他听出米莉安是在撒谎了吗？接下来他会干什么？猛踩一脚刹车？让没系安全带的米莉安一头撞上风挡玻璃，然后把她拖到路旁湿漉漉的碎石地面上强奸了？

嘭！路易斯突然一巴掌拍在方向盘上。

米莉安已经想不到任何能够化解紧张气氛的俏皮话了。她的脑袋被一个无比现实的念头慢慢占据：我斗不过这个家伙，他收拾我就像捏死一只蚂蚁一样容易。

"该死的浑蛋！"路易斯骂道。

米莉安疑惑地眯起眼睛，"什么？谁？"

"男人。"

"你是同志吗？"他说话的方式让她产生了这样的猜疑。

他歪起脑袋，诧异地盯着她问："同志？开什么玩笑？当然不是。"

"我以为——"

"男人大多时候都是身在福中不知福。男人实际上都是……都是小孩儿，都是驴。"

"都是小驴崽儿。"米莉安轻声附和着说。

"我们总是看不清现状。那么多优秀的女人走进我们的生命，而我们却像对待垃圾一样对待她们。自以为是，愚蠢无知。那些殴打女人、欺负女人的男人，他们不仅仅是不懂得欣赏自己拥有的一切，他们根本就不配拥有他们得到的那一切。我的妻子，她离我而去的时候……我也是个不懂得珍惜的笨蛋。"

他又抬手砸了一下方向盘。

就是在这一刻，米莉安突然对身边这个男人产生了好感。

这是几年来，她第一次对别人产生好感，尽管这感觉并不那么强烈。这人身上的某些东西深深吸引了她：他的温柔、他的忧伤和他的失意。她知道此人让她想起了谁（本，他让你想起了本），但她不愿意朝那个方向多想，于是强迫自己将这个念头丢进了大脑中最黑暗的角落。

随后，不由自主地，她向他伸出手去。她必须知道，她必须看到。这就像一种强迫症，就像上了瘾。

"我叫米莉安。"

但路易斯的心尚未平静下来，因而他没有理会米莉安伸过来的手。

该死。她不免有些失望。来吧，伙计。和我握个手吧。我需要看看你的未来。

"米莉安是个很好听的名字。"他说。

踌躇间，她缩回了自己的手，"很高兴认识你，路。"

"不是路，是路易斯。"

她耸耸肩，"你的车，你说了算。"

"对不起，"路易斯说，"我不是故意没礼貌。主要是……"他欲言又止，"刚刚过去的这两个星期实在太累人了。我刚跑了一趟辛辛那提①，现在又要去夏洛特②再拉一趟。"

随后他闭上嘴巴，深深吸了一口气，仿佛唯有如此才能给自己鼓足

---

① 辛辛那提：美国中部俄亥俄州西南端重要的工业城市和河港。

② 夏洛特：位于美国东南部北卡罗来纳州的一座城市。

勇气。

"呃，我想说的是，这一趟车跑完之后我还有几天时间才会再次出车。平时我很少休息，通常是马不停蹄地跑来跑去，不过……这次我打算歇几天。我在想，要是你也去夏洛特的话……那儿离这里不远，往南一个小时的车程就到了。要是你愿意去那儿，又碰巧有一天空闲的时间。呃……或许我能请你吃顿晚饭，或者看个电影什么的。"

她再次伸过手去，"说定了。"

路易斯仍然没有握她的手。米莉安寻思，她得怎么做才能既碰到他的身体，又不显得放肆呢？捏一下他的耳朵？她想看到他的结局，她只需要触碰到他的皮肤……

不过这时，路易斯微笑着拉住了她的手。于是，她看到——


灯房的四周全是玻璃窗。其中一面玻璃窗上破了一个洞，风呼啸着从洞口钻进房间。远处雷声滚滚，灰色的光透过脏兮兮的窗户，照亮了路易斯的脸，一张满是血迹的脸。

外面传来海潮的声音。

这是一座灯塔的顶端。路易斯被绑在信号灯旁边的一把木椅子上，他的头顶上方是一堆令人眼花缭乱的光学仪器。两根棕色的电线缠着他的手腕，将他的手固定在椅子的扶手上，而他的双脚也同样被电线绑在椅子腿上。一条黑色胶带缠着他的额头，将他的脑袋紧紧绑在信号灯的基座发条上。

一个高高瘦瘦的男人慢慢靠近。他是个秃子，脑袋光光的，没有眉毛，甚至连睫毛都没有。

他的双手光滑细长，但其中一只手里却拿了一把长长的剖鱼刀。

男子端详着刀刃，仿佛在欣赏一把宝剑，尽管那刀刃上已经有了锈迹和豁口，闻起来还有一股淡淡的鱼腥味儿。

"放开我，"路易斯结结巴巴地喊道，"你是谁？你们是什么人？我没有你们想要的东西。"

"那已经无关紧要了。"男子不慌不忙地说。他带着某种口音，听起来有点像欧洲人。

男子的动作异常迅猛，他一把将剖鱼刀插进了路易斯的左眼。但是刀尖插得并不深，只是废了他的眼睛，却并没有伤及大脑。显然，光头佬是故意留有余地。路易斯疼得尖叫起来。光头佬随即又将刀拔了出来，刀尖离开眼睛时发出令人胆寒的抽吸声。

男子薄薄的嘴唇微微咧开，露出阴森的笑容。

他停了下来，欣赏着自己的杰作。

路易斯右眼的视线越过男子肩头，落在了他身后的什么东西上面。

"米莉安？"路易斯惊讶地问道，但他已经等不到任何回答。光头佬再次举起刀，扎向路易斯的右眼。这一次，他使出了全身的力气。

剖鱼刀深深插进路易斯的眼睛，刺进了他的头颅。

# 4　最重要的问题

剖鱼刀从一只眼睛拔出又刺进另一只眼睛时的声音还在她耳边回响。而他临死之前叫了她的名字……米莉安？这三个字在她脑子里犹如不停弹射的子弹，搅得她头痛欲裂。

她的手感觉就像摸到了滚烫的炉子。她倒吸一口凉气，猛然抽了回来。由于惯性的作用，她一头撞在了副驾一侧的窗玻璃上，虽然玻璃安然无恙，但她却被撞得眼冒金星。嘴里叼着的烟翻滚着掉下去，落在她的大腿上。

"你认识我？"她晃晃脑袋，连眨了几下眼睛才赶跑那些飞舞的白点。至于路易斯，自然又被她突如其来的问话搞糊涂了。

"萍水相逢，认不认识有什么关系呢？"他说。

"不是！"她使劲摇了摇头，喊道，"我问的是我们以前有没有见过？我们互相认识吗？"

路易斯的手还停在两人之间的半空中，但此时他缩了回去，只是动作格外迟缓，好像稍微快一点他的手就会整个断掉。

"不，我们不认识。"

她揉了揉眼睛，"你认识其他叫米莉安的人吗？"

"不认识。"

他诧异地望着她，好像她是一条可怕的响尾蛇。他一只手扶着方向盘，另一只手半举着，仿佛随时准备格挡响尾蛇的攻击。怎么回事？米莉安怀疑路易斯肯定以为她嗑了药。要真是嗑了药倒好了。

该死！她知道这意味着什么。她不敢接着想下去了，只觉得自己胃里如同翻江倒海，难受异常。

"停车！"她喊道。

"什么？停车？等等，让我把车开到——"

"马上停车！"她尖叫了起来。这不是她的本意，但此刻她已经控制不住自己的声音。意识到失控更加重了她的不安，一时间，她感觉自己头重脚轻，天旋地转，昏昏沉沉，仿佛跌进了一个张着巨口的黑洞。

路易斯并没有立刻踩下刹车，而是轻点几脚，缓缓降低车速。液压制动器发出一阵抱怨，卡车溜向路肩停了下来，但引擎仍然空转着。

"好了，你冷静点。"他说着伸出双手要来扶她。

米莉安咬着牙说："路易斯，当别人无法冷静的时候，你说冷静点是起不到任何作用的，那只会火上浇油。"

"对不起。我……我没有多少经验。"

经验？什么经验？他的言外之意大概是说他没有多少和疯子打交道的经验。而实际上，她可能真是个疯子。

"我也一样。"但她心里想的是，我比以前已经从容许多了。一周又一周，一月又一月，一年又一年。终有一天，我会习以为常的。

"你怎么了？"路易斯问。

"你问到点子上了。"

"你可以告诉我。"

"不行，我不能告诉你。说了你也不会——"她叹了口气，"我得走了。"

"我们还在荒郊野外呢。"

"这是美国，荒郊野外又怎样？"

"我不能就这么丢下你。"

她的手颤抖着从腿上捡起那支烟，夹在耳后，"你是个好人，路易斯。但你必须让我下车，因为你也看出来了，我是个疯子。我看到你脸上的表情，你已经那么想了对不对？没必要因为一个素不相识的女孩子给自己找麻烦。没错，我不值得。我是个扫把星，只会让你倒霉的。所以对你对我，最好的办法就是断绝往来。"

米莉安抓起她的挎包，打开了车门。

"等等！"路易斯叫道。

她毫不理睬，只管向路肩上跳去，结果双脚正好落在一个小水坑里，鞋顿时便湿透了。

路易斯爬到副驾一侧，拉开了储物箱。

"等等，给你点东西。"他边说边在储物箱中翻找，最后拿出了一个白色的信封，打开后，米莉安看到了里面装的东西：钱。厚厚的一沓，全是二十美元一张的票子。

路易斯用结了老茧的拇指和食指从中抽出了五张，递给米莉安。

"拿着。"

"去死吧你！"

他看起来好像很受伤的样子。很好。她就是要伤害他，尽管她有些于心不忍。这就如同一剂良药，虽然苦口，却能治病。

"我还多着呢。"

这是她最不想知道的事情，因为那使他成了某种标志或目标。她禁不住把他想象成了死在路边的动物，而她则是贪婪的秃鹰，正伸着长长的喙啄食他暴露在外面的内脏。

"我用不着你来施舍。"她说，尽管她的话并没有多少底气。

受伤的感觉已然淡化，逐渐变成了别的东西。现在，他有些愤怒了。他一把抓住米莉安的手，力度恰到好处，既能让米莉安乖乖站住，又不至于弄疼她的手，随后，他将那几张钞票塞进她的手中。

"这是一百块。"

"路易斯——"

"别说了。听着，沿这条路一直走下去，再过半个小时左右你就能看到一家汽车旅馆，是一排平房。旁边还有个加油站和酒吧。只要沿着这条路，保准错不了。不过你别走在公路上面，三更半夜的，万一遇到些神经病就麻烦了。"

"那种人我见得多了。"她说，因为她自己就是。米莉安收下了钱。她望着路易斯的眼睛：他正努力保持镇定，愤怒、受伤的感觉早已烟消云散，他的眼中充满了忧虑和关切。

"你没事吧？"他问。

"我一直都没事，"她回答，"你最好忘了见过我。"

米莉安转身走了。她低着头，心里一再叮咛自己：别回头看，该死的，别回头看。

她想喝酒。

# 插　曲

## 采　访

"第一条规则，"米莉安说，"我只有在触碰到别人的皮肤时才会出现灵视画面，隔着衣服是没用的。所以我经常戴着手套，因为我不想每天都看到那些乱七八糟的东西。"

"那一定很恐怖吧，"保罗说，"对不起，我是说，永远都不能靠近人、接触人，那应该很难忍受吧。"

"放松点，保罗。那没什么，我还受得了，毕竟我不是小孩子了。不过这就说到了第二条规则，或者第三条。我真应该把它们记下来。实际上，灵视是一次性的。在每个人身上我只能看到一次，并不是说每碰一次皮肤就重现一回。不过话说回来，有些画面的确能让我夜里做噩梦。"她顿了顿，努力不去想那些可怕的东西。而在她的脑海中，一幕幕血腥的、痛苦的、令人绝望的弥留之际却自己纷纷跳了出来。她心里有一座关于死亡的大剧院，舞台上的幕布永远是拉开着的，这里无时无刻不在上演着死亡的剧目，演员是一具具白森森的骷髅。

"那，你看到的是怎样的情景？"保罗又问，"是站在第三者的角度？就像飘浮在半空的天使？还是你化身成将死之人，以第一人称视角看到？"

"天使？那倒挺有意思的，我还能生出一对儿翅膀。"她擦掉眼角的一点眼屎，"这就说到下一条规则了。我永远是个旁观者，视角总是凌驾于画面之上，或者一侧。我对某些细节总能了如指掌，但别的就不行了。比如，我能清楚知道将死之人如何摆脱尘世的纷扰，而且清楚的程度连我自己都觉得不可思议。你也知道，有些死亡案例是没有任何征兆的，有的人也许只是摸了一下头就突然倒地身亡了，而这其中实际上包含了许许多多的信息。别人觉得不可理解，但我却知道得一清二楚。我能准确知道是什么导致的死亡，脑瘤、血栓，或者只是被大黄蜂的毒针刺到了大脑皮层。"

"我还知道确切的时间，哪一年，哪一天，几点几分几秒。就像有人在宇宙的时间轴上插了一个红色的图钉，一目了然，奇怪的是，我看不到图钉。至于为什么会这样，我也说不清楚。当然还有外部视觉线索。我曾看见一个女人的脑袋在麦当劳的停车场上爆掉了，我能看到竖在街角的某某大街或某某路的标志牌，能看到她穿着一件印有'别惹得克萨斯'字样的 T 恤，而后我能利用福尔摩斯的演绎推理法解开谜底。或者上谷歌搜索。妈的，我爱死谷歌了。"

"嗯，一般是多长时间？"

"什么多长时间？"

"呃，你能看到多长时间，或者说你能看到多少情节？一分钟？五分钟？"

"哦，你说这个啊。我以前一直觉得是一分钟，六十秒，可后来发现并不尽然。有的长有的短，总之该看到多少我就能看到多少。车祸通常三十秒钟就能结束，但心脏病或者其他之类的，却有可能要持续五分钟以上。总之，我能看到整个死亡过程。匪夷所思的是，即便我看到的情景持续了四五分钟，可在现实中却只是一两秒钟的事儿。就好像一愣神儿的工夫我跳到了另一个时空，然后又跳了回来。这个问题我实在难以解释。"

保罗皱起了眉头，米莉安看得出来，即使有他叔叔的死作为印证，但他对米莉安仍是半信半疑。她不怪他，因为她本人也经常对自己产生怀疑。简单一点的解释，她是个神经病，是个不折不扣的疯子。

"你是人们生命最后时刻的目击者。"保罗说。

"说得好。"米莉安说，"不计其数的生命。夏天地铁里有多少人你知道吗？每个人都穿着短袖，车厢里全是胳膊，保罗。胳膊，死亡。那感觉就像西瓜皮擦屁股，没完没了。"

"你为什么不想办法阻止呢？"

"阻止什么？死亡吗？"

"对。"

米莉安轻声笑了笑，笑声中充满了讽刺和不屑，仿佛那是一个无比幼稚的问题。她把酒瓶递到嘴边，却并没有急着喝。

"为什么我不想办法阻止呢？"她玩味着这句话，"保罗，这就是最后一条，也是最残酷的一条规则了。"

她灌了一大口威士忌，继续说了下去。

# 5 诱虫灯

米莉安已经徒步走了半个小时，她心里乱糟糟的，千头万绪如万千只蝴蝶翩翩起舞，挥之不去。她越发不安起来。

那个长得像怪物史莱克一样的家伙，那个名叫路易斯的卡车司机，他将在三十天后的晚上 7 点 25 分死去。而且他的死极为惨烈恐怖。米莉安见识过各种各样的死：鲜血，破碎的玻璃，绝望的眼神。自杀，她见过；老死病死，更为常见；车祸和其他意外，同样屡见不鲜；但是谋杀，这是非常罕见的。

一个月后，路易斯就将命丧黄泉，且在临死之际叫了她的名字。而更糟糕的是，在致命的一刀插进他的眼窝之前，他是看着某个目标叫出她名字的。这说明她也在现场，他看到了她，那句临终的呼唤是冲着她去的。

米莉安把那一幕死亡的画面在脑海中一遍又一遍地回忆，可她始终想不明白，自己和这件事到底是如何扯上关系的。

她对着空旷的田野声嘶力竭地喊着骂着，从路肩上捡起一大块碎石头朝竖在路边的一个出口标志牌砸去。"咣当"一声，牌子晃了晃。

过出口不远，她便看到一个醒目的招牌：斯威夫特酒吧。

啤酒瓶形状的霓虹标志在风暴肆虐之后的夜色中闪闪发光。在米莉安的眼中，酒吧就像一台闪着荧光的诱虫灯，而她则是一只不顾一切想要扑过去的飞蛾（一只被死亡喂饱了的飞蛾）。她沿着小路直奔酒吧而去。

她仿佛已经品尝到了期待已久的琼浆玉液的味道。

这间酒吧就像一个刚从娘胎里爬出来的伐木工人和飞车党的私生子。深色木制家具，兽头，镀铬包边，水泥地板。设计任性，不伦不类。

"好地方。"米莉安叫出了声。

酒吧里的人并不多。几个卡车司机围在一张桌子前打牌，桌上放着一个冒着泡沫的大水罐。飞车党们则在台球桌旁晃来晃去。门的左边放了一堆早已干瘪的芝士薯条，一群苍蝇在上面飞来飞去。自动唱机里，铁蝴蝶乐队正扯着嗓门儿唱道：在天堂的花园里，宝贝儿。

她一眼看到了吧台，和吧台边缘上悬挂的铁链，感觉像回到了家，米莉安当即决定，她要住在这里不走了，直到他们把她赶出去。

酒保半死不活，看上去就像一坨没蒸熟的生面团被硬塞进了那件脏兮兮的黑 T 恤里。米莉安走上前去，说她要来杯酒。

"再过十五分钟就打烊了。"酒保咕哝道，随即又加了一句"小妞儿"。

"我说小白脸，别叫我小妞儿。如果只有十五分钟，那就给我来杯威士忌。要你们这里最便宜、最难喝的，哪怕是打火机油和马尿兑出来的都行。给我拿一个烈酒杯，如果你愿意，我宁可自己给自己倒。"

酒保盯着米莉安看了几秒钟，而后耸耸肩，"好吧，随你便。"

小白脸把一个曾用来装防冻剂的塑料桶往吧台上一放。桶里的威士忌浑浊不堪，让人感觉喝防冻剂或许倒更健康安全。他挥手扇跑几只小飞虫，那些小东西也许已经被酒气熏得如痴似醉了。

　　盖子一拧开，小白脸不由连连咳嗽，一边揉着眼睛一边把头扭到一边。浓浓的酒味儿，或者说那久违的感觉，过了几秒钟才击中旁边的米莉安。

　　"哇，感觉就像有人对着我的眼睛和鼻子撒了一泡尿。"她皱着眉说。

　　"是田纳西州边界处的一个朋友自己酿的，盛酒时他用的不是橡木桶，而是旧油桶。他说这叫波本威士忌，我也不清楚。"

　　"便宜吗？"

　　"没人愿意喝这玩意儿。只要你想喝，这一桶我五块钱卖给你。"

　　那浓烈的味道恐怕能熏倒一头驴，米莉安不敢想象喝下它会出现什么样的后果。但她需要麻醉自己，需要靠酒精来净化自己。她掏出一张五美元的钞票，拍着吧台说：

　　"拿杯子来。"

　　小白脸将一个烈酒杯放在五元钞票旁边，然后用他那油乎乎的手拿走了钱。

　　米莉安搬起酒桶，倒了满满一杯。酒溢出杯子，流到了吧台上，米莉安很惊讶它居然没有把台面烧出一个洞。

　　她盯着那杯混浊的威士忌，酒的最上面还漂浮着星星点点的杂质，然而除了杂质，她仿佛还看到了别的东西：路易斯，他恐怖的脸，两个惨不忍睹的眼窝，一张喊着她名字的嘴。

　　喝了吧，她鼓励着自己。没什么大不了的，八年来不都是如此吗？她随时随地都能看到死亡。每个人都免不了一死，就像每个人都要屙屎撒尿。路易斯和别的人没什么两样（也不尽然，一个声音说道，他被一把生锈的剖鱼刀刺瞎了眼睛，而临死之前他叫了你的名字），她何必如此牵肠挂肚，念念不忘呢？她不在乎他的死活（不，她在乎），为了证明这一点，她端起酒杯，一饮而尽。

杯子还未放下，她已经感觉好似有人在她的喉咙里和肚子里点燃了一串爆竹。她仿佛能听到肝脏爆炸的声音。这是她喝过的最难喝的东西了。

爽！她又给自己倒了一杯。

小白脸望着她，目瞪口呆。

第二杯下肚，她已经隐隐有些麻木的感觉。脑子不那么灵光了，思维变得迟钝。那些挥之不去的可怕念头一个个被套上了枷锁，拖到了混沌的脑海深处——它们拼命挣扎，终于还是难逃被遗忘的命运。

然而有一个念头却顽强地重新冒了出来。

她想到了一个飘浮在高速公路上的薄膜气球。

米莉安闭上眼睛，之后她又给自己倒了一杯。她没有听到酒吧门被打开的声音，甚至没有注意到有人坐到了她的旁边。

"你打算喝掉那一杯吗？还是想先热热身？"

米莉安抬起头。说话的人有张稚嫩的娃娃脸，乌黑的头发似乎多日没有洗过，油油的、亮亮的，而且十分蓬乱，顶在脑袋上，仿佛用乌鸦的翅膀搭起的帐篷。但是他的两只眼睛炯炯有神，脸上的笑容格外灿烂，惹人喜欢。

"当然要喝。"她大着舌头回答说。

"你把那一杯喝了，我再请你一杯。"他看了眼装酒的桶，"或者，咱们喝点不那么像泔水的东西。"

"别理我，就让我自生自灭好了。"

"拜托，"他说，"像你这么漂亮的姑娘，谁会忍心让你自生自灭啊？就算眼圈发黑，那也瑕不掩瑜。"

米莉安禁不住心中一动，两腿之间热热的，有种酥酥的麻刺感。年轻人有副动听的嗓音，甚至可以说清脆悦耳，充满诗意，如果他开口唱歌，恐怕能让天使惊掉了翅膀。而且更难得的是，他的声音没有半点女性阴柔的气质。阳光，自信，富有男人味儿，没有丝毫南方口音。他的样子看起来坏坏的，带着点痞味儿。米莉安对他顿生好感，她喜欢坏坏的男生。她开始感觉自己像个正常人了，对此她很满意。

可是他的脸看起来有点似曾相识，至于在哪里见过，什么时候见过，她没有半点印象。

他问小白脸要了瓶啤酒，给了小费，但却并不急着喝，而是坐在那里，认真打量着米莉安。

"要是一个女孩子戴了副黑框眼镜，你会怎么说？"米莉安问他。

"那就把我原来的话说两遍。"他脱口而出。

"嗯，差强人意，"米莉安说，"我能说得更好听些。"

"不见得吧。"他又笑了起来，该死的，那笑容如雨后的阳光，如此迷人，难以抵挡，"况且，我只看到你的一只眼睛上有黑眼圈。"

"也许是我得到的教训还不够。"

"我叫阿什利。阿什利·盖恩斯。"

"阿什利是个女孩子的名字。"

"我爸爸拿皮带抽我的时候也会这么说。"年轻人说道，他的脸上始终挂着笑容。实际上，他的笑容此刻就像怒放的花儿，光彩照人。

米莉安惊讶得张大了嘴巴。她随即大笑着说："行啊老兄，你不仅听懂了我的笑话，还能把自己挨打的事儿说得这么滑稽，实在让人佩服。好吧，如果世界末日降临，我保证一定让你活下来。我叫米莉安。"

"老女人才叫米莉安。"

"我的确觉得自己挺老的。"

"我能让你找回年轻的感觉。"

她转了转眼珠子，"我去，小嘴儿真会说话。"

"我有个建议，你听听看怎么样？"他悠闲地撕下啤酒瓶身上湿漉漉的标签，"我现在去洗手间放下水，然后照照镜子，因为我希望自己在你眼里能更帅一点。当然，我会好好洗把手。我身上挺脏的，不过不是那种脏，我很健康。洗完烘干，我还到这儿来。"

"谢谢你的详细解说。撒完尿你还会抖几下你的小弟弟对不对？"

阿什利没有在意她的揶揄，继续说道："如果到时候你还没走，我就当成是你默许了。我会像小孩子看到糖罐一样缠着你。我们把酒言欢，高兴了可以拉拉手，摸摸屁股，最后你跟我一起到我那儿去。"

阿什利得意地笑了笑，将标签揉成一团，直接投进了米莉安的酒杯里。

"贱人！"她骂了一句。

阿什利起身，晃晃悠悠地向酒吧后面走去。

米莉安偷偷瞥了眼他走路时一扭一扭的屁股。没多少肉，但抓起来应该手感不错。

她看着他走过台球桌旁的三个飞车党。一个白头翁似的老家伙顶着一头长长的白发，眼睛深藏在头发的缝隙里。旁边是个矮矮壮壮的肉墩子，圆滚滚的身躯看起来就像一根肥香肠。最后一个家伙是个膘肥体壮的大胖子，看到他的人第一反应会怀疑他是从梅尔·吉布森主演的电影《霹雳神探怒扫飞车党》[1]里跑出来的群众演员，将近两米的个头看着像座山，身上凹凸不平，肌肉、脂肪相互堆叠，树枝一样粗壮的胳膊上绘满了文身：一个老太太的脸孔、一棵着火的树、一堆骷髅，还有一辆起火的摩托车。

胖子正准备击球，他把球杆使劲向后拉，伸出南瓜一样的大脑袋瞄准着要击打的目标球。

阿什利要从他身边挤过去，屁股却恰好撞在他的球杆上。结果球杆在绿色的桌布上滑了一下，将母球不偏不倚推进了底袋。

母球洗袋。[2]

---

① 　《霹雳神探怒扫飞车党》又译作《疯狂的麦克斯》。

② 　母球洗袋：在斯诺克、花式台球等竞赛项目中，母球入袋属于犯规，叫作母球洗袋。

胖子扭头瞪着阿什利。如果在室外，他的身躯恐怕能挡住太阳。如果他跺上一脚，大地都要颤抖，岩浆都要从地底下冒出来。

阿什利嬉皮笑脸，而胖子则一脸怒容，眼看就要发作。一只刚刚在隔夜的芝士薯条上饱餐一顿的苍蝇正心满意足地从两人中间飞过，胖子的腾腾杀气吓得它心惊胆战，连忙扑扇着翅膀逃到了一边。

"王八蛋，"胖子骂道，"你他妈的害我犯了规。"

可阿什利仍旧笑容满面，丝毫没有内疚的意思。米莉安不由捂住了脸，她知道，麻烦来了。

# 6 打烊时间

"那就重打一次嘛。"阿什利眨着亮晶晶的双眼，很淡定地说。

"重打个屁！"胖子怒道，就好像阿什利刚刚的建议不是让他打球，而是让他对自己的老娘不敬。"你他妈的懂不懂规矩？"

上了年纪的白头翁不声不响地转到了阿什利身后，他那满头白发总是让米莉安不由自主地联想到灰色的阴毛，肥香肠活似《侏罗纪公园》里的迅猛龙，他从一侧靠了过去。

见这阵势，小白脸很识时务地迅速从吧台后面消失了，再也没有露头。

米莉安越发感觉不妙。

"我想你的两个朋友一定都很乐意让你重打一杆的。"阿什利说。

白头翁摇了摇头，肥香肠嘴里咕哝了句什么。

"我的朋友都是讲规矩的人。"胖子说。

阿什利看对方毫不让步，耸了耸肩，不屑地说道："那好吧，去你妈的规矩。"

　　胖子的动作要比米莉安料想的敏捷得多。白头翁像旋转陀螺一样将阿什利的身体扭转过来，胖子趁机将球杆一横，勒住了阿什利的咽喉。胖子往上一用力，阿什利顿时双脚离地，那场面就像《杰克与豆茎》中的巨人提起了杰克。

　　"我要打得你满地找牙。"胖子怒吼道。

　　阿什利被勒得直伸舌头，可是他的后脑勺紧紧贴着胖子厚实的胸膛，丝毫无法动弹，只能拼命地踢动双腿。他的嘴唇已经开始发紫，米莉安不由想到了死去的德尔·阿米可。

　　米莉安知道自己不能多管闲事，免得惹祸上身。此时此刻，置身事外是最好的办法。她真想夹着她的威士忌，头也不回地溜出酒吧。当然，很多时候她都做不到如此理智。

　　她像个冷漠的旁观者一样晃晃悠悠地来到了他们跟前。阿什利的嘴唇已经变成了紫黑色，活像两条扭打在一起或者正在交尾的蚯蚓。

　　米莉安拽了拽胖子皮夹克的衣角。

　　"你好，"她拿出一个少女所能具备的全部礼貌柔声说道，"大块头，我们可以谈谈吗？"

　　胖子也许听到身旁有个蚊子似的声音，于是缓缓扭过硕大的南瓜头，米莉安怀疑自己听到了骨骼扭动的声音。

　　"什么事？"他一脸轻松地问，仿佛根本不记得自己手里还吊着一个快被勒死的人。

　　阿什利的双腿已经软了下来。

　　"快被你勒死的那个人。"

　　"嗯哼？"

　　"他是我弟弟。他……有点问题。首先，他不懂礼貌。其次，他的名字叫阿什利，一个男的叫这样的名字，他到底娘不娘，你大概也能猜到个八九不离十。再者，他至少也是个中度智障。其实就算我说他80%

都是个智障，我想你应该也不会反对。小时候我妈妈经常喂他吃化肥，我想她大概是想弥补自己在怀孕时没有及时打胎的错误。"

阿什利已经翻起了白眼。

"如果你能行行好，别把他勒死，"她继续说道，"并顺便告诉我，你和其他两位先生喜欢喝什么，我正好有钱可以请你们在酒吧打烊之前再来几杯。"

"是吗？"胖子问。

米莉安竖起两根手指在眉角比画了一下，那代表童子军的荣誉，当然，那看上去也很像肛门医生无声的威胁。

米莉安看到胖子紧绷的皮肤下面像大陆板块一样移动的肌肉。球杆猛然离开了阿什利的脖子。他扑通一声跪在地上，大口喘着气，手不停揉着咽喉。

"谢谢。"米莉安说。

胖子瓮声瓮气地说："你该给你弟弟拴条狗绳，再给他戴个头盔。"

"我会考虑的。"

"我们喝啤酒，库尔斯淡啤。不过我觉得我们该换点更有劲儿的。龙舌兰怎么样？"

"就龙舌兰。"

"要上等货。不要那种便宜的仙人掌汁。"

米莉安赞同地竖起大拇指，随后伸手去拉阿什利。阿什利终于缓过了气，但仍然咳嗽了一两声。不过，他没有拉米莉安的手。

他抬头看着米莉安，微微一笑。米莉安心中一惊，大呼不妙，可就像突如其来的车祸一样，尽管她意识到了问题，却已经无力阻止了。

阿什利对着胖子的裆部一拳打了过去。

当然，他这一拳并没有起到任何作用，因为胖子的两个蛋蛋简直比核桃还要坚硬，他甚至连缩都没有缩一下，只是稍微有点意外。

"哟喂，长本事了。"胖子不屑地瞟了阿什利一眼。

随后他抡起拳头，向依然跪在地上的阿什利的脸上打去。

不过阿什利早有防备，他猛地向后一仰脑袋，胖子那一拳便扑了个空，但他无法及时收住力道，而他们旁边又恰好摆着一张双人酒吧桌，于是胖子的拳头实实在在地打在了桌角上。米莉安真切地看到胖子的两根手指被桌角撞断，她甚至还听到了骨头断裂的咔嚓声，就像有人在膝盖上折断了一根树枝。

胖子是那种典型的死要面子活受罪的人，尽管疼得钻心，但他不叫不嚷。他把受伤的手举到面前，没事儿似的慢慢端详，那样子就像一头大猩猩第一次看见订书机或者 iPod。

但混乱局面却由此而始。

白头翁再次伸手勒住了阿什利的脖子，不过米莉安眼疾手快，她对着身旁的一把高背椅子踢了一脚，椅子向白头翁滑过去，椅背不偏不倚撞在了他的肚子上，他疼得不由自主地弯下了腰。而与此同时，阿什利用肩膀撞向肥香肠的双膝，后者站立不稳，倒在地上。

这时只听哐的一声，一支球杆砸在了阿什利的头上。胖子一只手上拿着剩下的半截球杆，乐不可支地笑着。这对他来说是很有意思的事情。

米莉安身不由己地卷入其中。一个拳头打过来，她已经分不清是谁的，只觉得一股风从脸颊旁吹过，好险。阿什利顽强地站起身，两眼迷离，可随后他又立即被胖子庞大的身躯给压倒下去。他的肩膀抵住了桌子的一头，使另一头像跷跷板似的高高翘起。

米莉安感觉冷光一闪，转眼看到白头翁从腰间抽出了一把刀。

肥香肠在身后推搡着她。

胖子又一次高高举起剩下的半截球杆，准备朝阿什利的脑袋上打去。

这一切发生得如此迅速，又如此缓慢。米莉安觉得晕乎乎的。坦白地说，她此刻已经处于半醉半醒的状态。

　　该结束这场闹剧了，她心里想道，是时候抬出老娘的镇山法宝了。

　　看着白头翁一步步逼近，米莉安慌忙伸手到口袋里摸索。她横跨一步躲开了肥香肠。胖子大吼着，紧握着球杆——甚至包括他那只受伤的手。米莉安终于摸到了要找的东西，她掏出来，毫不犹豫地用在了对方身上。

　　那是一瓶防狼喷雾剂。但它喷出来的并不是雾，而是呈水柱型的细小微粒，用来对付恶狗、灰熊和胖子这种人绰绰有余。

　　她不顾一切地朝自己周围喷了起来。胖子的眼睛首先中了招，他大声号叫起来，对着喷雾胡乱挥舞起双手，仿佛那样就能救他似的。白头翁挥刀砍来，米莉安也对着他一阵狂喷。肥香肠相对狡猾一些，他看到情况不对头，没有贸然冲上去，而是一把抓住了米莉安的手腕——

　　黑暗中，一头小鹿摇摇晃晃地跑到公路中央并停了下来，直到雪亮的摩托车头灯照出它的轮廓。肥香肠一边开着摩托，一边狂吻着一个嘴角生疮、牙齿参差不齐、身上刺有文身的老女人。当他终于把舌头从那女人的嘴巴里抽出来时，已经太晚了。看到小鹿的一刹那，他本能地扭转车把，摩托车擦着小鹿白色的尾巴疾驰而过。车轮撞上了路边的石头，摩托车突然受阻，车身由于惯性向前翻滚。可怜的肥香肠没有戴头盔，他的身体腾空而起，接着脸朝下摔在路面上。这还不算，碎石和沥青就像一台天然的打磨机，落地之后的肥香肠继续向前滑行，结果半边脸都被生生磨掉，地上留下一条长长的血肉模糊的轨迹，如同撒了一地绞碎的烂牛肉。他的一只眼珠也从眼窝中掉了出来，而他的身体则像一个对折的布娃娃，脊柱先是弯曲，而后终于承受不住，当场折断。同车的女人像个稀里糊涂的超级英雄，一边大叫，一边挥舞着双臂从肥香肠的身体上方飞了过去。那头小鹿受了惊，转眼消失在路边的丛林里。

　　——米莉安闪身躲避，顺势将一道喷剂送进了肥香肠的嘴巴和喉咙。

只过了两秒钟，肥香肠仰面向后倒去，翻身趴在冰冷的水泥地板上大吐特吐起来。他的脸憋得通红，眼睛仿佛要爆炸，鼻涕、眼泪和汗水小溪似的直往下淌。

米莉安拉起阿什利。

"我们得赶紧逃命。"她说。

胖子一只手还死死抓着半截球杆，只是用伤手拼命揉着眼睛。

阿什利抓起另外半截球杆，劈头打向胖子的脑袋。米莉安连忙推了他一把。

"我说了，快逃命！"

阿什利只好放弃继续教训对方的念头，哈哈笑着向外奔去。

临走时，米莉安将一张二十美元的钞票揉成一团，丢到了小白脸藏身的吧台后面。她用肩膀撞开了酒吧的门，室外混杂着潮湿沥青和啤酒味儿的空气迎面扑来。她一阵恶心，踉踉跄跄地跑向了附近一片废弃的停车场。昏黄的路灯给人一种幻境般的感觉。她脑子里装满了远处高速公路上传来的汽车声。她有点晕头转向，该往哪里逃呢？

阿什利在她后腰上拍了拍，说道："这边。"

她顾不得多问，只管没头没脑地跟着。阿什利从口袋里掏出一串钥匙，米莉安还没弄清楚是怎么回事，他已经跳到了一辆八十年代末生产的福特野马跑车的驾驶座上。

"快上来！"他在车里大喊道。

她照做了，顺从得就像德尔·阿米可那间旅馆房间里的蟑螂。

车里黑黢黢的，又脏又乱。很多地方的薄膜被撕得破破烂烂，咖啡杯、饮料瓶在脚底下堆起老高。后视镜上挂着两张扑克牌除臭剂，不过它们恐怕早已失效，因为车里弥漫着烟和脚臭的气味儿。

阿什利将钥匙插进点火开关，顺手一拧，引擎振动着发出几声呻吟，随后便又无声无息。阿什利试了一次又一次，引擎却像死了一样，只是间或喘上几口气。

"怎么回事？"米莉安焦急地问，"快点！"

"我知道。"他吼了回来，一只脚不停地在油门踏板上起起落落。

吱——吱——吱——吱。

一百英尺开外，也许更近，酒吧门被轰然撞开。

胖子应声蹿了出来。即便停车场上灯光晦暗，米莉安还是清楚地看到了他嘴里喷出的唾沫、鼻孔中流出的鼻涕和眼角淌下的泪水，他那样子就像一头口鼻中喷溅着泡沫的、愤怒的公牛。

当然，她还看到了胖子手中握着的一把霰弹枪。她不知道这家伙是从哪儿搞来的枪，难道是酒吧里的？这已经不重要了，因为枪确确实实存在，而且就拿在他的手中，而他正怒不可遏地向他们追来。

"快点！快点！"米莉安尖叫着，"他手里有枪！"

车子仿佛感受到了她的惊慌，引擎隆隆吼叫着，虽然并不顺畅，但总算发动了起来。阿什利急忙挂上倒车挡，并加速向后倒去，不幸的是，愤怒的胖子此刻正手握霰弹枪站在车的后方。

枪声响了。

子弹打在汽车后风挡玻璃上，破碎的玻璃渣子稀里哗啦落满了后排座位。

野马跑车果然车如其名，阿什利挂上前进挡，一脚油门下去，车子便如脱缰的野马一般向前冲去，身后只留下一片飞溅的碎石和尾气。又一声枪声，铅弹在车尾钻了几个洞，但仅此而已，胖子气急败坏，可惜也只有望车兴叹的份儿。

车子一头冲出了停车场，轮胎啸叫着，阿什利兴奋地发出一阵狂笑。

# 7 讶异的快感

夜色朦胧，万籁俱寂。

一栋小房子静静矗立在一条崎岖蜿蜒的乡村小道旁。房子的一大半都被紫藤缠得严严实实，远看就像一个茂盛的葡萄架，而那些紫色的花俨然成了一串串丰满的葡萄。紫藤本是一种十分美丽的植物，但在伟大的北卡罗来纳州，人们却视之为杂草。

说不清从什么地方传来一两声狗叫，田野中偶尔能听到蟋蟀的浅吟低唱。天鹅绒般的夜空繁星点点，似颗颗珍珠，闪闪发光。

路旁停着一辆白色的野马跑车，后风挡玻璃上的大洞分外醒目，而车尾更是像筛子一样，遍布着大窟窿小眼睛。房子里面漆黑一团，甚至有些死气沉沉。两个人影悄无声息地站在门口，一动不动。

随后，什么东西打破了这温柔的寂静。

钥匙碰撞着锁孔，发出叮叮当当窸窸窣窣的声音。接着，开门者一个不小心，钥匙掉在了地上。有人咯咯笑着，有人骂了句"他妈的"。钥匙被捡起来重新插进锁孔，于是又一阵叮叮当当，窸窸窣窣。

门被一把推开，力度之大连门框上的合页都差点脱落。两个人影缠绕在一起，随即分开，然后再次合二为一，再也不忍分离。他们仿佛失去了控制，互相以彼此为轴旋转着。屁股撞上了靠墙的桌子，信件散落一地，随后一个相框也跟着掉了下去。哐当一声，玻璃摔了个粉碎。

一只手在墙上胡乱摸索着电灯开关。

啪。

"我靠！"米莉安说道，"太亮了。"

"别说话。"阿什利的声音。他把米莉安按在一张破布沙发的扶手上，双手在她的屁股上不停游走。

他的脸向她凑过去，嘴唇碰到了嘴唇，牙齿碰到了牙齿，舌头碰到了——

阿什利坐在一台轮椅上，他已是迟暮之年，光秃秃的头顶上布满了星星点点的老人斑和其他疤痕。他孱弱的双手放在大腿上，腿上盖着一条粉红色的毯子……

——舌头。米莉安轻咬了几下阿什利的下嘴唇，阿什利也如数奉还。她抬起一条腿，紧紧缠住阿什利结实的屁股，然后一个旋转，两人调换了位置。

她一下子把衬衣掀到了头顶。阿什利的双手紧紧抓着她身体的两侧，她甚至微微感觉到了疼痛——

……他身旁的地上放着一个氧气瓶，管子从粉红色的毯子下面穿过，通到他的鼻孔。他的身躯佝偻萎缩，像个被揉皱了的纸杯，又像一堆被粉蓝色的睡衣包裹着的行将腐化的骨头。但是他的眼睛，他的眼睛依旧年轻，像魔镜一般闪烁着动人的光彩。灵活的眼眸多疑地左顾，右盼，或者是在察看是否有人对他起了疑心……

　　——她从头上扯下衬衣，随手丢到了身后，他们再度吻到了一起。

　　衣服一件件脱了下来，从客厅一直散落到卧室。

　　很快，两人便倒在了床上，滚烫的皮肤之间再没有距离，米莉安喘息着——

　　……他看到两名护理员正在墙角说说笑笑，用无聊的八卦排遣工作的乏味和枯燥，好帮助他们忘掉自己不得不一次又一次洗头洗澡擦拭身体才能去掉因为照顾这帮老家伙而沾染的一身臭味儿的烦恼。可是此刻没有一个人在履行看护的职责。老人院的住户们照例无精打采地散布在房间的各个角落，他们全都是些半截儿入土的人了：一个头发染成橘黄色的老太婆手里拿着一对儿钩针，有模有样地摆弄个不停，可是钩针之间却并没有纱线；一个已是耄耋之年、瘦得皮包骨头的老者，嘴角的口水流得肆无忌惮；还有一个大腹便便的老头子，一边掀起衬衣，把手伸进腰带里抓痒痒，一边目不转睛地看着电视里正在放映的一部老动画片，但很明显，他的眼睛已经跟不上屏幕中海绵宝宝的节奏。

　　——他们在床上滚来滚去，很快便滚到了地板上。她调皮地咬他的耳朵，他则轻捏她的乳头。她的指甲深陷在他后背的皮肉中，他的双手则捧住了她的脖颈。她感觉大脑中的血液在慢慢膨胀，每一次心跳都伴随着脉搏的咆哮。她闭上眼睛，将拇指塞进了他的嘴巴……

　　阿什利一直坐着，他的身体始终纹丝不动，只有眼睛能证明他还活着。他把毯子向胸口拉了拉，结果下面便露出了腿。他的右脚上趿拉了一只一根筋式的拖鞋，但他没有左脚。左腿残肢从褪了色的格子睡裤裤腿里露出来。他没有戴假肢。阿什利凝视着残缺的左腿，眼神中充满了渴望、痛苦与哀伤。

当她的脚碰到阿什利的脚时，想到自己看到的画面，她浑身竟然一阵战栗。她既心醉神迷，又万分憎恶，就像她是那些在车祸中怒气冲天的人，但她不在乎了，她已经迷失了自己。眩晕裹挟着她，阿什利的手在她的脖子里越掐越紧。他大笑着，而米莉安呻吟起来。她猛地一蹬腿，脚趾抽了筋。

她的脚不知何时蹬开了床帏，也就是一瞥的工夫，她看到床下放着一个带密码锁的铁箱子，箱子有个黑漆漆的把手，不过她未及细看，因为此刻她眼睛里只有阿什利一个人，她的耳朵里也充斥着血液在血管中搏动的声音。

米莉安把阿什利的双手从自己脖子里拉开，并一把将他摁躺在地板上。阿什利的头撞到了旁边的桌子腿，可是两人只顾着缠绵，早已忘掉了一切。米莉安骑在阿什利身上，压得他几乎喘不过气。阿什利抬起脖子，咬着米莉安锁骨下面的皮肉。她终于有了活着的感觉，她感到恶心，想吐，浑身湿漉漉的，就像被风暴卷起的海浪。她用双腿紧紧夹住阿什利的下半身，她能感觉到他进入了她的身体。

他闭上了眼睛，而当他睁开眼睛时，眼眸中却已经没有了神采，只剩下雾霾一样混浊的一团。他从鼻孔里拔下氧气管，任由它掉在轮椅旁边。他眼皮翻了翻，胸口起伏，一次，两次，喉咙里发出吱吱的喘息声，就像轮胎中的空气从一个小孔中泄漏出去，随后，他的喘息变得沉重，像水烟一样发出咕噜咕噜的声音，那是他肺部的液体在阻碍他的呼吸。他开始挣扎，就像被钓上岸的鱼，渴望得到空气。他的嘴唇嚅动了几下，但没有发出任何声响。他正被自己的肺液淹死。终于，其中一个护理员——一个鼻子上穿着银色鼻环的黑人小伙儿——察觉到了不对劲，他跑过来，轻轻推了推老阿什利。他捡起氧气管，莫名其妙地盯着它看了好一会儿，仿佛不相信自己眼睛似的。随后他问："盖恩斯先生？阿什利？"现在他明白了，他知道是怎么回事了。"哦，天啊，老先生，你还听得见吗？"这是阿什利听到的最后一句话。护理员还说了其他的什么，但所有的一切都陷入了无尽的黑暗，因为死了就是死了，一缕气息呜咽着从阿什利的鼻孔中钻出来。

米莉安叫了起来，不是柔情蜜意的呻吟，而是声嘶力竭的呐喊。所有纠缠在她心中的复杂情感，这一刻全化作奔腾的万马，带着她达到了前所未有的巅峰。

对此，她自己也不由惊讶万分。

# 插 曲

## 梦

　　一把红色的雪铲重重地打在她的后背上。她身体失控摔倒在地，脸颊撞上了瓷砖，牙齿咬到了舌头，嘴巴里顿时全是鲜血。雪铲再次落下，这一次打在她的后脑勺上。地板撞烂了她的鼻子，血汩汩直冒。耳朵里嗡嗡一片，让人抓狂的高亢鸣响，一切都变得扭曲。

　　她艰难地抬起头，泪眼婆娑。

　　路易斯坐在一个简易厕所的马桶上，但裤子仍好好地穿在身上。摇摇晃晃的厕所板墙几乎无法容下他宽阔的肩膀和庞大的身躯。他的两只眼睛已经没了，空洞的眼窝分别用两条胶带贴着，变成两个大大的"×"。他龇着牙，发出连续的啧啧声。

　　"你真是个专吃男人的恶魔，"他边说边吹了声口哨，"德尔·阿米可，我，里士满的那个老杂种，宾夕法尼亚的哈里·奥斯勒，布伦·爱德华兹、蒂姆·斯特勒斯纽斯基。你是见一个害一个，对不对？哦，还有在马路上被撞死的那个小男孩儿。你害死了那么多人，名字多到数不清，一直往前追溯到……到什么时候？八年前的本·霍奇斯。"

米莉安吐出一口血，"不光有男人，还有女人呢。而且我并没有害死他们，我没有害死过任何人。"

路易斯信不过地笑起来。

"我说小姐，你就这么自我安慰吧，也许那样能让你夜里睡得安稳些。但你要记住，就算不是你亲自动的手，你和他们的死也脱不了干系，这改变不了你是个杀人犯的事实。"

"他们的死是命中注定的。"米莉安反驳说，她的嘴角挂着红色的黏液，"跟我没关系。他们命里该死。老天让你三更死——"

"谁敢留人到五更。"路易斯替她说出了下半句，"我知道。这话你说过无数遍了。"

"我妈妈以前常说——"

"该是什么就是什么。这话我也知道。"

"滚开！你不是真的。"

"也许现在我还没有变成鬼。但最多就再等一个月，到时候我会变成你衣橱里的又一副骷髅，你脑子里的又一个鬼魂。永远缠着你，折磨你。"

"我救不了你。"

"我严重怀疑。"

"你给我滚开！下地狱去吧！"

路易斯眨了眨眼，"我在地狱等你。小心那把——"

雪铲落在了她的肩胛骨之间。她觉得自己身体里面有什么东西断掉了。她的大腿越发湿漉漉起来。疼痛的感觉异常强烈。

"——雪铲。"

## 8　死亡职业

翌日凌晨。

三个飞车党加上开皮卡的那两兄弟，一个晚上她和五个男人发生过冲突。目前，其中一人已经死掉。对米莉安·布莱克而言，这是个疯狂的夜晚。

她站在阿什利的浴室里，双手扶着水槽，凝视着镜中的自己。她抽了一口烟，向镜子吐去，看着烟雾与烟雾相撞又分离。

说一千道一万，真正让她感到不安的是昨天夜里的高潮。

这跟做爱没关系。做爱算什么，还不是家常便饭的事儿？对她来说，做爱只是个嗜好，就像有些人的嗜好是剪贴，有些人的嗜好是收集棒球卡。谁在乎呢？她的身体可不是一座神殿，也许曾经是，但她早已失去了庄严的神圣（一个微弱的声音提醒道：八年前而已），祭坛上如今已是鲜血淋漓。

可是，高潮？这种感觉无比新鲜。

她已经多久没有体验过高潮了？米莉安又抽了一口万宝路，在心里思索着。可她想不到答案，这就如同在半醉的状态下做一道高难度的数学题。唉，太久了。

然而昨天夜里？砰！轰！像灿烂炫目的烟花；像活力四射的喷泉；像庄严隆重的二十一响礼炮；像直冲云霄的火箭；像帕瓦罗蒂①的音乐会；像宇宙大爆炸，大聚合，接着再次大爆炸。

它又像一个闪烁的红灯，一个不停鸣响的警报。

究竟怎么回事？是什么让她有了如此难以形容的体验？

她将头抵在镜子上，额头瞬间一阵冰凉。

"这是个标志，"她对着镜子说，"你已经彻底废了，再也无法复原了。"她仿佛看到了一个身上带着裂纹的瓷娃娃从血泊中被拖出来，从泥浆中被拖出来，从粪坑中被拖出来，而后被扔向半空，身体翻着跟头，直到一头撞向迎面驶来的十八轮大卡车。她就像那个瓷娃娃一样。

（一个红色的气球飞上天空。）

是时候做她最擅长的事了。

"该染头发了！"她哑着嘴说。

这才是她真正的天赋：所有的烦恼，瞬间都能抛诸脑后。不管周围是草莽丛林还是千军万马，只管削尖脑袋钻出去。这就是禅，是压制的艺术。

她打开挎包，从中掏出两个小盒子。这是几天前她在罗利达勒姆一家脏兮兮的便利店里买的，当然，这里的"买"，意思是顺手牵羊。

那是两盒染发剂，是只有那些不着四六的杀马特②才会用的便宜货。稍微有点自尊的成年女性是绝对不屑于买这种牌子，也绝对不会染这些颜色的——乌鸦黑和吸血鬼红。然而，尽管米莉安在法律上已经是成年人，可在心智上她还远远不是，她连自尊是个什么东西恐怕都不知道。她知道吗？知道才怪。

---

① 帕瓦罗蒂：意大利男高音歌唱家。

② 杀马特：网络语言，指那些喜欢染五颜六色的头发、化很浓的妆、穿很个性的衣服、戴稀奇古怪首饰的非主流年轻人。

　　她从浴室门口伸出脑袋。阿什利仍然躺在床上，沉重的眼皮儿半睁半闭着。电视里正重播着白天的脱口秀节目。

　　"亲爱的，上班累坏了吧？"她装出家庭主妇的口吻说。

　　阿什利眨了眨眼睛，"几点了？"

　　"九点半，十点。耸个肩。"

　　"耸肩这个动作你居然不是做而是说出来的？"

　　米莉安没有理会他的问题，而是举起那两个盒子给他看，一手一个。"你瞧，乌鸫黑，还有吸血鬼红。选一个吧。"

　　"选什么？"

　　她故意嗔怒道："选什么？选月球上的总统和省长！"

　　阿什利更蒙了，茫然地盯着米莉安。

　　"是染发剂，笨蛋。我要染头发，是染成乌鸫黑呢？"她晃了晃其中一个盒子，"还是吸血鬼红呢？"她又晃了晃另一个盒子。

　　阿什利眯着眼睛瞧了瞧，脸上却没有丝毫在意或理解的表情。米莉安叫了一声，跺着脚走到他跟前，把包一扔，趴到他身上，像搞阅兵式一样让两个盒子在他下巴底下踢起了正步。

　　"黑、红，黑、红。"她嘴里喊着节拍。

　　"无所谓，我没意见。天还这么早，我可没精神管这些破事儿。"

　　"瞎说。染头发永远都不嫌早。"

　　"随便啦，"他咕哝道，"我没有早起的习惯。"

　　"要不咱们分析分析，"米莉安说，"吸血鬼都很酷，对不对？至少现代吸血鬼都很酷。他们一袭黑衣，动作性感迷人，威风凛凛。而且他们皮肤都很苍白。我的皮肤也很白，只不过他们一个个都有模有样，干净利落，既优雅又性感，这些跟我都不沾边儿。况且，我实在不想让自己看上去就像德拉库拉伯爵①妓院里的婊子，免得给自己惹

---

① 德拉库拉伯爵是爱尔兰作家布拉姆·斯托克所创作的吸血鬼小说中的人物，是传说中的吸血鬼起源之一。

上一身骚。"

　　她举起另一个盒子，"至于乌鸫黑嘛，乌鸫是一种看起来非常酷的鸟。很多神话里都用它们来象征死亡。人们常说乌鸫是死神的化身，像麻雀一样，负责把死人的灵魂带到冥界。"她忽然有种似曾相识的感觉，但这感觉立刻就被她压制了下去，"当然，有一点不好的就是，乌鸫浑身黑乎乎的，我经常把它们和土里土气的乌鸦弄混。所以还是算了。"

　　阿什利听她说完，诧异地盯着她问："你从哪儿知道的这些东西？"

　　"维基百科啊。"

　　他恍然大悟似的点点头。

　　"还是没意见？"

　　阿什利摇了摇头。

　　"老兄，认真点。你现在有一个改变我命运的机会。蝴蝶效应你懂吗？美国托莱多的一只蝴蝶偶尔扇动几下翅膀，说不定就能在日本的东京引起一场飓风。你现在可是大权在握啊，能不能改写命运，改写人类历史的进程，就看你的了。在这儿，此时此刻。"

　　阿什利眨了眨眼，"好吧，那就吸血鬼红吧。"

　　"噗。"米莉安发出一个充满不屑的声音。

　　"去他的吸血鬼红吧，"她说，"我心里早就想好了，乌鸫黑，笨蛋。你是没办法逆天改命的。啧啧啧，小宝贝儿，这是我们今天上的第一课。"

　　说完，她扭头钻进浴室，并砰的一声关上了门。

## 9 日记本

阿什利听到浴室里的水龙头开始哗哗冒水。

"好极了。"他说着跳下床来,抓起米莉安扔在地上的包,又跳上床去。

他再次谨慎地朝浴室门口瞥了一眼。米莉安一时半会儿应该不会出来,自己染发可没那么容易。她得一遍遍地洗,一遍遍地梳,还要耐心等待。

于是,他开始放心地翻起米莉安的包。

他把包里的东西一件件地拿出来,摆在床上。润唇膏,扎头绳,一个浑身伤痕累累、仿佛在碎木机中走过一遭的小 MP3 播放器,两本庸俗不堪的言情小说(一本封面上印着一个金发碧眼的鲜肉小帅哥,另一本上则印着一个留着黑色山羊胡子的性感型男),一盒克拉克牌冬绿口香糖(冬绿是他妈什么玩意儿,他一点都不知道),一个给宠物狗用的玩具,样子像个正吃松果的小松鼠,用力一捏会发出叽叽哇哇的声响。他还没有来得及细细研究那小东西,便被接下来现身的各式武器给吸引住了。一罐防狼喷雾，一把蝴蝶刀，又一罐防狼喷雾，一颗手雷——

"我靠！"他惊得不由吞了口唾沫，连忙战战兢兢地把手雷放在身后的枕头上，而且确保它放得稳稳当当。他喘了口气，随后继续在包里翻找。

终于，他找到了他想要的东西。

米莉安的日记。

"找到了。"他心里激动地说。

那是一个黑色的日记本，塑料封皮上布满刻痕。本子胀鼓鼓的，仿佛里面长满了肿瘤，当然，不是血，而是文字的肿瘤。他迅速拿在手中翻了翻：页面破旧，有些还折了角，字体五颜六色，红的、黑的、蓝的。有用记号笔写的，有用圆珠笔写的，有用水笔写的，居然还有用蜡笔写的。每一页上都注有日期，每一页都以"亲爱的日记本"开头，以"爱你的，米莉安"结尾。

"你什么情况？"米莉安忽然问。阿什利吓得差点尿出来，做贼心虚的他胸口怦怦直跳，无比忐忑地抬起头。他以为米莉安就站在他旁边，可事实上并非如此。她还老老实实地在浴室里染她的头发，刚才那一声是隔着门喊的。

他深吸口气定定神儿，"什么……我什么情况？"

"你是哪里人？干什么工作的？你就直说你是什么人吧？"

他翻到日记的前面部分。

"呃，"他努力集中起精神，"我是宾夕法尼亚人，是个……嗯……是个旅行推销员。"

"鬼才相信。"她喊道，"我还是马戏团里的猴子呢。"

"我可从来没跟猴子滚过床单。"

他向后翻了几页，一目十行地浏览着日记内容。看着看着，他忽然感觉自己的嘴唇开始发干，心跳开始加速。这不奇怪，可是……他又翻

了十来页，如饥似渴地看了下去。他的嘴唇微微嚅动，默读着日记里的
内容——

　　就像妄想用一枚硬币使火车出轨，或者想一脚把海浪踹回到大海里，
我干的这是件蚍蜉撼大树的事儿。我无能为力，什么都阻止不了，什么
都改变不了。

　　下一页。

　　命中注定的事儿，谁也改变不了。

　　下一页。

　　我是人们生命尽头的旁观者，只能看着他们走完最后一程。

　　下一页。

　　布伦·爱德华兹摔断了髋骨，死在阴沟里。他的钱包里有两百块
钱——今晚我可以改善下生活了。

　　下一页。

　　该是什么就是什么。

　　下一页。

亲爱的日记本，我快写不下去了，如果某一天我忽然停了笔，你就知道发生什么事了。

下一页。

亲爱的日记本，今天，我又做了同样的事。

这时他看到丢在一旁的包里有另外一样东西露出个头，抽出来后，却发现是个小小的日历事件簿，时间有将近一年之久。

"我也是宾夕法尼亚人。"米莉安在浴室里大声说。

"好极了。"他一边敷衍，一边随手翻阅着那个事件簿。大部分日期都是空白的，可是其他的？其他的日期上面记有名字、时间，还有一些诸如星星、叉号、美元符号之类的标志。

此外，还有死亡原因。

6月6号，里克·斯瑞尔比／下午4：30／心脏病发作

8月19号，欧文·布里格姆／凌晨2：16／肺癌

10月31号，杰克·伯德／晚上8：22／饮弹自杀

等等等等。

"找到什么有意思的东西没有？"米莉安问。

阿什利吓了一跳，手一哆嗦，日历事件簿掉了下来。他抬起头，看到了米莉安怒气冲冲的眼睛，她的目光在他、他旁边的日记、枕头上的手雷和丢在一旁的挎包之间转了一个圈。

"你听我解释。"他急忙说，但米莉安打断了他的话。

怎么打断的呢？用拳头。一拳打在嘴巴上，下嘴唇登时破裂，牙齿

咯咯作响。阿什利吃了一惊，尽管他不该吃惊的。米莉安已经在外面浪迹多年，不知道什么时候，也不知道从哪里，她学会了如何出拳。不过从她眼上的瘀痕判断，她还学会了挨打。

"你是警察，"她说，"不，不会是警察。"

"我不是警察。"阿什利捂着淌血的嘴角，喃喃说道。拿开手掌，嘴角上是一条红色的溪流。

"你是个跟踪狂，是个变态。"

"我从弗吉尼亚州开始就一直跟着你。"

"那我说对了，你就是个跟踪狂，是个变态。算了，你给我滚。"她推了他一把，收拾起她的书、本、防身工具、各种零零碎碎的小东西，一股脑儿全都装回到挎包里。阿什利抓住她的手腕，被她抬手挣脱。他又伸手来抓，结果被她反手一巴掌抽下了床。

等阿什利恍过神时，却发现门是敞开着的，米莉安已经不见了人影。

# 10 让太阳见鬼去

鸟儿啁啾鸣唱，蜜蜂嗡嗡嘤嘤。空气中弥漫着金银花的芬芳。阳光明媚，米莉安被照得几乎睁不开眼睛，她真希望自己能有副墨镜戴。胃里一阵阵泛着酸，而肚子里却犹如装满了冰水，这种冰火两重天的感觉使她恶心得想吐。她讨厌太阳，讨厌蓝天。该死的小鸟和蜜蜂怎么不找个背角旮旯鬼混去呢？她苍白的皮肤火辣辣的，感觉就像微波炉里的热狗，马上就要皮开肉绽。她是典型的夜猫子，白天不属于她。她忽然有些后悔把头发染成了乌鸦黑，也许吸血鬼红才更适合她吧。

她蹬着靴子踩在荒芜的乡间小道上。这条路她已经走了十五分钟，或许稍微久一点，但感觉却像走了一辈子。

她觉得孤独、无助、不安，仿佛受了谁的算计。米莉安已经很久没有过这种感觉了。从来秘密最多的人都是她，占便宜的人也是她。然而此时此刻，她的每一根神经好像都被通上了电，焦虑的情绪在身体里肆意蔓延。她不知道这是为什么。有什么好担心的呢？他能怎样？

她继续向前走着。

　　小路弯弯曲曲，一会儿又上了座丘陵，钻入一片树林。拐了一个弯，一道残破的篱笆映入眼帘，篱笆前还矗立着一个上了漆的信箱。视线越过篱笆，可以看到一栋摇摇欲坠的谷仓和一栋陈旧的农舍。多惬意的田园景色。米莉安拼命揉着眼睛，就像里面进了一堆沙土。她很奇怪，自己为什么会如此愤怒？

　　身后传来汽车驶近的声音，车速也逐渐慢了下来。

　　白色的福特野马，是那谎话连篇又鬼鬼祟祟的贱人。

　　车子在她身旁停了下来，副驾窗户上的玻璃徐徐降下。阿什利一手扶着方向盘，侧过身体，伸着脑袋。没有迷人的笑容，他的表情像石头一样冰冷。

　　"上车。"他命令道。

　　"去你妈的！"

　　"你没地儿可去。"

　　"我包里有各种各样防身的家伙儿，有它们在，我想去哪儿就去哪儿。"

　　"我知道你是谁，也知道你是干什么的。"

　　"你知道个屁，少在这儿自以为是。赶紧开着你的车滚吧，能滚多远滚多远。"

　　米莉安只管向前走，但阿什利的车子仍然不紧不慢地跟着。

　　"我可不会把你一个人扔在这荒郊野外，我没那么没良心，"他说，"现在我不想和你吵架，快点给我上车，别婆婆妈妈的。"

　　米莉安伸手到包里一摸，转眼掏出了她那把蝴蝶刀。手腕轻轻一转，刀片便从分开的刀柄中露了出来。

　　"嘿——"阿什利不知道她想干什么。

　　米莉安停住脚，故意让阿什利超前了一两步，然后，她蹲了下来。阿什利伸长脖子想看清楚她搞什么名堂，可当他终于把脑袋伸出窗外时，已经来不及制止。只见米莉安挥手猛地一刺，蝴蝶刀扎进了野马跑车的右后轮里。空气噗噗地往外冒，听着如同放屁的声音。

"你他妈干什么？"阿什利在车里大喊道；"我操！你往哪儿扎？"

就在他不干不净地咒骂的时候，米莉安已经绕到了车子的另一边，在左后轮上也来了一道口子。同样的噗噗声随即响了起来。

两个后轮很快就瘪了下去。

米莉安走到司机座位一侧的车窗前，对着仍趴在副驾窗口的阿什利喊道："看到了吗？早告诉过你，我的那些宝贝可不是吃素的。别再开这破玩意儿了，你会把轮毂碾坏的。"

随后她对阿什利竖了竖中指，转身向前走去，把瘪了的野马丢在后面。

## 11　让阳光咖啡馆也见鬼去

米莉安痛痛快快地吃了一顿早餐。

周围，与吃饭有关的声音不绝于耳：勺子在杯子里搅拌，平底锅中的热油吱吱冒着烟，叉子刮擦着盘子、碟子。她一直低着头，盯着眼前的一堆东西。两个双面都煎过的嫩鸡蛋，两个像井盖一样大的酪乳薄烤饼、四段香肠、全麦吐司，另外一个单独的碟子里盛着一个烤肉桂面包。除了肉桂面包，其他东西上全都涂满了枫糖浆。地道的、货真价实的枫糖浆，就像直接从树上取下来的，而不是从杂货店里买来的那种吃了会让人拉肚子的垃圾货。

"你说话像水手一样尖酸刻薄，"她的妈妈经常说，"而吃饭却像伐木工人一样狼吞虎咽。"

吃饱喝足，浑身舒畅，但她仍然不愿意抬起头来，唯恐自己的两个眼珠子开心得当场爆掉。

阳光咖啡馆。呸！

明黄色的墙壁，阳光透过轻薄如纱的窗帘，柜台前立着几个粉蓝色的凳子。农夫、移民、卡车司机、乡村雅皮，龙蛇混杂。他们每个人或许都曾去过教堂，都曾在奉献盘里丢过一两块零钱，他们与人为善，对谁都面带微笑，努力做个奉公守法的美国公民。米莉安摇了摇头。她想起自己有一次喝醉了酒，曾在诺曼·洛克威尔①的画上撒过尿。

米莉安将一大片吐司揉成一团，戳破一颗蛋黄，让四溢的黄色液体与包围着它们的枫糖浆汇聚在一起。

这时，有人在她对面坐了下来。

"你欠我一笔拖车费。"阿什利说。

米莉安闭上眼睛，深吸了一口气。

"我就当什么都没有看见。你最好趁我闭上眼睛的这会儿工夫溜得远远，因为如果我睁开眼睛你还坐在我面前，我就一叉子插进你的脖子里。"

阿什利打了个响指，"或者，还有另外一种解决方案：我报警。"

米莉安猛然睁开双眼，直勾勾地瞪着阿什利。他咧嘴奸笑着，也不怕撑破下嘴唇中间那道深色的痂。他那样子要多自鸣得意有多自鸣得意，要多讨厌有多讨厌。

"你不会报警。因为你和我一样，也不是什么好鸟。他们才不会信你的话。"

"有道理，"他说，"不过，他们总该相信照片吧。对，我手里有照片。从里士满开始，有三个死亡现场都能看到你的身影，这也太巧了。你说他们会不会觉得奇怪？"

米莉安的下巴紧绷着，"那些人又不是我杀的。"

"可是他们钱包里的钱全都不翼而飞了。而且只要有人稍微一调查就不难发现，他们同时还丢了信用卡。这些信用卡曾经被人使用过，随

---

① 诺曼·洛克威尔（1894—1978年）：美国20世纪早期的重要画家，作品横跨商业宣传与爱国宣传领域。他的画作记录了20世纪美国的发展与变迁。尤其喜画人物，展现普通人的生活层面。

后丢进了垃圾桶或阴沟。如果再往深了查一查，他们就能发现一条死亡的轨迹，你说对不对？而这条轨迹和你走过的路线完全吻合。他们会找到你的日记，还有你那个古怪的记满日期的事件簿。"

米莉安忽然感到一阵心慌。她发现自己被眼前这个卑鄙小人给算计了，她像头被逼到绝境的野兽，像只被钉在板子上的蝴蝶。有那么一刻，她真的想用叉子在阿什利的脖子上开几个洞。

"我没杀他们。"她说。

阿什利不以为然地看着她，"我知道，你的日记我已经看了不少。"

"但你并不相信。"

"这可不一定，"他说，"我妈妈是个非常迷信的人，她最喜欢研究各种各样充满神秘主义的东西。比如水晶球占卜、通灵之类的。那些东西在我眼里通常都是垃圾，但有的时候我也不太确定。说实话，我很愿意相信。"

"不过话说回来，"阿什利继续说道，"我见到的那三个人，死的方式各不相同。里士满那个快递员，还记得吧？那个黑人小子，他死于车祸。这就很难认定是谋杀了，尽管你是个非常狡猾的臭婊子。"

"你嘴巴这么臭，你妈知道吗？"

阿什利明显不悦了起来。他并没有隐去笑容，但明眼人都看得出来，米莉安的话令他极为不悦。

"不准提我妈。"他冷冷说道。而后他又继续刚才的话题，"最近一个是犯了癫痫病之后被自己的舌头给呛死的。我很想说那是谋杀，但那个家伙恰好有癫痫史对不对？还有罗利的那个老头儿，他叫什么来着？本森对吧？克雷格·本森。我其实还不确定他是怎么死的。像他那样的大企业老板，从来都是前呼后拥，保镖、保安一大群，我根本接近不了。可你做到了。他是老死的吗？"

米莉安将餐盘推到一边。她已经没了胃口。

"他是被自己的老二给害死的。"米莉安说。

"他的老二？"

"确切地说，是老二勃起要了他的命。"

"你上了那个老家伙？"

"开什么玩笑，当然没有。不过我的确给他点了把火。他太依赖壮阳药，可是吃的却不是医生开的正规处方药，而是一些不知道从什么地方搞来的货色。他就是被那些药给害死的。我的这对儿咪咪虽然谈不上完美，但撩拨一个老头子还是绰绰有余的。"

"这么说，他的确是被你害死的。"

"胡扯！"

"反正跟你有直接关系，只不过别人害人用的是枪，你用的是你的奶子。"

她不耐烦地摆了摆手，"随便你怎么说。"

一名女侍者走了过来，她腰细肩窄，却偏偏有个硕大无朋的屁股，米莉安不由想到，这样的屁股最适合生孩子了。女侍者问阿什利要点什么，他点了杯咖啡。

"也就是说，你已经跟踪我两个多月了？"

阿什利只是嗯了一声。

"你是怎么跟的？你怎么找到我的？"

女侍者又走过来，给阿什利倒了杯咖啡，给米莉安续了杯，"那个快递员，我看见你掏他口袋了。说实在的，我当时也想那么干。"

"你只是碰巧在那儿？"

"不是。我盯上那个快递员已经一个星期了。那货手脚不干净。他给很多黑道上的人跑腿儿。我当时正有一个计划，想说服他和我一起干，私吞个把包裹，然后转手挣点大钱。当然，我才不会跟他分钱呢，拿到包裹我就拍屁股走人。"他吸溜吸溜地喝着咖啡，"可是，你从半路里杀出来，把我的计划给搅和了。"

"这么说，你实际上是个骗子。"

"何必说得那么难听呢，应该说我是个研究骗术的行为艺术家。"

"脱衣舞娘也说自己是舞蹈家。你只管说一万遍，看会不会变成真的。"前一天夜里喝的威士忌，酒劲儿还没有完全过去。她的头开始疼起来，仿佛脑壳里面睡了一个小怪物，这会儿正伸长了胳膊腿儿苏醒过来。她需要抽支烟，或者干脆再来一杯酒，当然，也许在太阳穴上来一枪，就一了百了了，"废话少说。你看见我从死人口袋里掏东西，然后就跟踪了我两个月？为什么？"

"最初只是出于好奇，要知道我是有专业头脑的。所以我就想，嘿，原来遇到了同行。说不定我能跟她学个一招两招，或者跟她玩个骗中骗，不管谁骗得过谁，总归会很有意思。"

"我不是骗子。"

"是或不是，有什么关系呢？也许所有这些事都只是你的策略，也许现在我就是你诈骗的目标。日记，事件簿，染头发，都是设计好的。说不定你知道我对那个快递员图谋不轨，说不定你以为我是条更大的鱼。"随后他摇了摇头，伸出一根手指晃了晃，"可仔细想想我觉得不是这样。因为这完全说不通。你只是掏空了那个快递员的钱包，却并没有动他的包裹。你似乎只对别人的钱包感兴趣，当然偶尔也会顺手牵羊捞点别的东西，比如那小子的围巾，还有那老头儿的手表。"

"我只拿我需要的东西。当时天很冷，所以我需要那条围巾。我没有拿走本森的手表，肯定是警察干的。我自己有手表——"她说着晃了晃手腕上的一块老式计算器电子表，"只是电池没电了，可这不是关键。我从本森那儿拿了一支钢笔，因为我用得上。我需要吃饭睡觉，所以我拿了他的钱，用来吃饭和住旅馆。"

"仅此而已吗？你对别的东西就没有兴趣？"

她同时撕破三个糖袋儿，倒进咖啡里，"我没那么贪得无厌。"

"你没那么贪得无厌。"阿什利咀嚼着这句话，笑了起来，"有意思。我就喜欢你这样的。虽然有那么一点美中不足，但这算不了什么，就连国王身上还能找到三只御虱呢。"

米莉安耸了耸肩。

"看来这一切都是真的。"阿什利说。

"当然是真的，要不然还有什么好说的。"

"你能预知人的生死？"

"日记你都看过了，还问个屁啊？"

阿什利笑了起来，"好吧，你是个有超能力的大美妞儿。难道你对我就不感兴趣？"

"昨天晚上我不是已经上过你了吗？"

"哈，有意思。不过我指的不是上床，而是在我身上用用你那巫术一样的超能力。"

米莉安翻了个白眼，"两不耽误。上你的时候我自然就能用上那种超能力，不费什么工夫的，只要皮肤接触就可以了。"阿什利刚要张嘴说话，米莉安立刻止住了他，"你想都别想。我不会告诉你你是怎么死的，那太便宜你了。况且你也不会想知道，除非你想给自己找不自在。"

阿什利浑身一震，眼皮儿抖了几下。显然他被米莉安的话吓住了，他以为自己死期将至。在米莉安看来，人无非分成两类：一类人认为自己去日无多，将不久于人世；另一类则认为自己身康体健，长命百岁。几乎没有人想过第三种可能。

阿什利点点头，咂了下舌头。

"我算看出来了，你这是在忽悠我。很好。不过实话告诉你吧，我并不想知道。不如这样，你瞧那女侍者又过来了，你在她身上试试。"

"当真？"

"真的不能再真了。"

那个大屁股女侍者晃着一对儿颤巍巍的奶子走到他们桌边，放下账单。她的另一只手里，拎着一个咖啡壶。

"什么时候吃好了就叫我。"她的声音似乎比蜜还甜，"另外您还要续杯吗，亲爱的？"

米莉安没有吭声，只是把杯子往女侍者近旁推了推，而后冲她微微一笑算是同意。当女侍者倒咖啡的时候，米莉安礼貌地用指尖轻轻点着对方的手背——

一辆本田两厢车高速行驶在崎岖的乡间公路上。时间为两年后的某个夏夜。星星点点的萤火虫在林间和草地上翩翩起舞。女侍者双手紧握方向盘，目视前方。她的头发长长了许多，蓬松的爆炸头变成了短短的马尾辫，尽管已经过了两年，但这发式却使她显得更年轻了些。她看起来心情不错，但脸上依稀带有倦容，大概是刚从酒吧出来，或者是参加完派对，又或者刚刚与某个男人春风一度。收音机里播放着肯尼·罗杰斯[1]的《赌徒》，听到高兴处，她也随着唱了起来，"我遇到一个职业赌徒，因为太累都无法入睡……"汽车转过一个弯道，发动机吱吱尖叫了几声。

女侍者的眼皮儿越发沉重起来。她使劲眨眨眼睛，努力赶跑困意，随后又揉了揉，并打了个哈欠。

她的头开始慢慢往下低，眼看就要打起了瞌睡。又过一个弯道时，她没有及时降低车速，结果车子的后轮甩出了公路，在沙砾中连连打滑。女侍者突然清醒过来，大惊失色之余，她立刻猛打方向盘，车子终于颠簸着回到公路上，随后她深吸一口气，关掉了收音机，像狗一样将脑袋伸到车窗外，以便让自己保持清醒。

----

① 肯尼·罗杰斯：美国乡村歌手，天生一头银发银须。他的特点是能把乡村音乐与流行音乐结合起来，因此成为美国大众文化的象征人物。

可是这根本没用。五分钟后，她的眼皮子又开始打架，困得对着方向盘直点头。

车轮突然颠过一个坑，她猛然睁开眼睛。

车子已经驶到了一个丁字路口，路的尽头是一棵粗大的橡树。而本田车已经在女侍者不知不觉间飘到了惊人的速度。她急忙紧握方向盘，十指关节胀得煞白，与此同时，她也狠狠地踩下了刹车。轮胎像待宰的羔羊一般发出刺耳的尖叫。车尾就像女侍者走路时左摇右晃的肥屁股一样向一侧甩去，整个车身横着向那棵巨大的橡树撞去……

车子终于停了下来，离那棵该死的树只有几英寸。田野里万籁俱寂，唯有渐渐冷却的汽车引擎发出突突突的声音。

惊魂未定的女侍者似乎想哭，可是转眼间又大笑起来。她还活着，多么幸运。空气暖融融的，谁也没有看到她刚刚经历的这生死一幕。她擦拭着眼角涌出的泪水，是尴尬？是欣喜？总而言之，她没有看到从另一个方向驶来的汽车，直到雪亮的车头灯划破夜的黑暗。那是一辆满载涂料的皮卡车。

她惊恐地抬起头，看到了即将降临的厄运。

女侍者慌忙去解安全带，可惜手忙脚乱，一时竟无法解开。她继而猛按喇叭，可是皮卡车无动于衷。

她想张口喊叫，可是还没等大脑将信号传送到嘴巴，那辆皮卡已经以每小时80英里的速度撞上了她。车门凹陷，首当其冲遭到压迫的是她的上半身，她的胸骨当即折断。碎玻璃像下雨一般落在她向后仰去的头上。空气中震荡着汽车的喇叭声和金属碰撞变形的巨响……

车祸的声音似乎还在米莉安耳畔回响，她轻轻收回手，清了清嗓子说："好了，谢谢。"

"不用客气，亲爱的。"

米莉安屏住了呼吸。

"怎么样？"阿什利迫切地问道，"是什么结果？"

"我需要去趟洗手间。"

说完她站起身，挤过狭小拥挤的咖啡馆。她的手无意中碰到了一个农夫的胳膊肘——

老农夫身穿一件肮脏破旧的白色T恤，头上戴着一顶黄绿相间的美国约翰迪尔农用机械公司的帽子，可他开的却是一辆久保田①牌的拖拉机（他们总说要"支持国货"，可最后却还是买了日货）。老人的耳朵有点毛病，他忽然一阵头晕眼花，一头从行进中的拖拉机上栽了下来，落在刚刚翻过一遍的松软的土上。他只是微微呻吟了一声，可死神的手已经扼住了他的咽喉，因为这是他第二遍翻土，拖拉机后面还拖着庞大的旋转式翻土机，结果，翻土机直接从他身上犁了过去，弯曲锋利的刀片将他的皮肤、肌肉乃至骨头都搅得粉碎，连同鲜血一起埋在了新翻的泥土里。

米莉安吓得倒抽一口凉气，她急忙缩回手，可一个红头发的小孩子却在这个时候贴到了她的身上——

这个小孩子已经长成了一个三十岁的大男人，手枪枪筒伸进嘴巴抵住上颚时，他尝到了枪油的味道，而后，随着一声巨响，火热的子弹钻进了他的大脑……

她把两只胳膊紧紧缩在胸前，像头举着短小前爪的霸王龙一样狼

---

① 久保田是日本最著名和规模最大的农机制造商。

狈地逃进洗手间。一个粗鲁的声音在身后响起，"那小妞是不是吃错药了？"可她无心理会。

是啊，她是不是吃错药了？这个问题连她自己也不知该如何回答。

# 插　曲

## 采　访

　　"天命不可违。"米莉安抚摸着瓶颈说。她浑身暖洋洋、热乎乎的，威士忌正在履行它光荣的使命，"人的一生要经历什么都是有定数的，上天对我们的命运早就做了安排。就连现在你我之间的谈话也是被安排好的，没有谁能够更改。我们自以为可以掌控一切，掌控自己的命运，可实际上我们没有。自由意志什么的全是扯蛋。你买一杯咖啡，吻你的女朋友，拉着一校车修女去烟花厂，你以为这些都是你的选择，是你决定了要做这些事，对不对？呸，大错特错。我们每个人从生到死都是由一系列的事件交织而成。每度过一段时光，每做一件事，哪怕一句充满爱意的私语或者一个愤恨的手势，都只是生命发条上的一次微小震动，经历无数次震动，直到有一天，某件事击发了生命的闹钟，铃声响起，我们的生命也便走到了尽头。"

　　保罗默不作声，只是睁大双眼盯着米莉安。他的嘴唇嗫嚅了几下，却终究没有开口。

　　"你想说什么？"看到他欲言又止的样子，米莉安问。

"这也……太阴暗了。"

"谁说不是呢。"

他浑身不舒服，转换了话头，"也就是说，你曾经试过改变这一切。"

"对。头几年我的确试过，而且试过很多次。可是没有一次奏效的。"

"所以你就干脆放弃了？"

"没有。后来有一天，我遇到了一个拿红气球的小男孩儿。"

## 12　阿什利的提议

　　洗手间男女通用，而且只有一间。有人在外面旋着门把手，米莉安咕哝了一句"滚开"，但她实在没有气力大声说话。这倒新鲜。

　　她觉得自己如同置身壁橱。狭窄、局促、明亮。到处都是蓝色，所有东西都是蓝色。灰绿蓝、天蓝。简直来到了毕加索的蓝色时期①。这种阴郁的蓝给人的感觉就像某人吃肉丸子时不小心被噎死了一样。

　　她仿佛听到远处传来红色雪铲的叮当声，而后背则依稀感受到了它可怕的重量。

　　镜子里，她看到无数幽灵向她扑来，未来的、过去的：德尔·阿米可，他的喉咙被自己的舌头堵得胀鼓鼓的；本·霍奇斯，他的后脑勺像颗饱满多汁的石榴豁然洞开；还有克雷格·本森老头儿，双手正套弄着他那软塌塌的老二；路易斯每个眼睛上都打着一个大大的 ×，一遍又一遍地呼唤着米莉安。一个闪亮的气球缓缓飘起来，有那么一刻几乎要挡住她头顶的光，尽管她知道这一切都只是幻觉……

--------

① 毕加索的蓝色时期是毕加索在1900年至1904年之间，本质上以单色（阴郁的蓝色与蓝绿色）做画的时期。

门把手又咔嚓咔嚓地响起来。幽灵们不见了，米莉安一头拱出洗手间，从一群黄毛的乡下小混混中间挤过去。

女侍者迎面走过来，手里颤巍巍地托着一大摞盘子、碟子。

"你的朋友说你已经吃完了？"她用下巴指了指刚收的餐盘，问道。

"呃，是，已经吃完了，谢谢。"她顿了顿，继而不假思索地问了一句，"你是不是有辆本田车？两厢的？"

"没有啊。"女侍者答道。米莉安的心脏跳得就像一只屁眼里塞了支飞镖的牛蛙。希望的微光好似突然生了翅膀，激烈撞击着她幽暗的心房，犹如一只被玻璃隔在窗内却又急于飞出去的小蜜蜂，"不过，我正考虑着买一辆呢。果园路上的老特雷梅恩·杰克逊家正好有一辆，我猜应该是他女儿的。不过他女儿得了奖学金，他们家第一个大学生，所以那车子现在就没人开了，天天扔在路边，车身上落满了花粉和树叶之类乱七八糟的东西。他说他愿意卖给我，不过我还没有下决心。嗨，真是的，也许我该把它买下来。你要是不提车子，我都把这件事给忘了。"

米莉安心里一紧，暗叫不好。后悔像个恶狠狠的醉汉，叫嚣着向她扑来，踢她的门，拿砖头砸她的窗户：看你干了什么好事？你这个扫把星，只要你一开口就准没好事儿。不说话没人拿你当哑巴。刚刚她还在犹豫要不要买那该死的车子，现在可好，你多这一嘴倒让她有了主意。你在她心里播下买车的种子，这种子会生根发芽，长成一棵巨丑无比的大树。两年后的某个晚上，她会被一个开皮卡车的浑蛋家伙撞死在这棵树上。干得漂亮啊，米莉安。你想改变未来是不是？看看你都干了什么吧！

这时，一个微弱的声音插了进来：告诉她不要买车。告诉她本田两厢车打开收音机的时候发动机容易自燃。或者干脆跑到果园路上找到那辆车，往油箱里塞根布条然后点着，把那破玩意儿炸上天。再或者现在就来他个逆天改命，从柜台上拿把黄油刀，捅这女人三刀六洞。如果现在杀了她，也算是改变了未来，不是吗？

可米莉安只是微微一笑，耸了耸肩，从她身旁走了过去。

女侍者看着她回到自己的座位，心里半是迷惑，半是高兴。

阿什利已经喝完了咖啡。"什么结果？说说呗。"他急切地问。

"车祸。被车撞死的。"

阿什利半信半疑地扬起一侧眉毛。

"怎么，你想让我证明给你看？没问题，我的时光穿梭机就停在外面的垃圾箱旁边，待会儿咱们坐着它到未来去看一看你就知道我没有撒谎了。"

"好了，好了，我相信你还不行吗？"阿什利最受不了米莉安这种不疼不痒的讽刺。

"真的？我开心死了。"可米莉安根本停不下来。

"你能不能答应我一件事？"

"不，我不能嫁给你。我肚子里的孩子不是你的，我已经查过了，那是个混血儿，你看着可不像爱斯基摩人。"

"你有完没完了？我说正经事儿呢，我想跟你合伙儿干。"

"合伙儿干。"她嘟囔着这几个字，如同看见了一坨狗屎，"你真这么想？我们？合伙儿？"

"就像打排球那样，你传球，我扣杀。咱们明人不说暗话，布莱克小姐，实际上你尤其需要我的帮助。"

"我需要你的屁帮助。"米莉安不屑地说，心想这家伙也太把自己当回事儿了。

"那个阳痿的老杂种，叫本森的，他有个保险箱没错吧？"

"没错又怎么了？"

"怎么了？保险箱里通常都放什么东西？当然是重要的东西。比如手枪、钱、金银珠宝之类的。直说了吧，我会开保险箱。"

"什么人会干这种事啊？难道如今的社区大学连开保险箱的课程都

有了？你不会是吹牛吧？"

"当然不是。"

"可我不需要保险箱里的东西。我已经说过了，我没那么贪得无厌。"她从包里掏出几张钞票，丢在账单上面，"钱我全付了，我们还是就此别过吧。谢谢你昨天夜里让我爽了一把。虽然狂野得让我有点受不了，不过还是蛮有意思的。我要离开这里了，祝你生活愉快。"

她起身便想离开。但阿什利一把抓住了她的手腕，而且越抓越紧。

"没有我的同意，你哪儿都别想去。"他露出一脸招牌式的迷人微笑。米莉安能感觉出来，他很善于搞这一套，"否则我就报警，把你的事全都告诉警察。再者说了，我还给你准备了一个小小的惊喜呢。"

米莉安很想在他的鼻子上来一拳，虽然那很可能会引起众人的围观。

"我对你的过去做过一个小小的调查。像你这样的女孩子一般是很少会给人留下什么线索的，但我还是想办法找到了你的妈妈。她还活着，而且过得很好。也许你知道这些，也许不知道。但我注意到你的嘴角刚刚抽动了一下，这说明我的话对你起了作用。别担心，我也有妈妈，知道是怎么一回事。挚爱和失望就像一对儿孪生兄弟，你说对吧？如果你敢耍我，我就去找你妈妈，把你所有的事情都告诉她。也许她会相信我，也许不会。但我觉得她终究会知道实情的。要是她知道你整天满世界流浪，与那些粗俗的南方佬和可怜的窝囊废们上床，还到处偷死人的钱，想必她一定会很伤心吧？我说，你想让她伤心吗？"

米莉安把牙齿咬得咯咯作响，她甚至担心它们会突然间崩得粉碎。

"现在你同意跟我合伙吗？"阿什利问。

"你能不能告诉我你床底下那个铁皮箱子里装的是什么？"

"不能。"他自鸣得意地笑道。

"我恨你。"她说。

"你爱我，因为我们是同一路人。"他站起身，伸嘴向米莉安索吻，可米莉安故意扭开了头，阿什利只好悻悻地在她脸颊上草草亲了一口。

阿什利松开米莉安的手，转身去付账。

所有这一切如同一道巨大的波浪排山倒海般地扑向她。她闭上眼睛，陷入了沉思。也许没有别的选择，她注定要遇到这些人，经历这些事，这就是命运。也许有朝一日回头浪能把她带回海里，从此迷失在随波逐流的海草和鱼骨之间。

日记该结束了，到此为止好了。

毕竟，该是什么就是什么。

第二部分

PART TWO

## 13　哈里特与弗兰克

宾夕法尼亚州。

一辆挂着佛罗里达州牌照的黑色奥兹莫比尔短剑西拉①轿车轻轻滑过一条条街巷。这里的道路纵横交错，像喝醉了的蜘蛛结出来的网。而且处处坑坑洼洼，苍茫荒凉，哪怕一点点小风便能尘土飞扬，让人恍如来到了月球表面。汽车隆隆地驶过一栋又一栋房屋，那一扇扇窗户活似半睁半闭的惺忪睡眼，一个个房门则好像永远打着哈欠的大嘴巴。许多房子似乎都空着，即便有人居住，也多为行将就木之人，或者浑浑噩噩、生死无异的行尸走肉。

车子驶上一条碎石铺就的私家车道。房前竖着一个破旧的木制信箱，不仔细观察已经很难辨认出它那野鸭的形状。信箱上的油漆早已斑驳脱落，野鸭的两只翅膀松松垮垮，在风中吱吱呀呀响个不停。鸭子的身体倾斜着，仿佛过了今天就会从它栖息的棍子上跌落下去，一命呜呼。

---

① 短剑西拉：奥兹莫比尔由美国汽车业开创者之一兰索姆·奥兹创建于1897年，1908年并入通用公司，短剑西拉是其旗下众多车型之一。

房子上嵌着三个黑色的、锈迹斑斑的铁制数字：513。

车门开了。

"是这里吗？"弗兰克问他的搭档哈里特。

"是。"后者平淡地答道。

他们从车里钻出来。

这两个人无论从哪方面看都迥然不同，甚至可以说是天差地别。弗兰克是个大块头，长着一张杜皮狗的脸和一个弯弯的鹰钩鼻。哈里特身高不足一米六，胖乎乎的，圆脸，深眼窝，活像真人版的查理·布朗[1]。

弗兰克·加洛是西西里岛人，他那油性皮肤时常透着凝固了的肉桂的颜色。哈里特·亚当斯皮肤雪白，像从没见过阳光的屁股，或被海水泡透了的骨头。

弗兰克大手大脚，指关节粗大如瘤；哈里特的手小巧玲珑，手指纤细洁白如葱，手掌光滑柔软。弗兰克一对儿卧蚕眉，看上去活像两条死了的毛毛虫；而哈里特却是两弯柳叶吊梢眉，与一双含情凤眼相映成趣。

尽管两人在长相上格格不入，但他们咄咄逼人的气场却颇为契合。唯有这一点才让人感觉他们是天造地设的一对儿。弗兰克一身黑色套装，哈里特则穿着深红色的高领毛衣。

"他妈的，我快累死了。"弗兰克抱怨说。

哈里特没有作声。她静静地站在原地，观望着，像个神气活现的人体模特。

"几点了？"弗兰克问。

"八点半。"她连表都没看就回答道。

"还很早。我们没有吃早餐，要不要先吃点东西？"

哈里特仍然沉默不语，弗兰克只好点点头。他知道规矩：先干

---

[1] 查理·布朗是美国著名漫画家查尔斯·舒尔茨给小学生画的漫画《花生》中的一个人物，他和他那条不安分的小狗史努比都是非常惹人喜爱的卡通形象。

正事。和哈里特在一起永远都是正事。他很喜欢她这一点，虽然他从来没有说过。

　　他们面前这栋维多利亚时代风格的蓝色房子已经旧得不成样子。百叶窗残破不堪，墙上爬满了二三十年的藤蔓，密密麻麻的小脚几乎要把墙壁踩得四分五裂。

　　一阵寒风吹过，卷起门廊下的片片落叶，缠在一起的风铃发出凌乱的叮当声。两只灰猫被铃声惊动，从台阶上跳下来向房后逃去。弗兰克不由皱了下眉头。

　　"呃，这老太太还养猫？"他问。

　　"我不知道。有关系吗？"

　　"有关系。"他打量着房子的正面，终于看到了他最不想看到的东西：二楼的窗户里，一只虎皮猫正瞪大眼睛向外窥探，一只三色猫沿着弯曲的排水管道爬上了门廊顶，还有两三只白猫鬼鬼祟祟地躲在一片格外茂盛的灌木丛里。

　　他揉着太阳穴，叹了口气说："我猜得没错，她的确养猫。"

　　"那但愿她还活着吧。"哈里特说着便要向门廊走去。弗兰克抓住她的肩膀，把她拦了下来。在这个世界上，能够做出这个动作且不至于丢了性命的人也许只有一两个。

　　"等等，你这话什么意思？"

　　"难道我没有跟你说过布鲁卡德街上猫小姐的事吗？"

　　弗兰克睁大了眼睛，"猫小姐？没有。"

　　哈里特绷住了嘴，"小时候，我们镇上有个喜欢养猫的女人，我们都叫她疯子玛姬，不过我也不知道玛姬是不是她的真名。她养了一大群猫，少说得有几十只，而且她不停地从外面带回去新的猫。她看到野猫就领回家，她还去救助站，把那些已经快死了的猫带回家去养。听说她还偷别人家的猫。"

"我靠，别说了。我讨厌猫，这故事的后半截我不想听了。"

"那是个特别特别老的女人。我妈妈说她小的时候，疯子玛姬就已经是个老太太了。她的生活非常规律，像时钟一样：每天从屋里出来收信拿报纸，然后浇浇她那些快死光的花儿，日日如此。她的花盆比较独特，就是扔在信箱旁边的一个破轮胎。白天大多时候她都坐在窗口，茫然地望着外面。然后不知道从哪一天开始，我们便再也看不到她了。"

"我靠，结局不会跟我猜的一样吧？"

"后来有了气味儿。风一吹就从屋子里飘出肉腐烂的臭味儿。"

"妈的，她果然死了。说不定是得了猫艾滋病之类的。咱们进去吧。"

"我还没说完呢。没错，她的确死了，可故事还没结束，我也不记得是从哪儿听说的。反正她死后尸体在窗前还坐了几天。她没有家人，所以没人来看她。而更重要的是，没有人来照看那些猫。结果……那些猫先是吃了她的手指、鼻子和眼睛，然后又开始吃她的身体和内脏。直到全身。"

"哎哟，我要吐了。"

"那些猫除了吃喝还在繁殖。人们虽然发现了玛姬的尸体，但并没有处理那些猫。结果它们不断繁衍壮大，成了一支数目可观的大军，足足有一百多只野猫。屋里到处都是猫屎猫尿，成了寄生虫和疾病的天堂。后来总算有人做了好事，一年后放了把火将房子连同那些野猫全都烧了。"哈里特木然望着远处，仿佛在回想当年的情景，"我至今还记得房子着火时噼噼啪啪的声音和那些野猫临死前的惨叫。"

哈里特向门廊走去，弗兰克紧随其后。

"你很受伤对不对？"他说。

"敲门。"

"刚才你说寄生虫，都有什么寄生虫？"

"刚地弓形虫，能引起弓形虫病。它们通常藏在猫的粪便里，可以通过接触传播。还有生肉，有时候即便煮过也还会有些存活下来。这种寄生虫能破坏宿主体内的多巴胺水平，改变脑化学状态。有人推测这种寄生虫就是'猫小姐综合征'的主要致病因，因为它不断刺激大脑，使宿主从喜欢猫发展到爱猫如命以至于要拼命收养的地步。据说这种寄生虫和精神分裂症之间还有点关系，谁知道呢。现在敲门吧。"

"你这是在拿我开涮对不对？你涮我的时候我从来都看不出来的。"哈里特从他身旁挤过去，敲了敲门。

"我打死也不会碰里面的任何东西，"他说，"我可不想沾到猫屎，更不想让那些恶心的寄生虫钻坏我的脑子。"

哈里特又敲了敲门，这次更加用力。

屋里终于有了动静。不知什么碰到了什么，而后是一阵慢吞吞的拖地声音，之后便有了脚步声。不知道门里面究竟有多少把锁，总之咔嚓咔嚓响了半天：一个，三个，六个。里面的门开了，一个老女人伸出脑袋，鼻子顶在了纱门的网眼上。她鼻孔中插着管子，脚边拖着一个带轮子的氧气瓶。

"走开，"她粗声粗气地说，"说过多少次了，我不要你们的破杂志，也不想听什么天堂里有144000个座位之类的屁话，那根本就是狗屁不通。上帝的绿土上死过几十亿的人，他却只喜欢其中的144000个？你们倒是给我说说看，这是什么缺心眼儿的上帝啊？"

"我们不是耶和华见证会的人。"哈里特说。

"嗯？太阳打西边出来了吗？那你们是什么人？"

"我们是联邦调查局的。"弗兰克说着像电影中那样亮了亮自己的证件和徽章。老女人眯起眼睛瞅了一下。哈里特也掏出了她的证件，但动作却不像弗兰克那么爱卖弄。

"联邦调查局？你们来干什么？"

"是关于您儿子的，"哈里特说，"我们想向您了解一下阿什利的情况。"

哈里特一眼就能看出老太太的行走路线。这是个典型的囤积狂的家，虽然这老女人把屋里收拾得还算有点条理，但一堆堆杂物仍把房间分解得沟渠纵横，如同迷宫。《国家地理》杂志摞得像一座座高塔，每个塔顶上都放了一盆紫罗兰。家具躲在洗衣篮、烫衣板和堆积如山的平装书后面，只能露出小小的顶角——这里看起来就像同一片海面上接连掉了两架飞机后留下的残骸。

屋里充斥着霉菌和粉尘的味道，但哈里特对此早就习以为常，因而不以为意。不过弗兰克另当别论。他在高塔般的杂志中间找到了一张躺椅，随即坐了上去。可是在这片有条不紊的混乱中，他那双大长腿不论怎么放都无法让他感到舒适自在。

远处楼梯上有什么东西引起了他的注意，他猛然扭头望过去，只见栏杆中间有双金色的眼睛正注视着他。而在其中一摞杂志的后面，另一只浑身长满疥癣的赖皮猫正毫不回避地凝望着他。

老女人名叫埃莉诺·盖恩斯。她坐在一把椅子上，一只手握着氧气瓶的顶部手柄，"你们说要了解阿什利的情况？"

哈里特没有找地方坐下，她只是站在那里，一动不动。

"对。您见过他吗？"

"没有。"

"也没有和他联系过？"

"我说了，没有，连个音信都没有。他走了，自从我得了肺气肿他就从这个家远走高飞了，我想他再也不会回来了。你们满意了吗？"

这老东西在撒谎。并不是说每个人在撒谎的时候都有特定的表现，但总有一些细节能让人看出端倪，而能看出这种端倪的人则需要特定的直觉和专业的眼光。哈里特恰好就是这样的人，她并没看出具体的破绽，只是这女人的反应和她说话的方式有点不太自然，仿佛她要刻意与儿子撇清关系，只是有些用力过猛了。而另外还有一个动作可以佐证，她握着氧气瓶的手忽然发力，把氧气瓶往自己身边拉了拉。哈里特有着动物般灵敏的直觉，她能嗅出撒谎的味道。

"盖恩斯太太，我很不愿意认为您是在故意妨碍我们调查。关于您的儿子，您要首先明白，我们是在尽力帮他，保护他免遭恶人的伤害。"

老女人的嘴角抖了抖，脸色却阴沉了下来。

"你们不要抓他，"她嗫嚅着说，"他是个好孩子，还经常给我寄钱呢。"

"寄钱？多少钱？"

"足够我看病的。"

"你知不知道他有一个手提箱？一个铁皮的手提箱？"

盖恩斯太太不安地摆弄着她的氧气管，摇了摇头。

哈里特终于开始挪动步子。但她动作缓慢，像是闲庭信步。她走到老女人跟前，膝盖几乎碰到了氧气瓶。而她的双手则交叠着垂在身前。

"我看您一直在吸氧气。"她说。

"我说过了，我得了肺气肿。都是抽烟给害的，我的肺多半已经不中用了，医生说只剩下 20% 勉强能让我喘气儿。他们说烂了的肺是没办法修好的。这些天杀的医生。"

"你需要直接吸氧气。"

盖恩斯太太扯着盖在她腿上的那张破烂毯子的毛边儿。"你说呢？"她的反问充满了挖苦的味道。

"氧气是种很有意思的气体，"哈里特不动声色地说，"我想您在瓶身上已经看到警告标志了——"

哈里特掏出一个芝宝打火机，打火机的金属外壳上印着一个清晰的爪子图案。

"——那上面说，氧气是易燃气体。"

弗兰克在旁边叹了口气，"我去弄点茶或者别的什么好了。"哈里特不在乎弗兰克回避或不回避，反正这种事她也用不上他。这是她的强项。他们两人各有所长，也都很清楚自己的位置。不过有时候哈里特仍然会怀疑：弗兰克是不是失去了对这份工作的热爱？他真是干这一行的料吗？

弗兰克出去了，盖恩斯太太依旧惊讶地盯着哈里特手中的打火机。

"你们不是联邦调查局的。"她望着锃亮的打火机身上她的倒影说。

"我应该纠正一下，"哈里特说，"科学地说，氧气并非易燃品，而是一种强烈的助燃剂。因为有氧，火才能烧得起来。因为有氧，火势才能蔓延得更快更有效。我们周围的空气之所以无法燃烧，是因为氧气浓度过低的缘故。不过您吸的这可是浓度极高的氧气。"

"那就请便吧。"老女人无所谓地说。

哈里特表面上依旧平静如初，然而内心却如小鹿般跳成了一团。这就是这份工作最令她着迷的部分，它总能让你的胸中涤荡着一股激情。

"如果我点着了打火机，"哈里特继续说道，"这个氧气瓶还有管子里嘶嘶直冒的氧气能让你干瘪的身体瞬间燃烧起来。你见过人被烧着的样子吗？"

"我儿子——"

"别提他了，还是想想您自己吧。我曾亲身到过汽车着火的现场。一个女人和她的丈夫被变形的金属架和熔化的安全带给困在了车里。他们死得很惨、很慢。尖叫，挣扎了好久。可他们越是尖叫挣扎，吸入的氧气便越多，火便烧得越旺。"

哈里特将输气管从盖恩斯太太的鼻孔中拔出时，这老女人默默啜泣了起来。管口处发出嘶嘶的响声，那能给予人生命的东西此刻却潜藏着死亡的危险。哈里特把打火机拿到近处，弹开机盖，用拇指摩擦着齿轮。

"现在，告诉我，您的儿子在哪儿？"

"我不——"

"您会说的。要么交代您儿子的下落，要么活活烧死，连同这里的一切全都烧掉。"

老女人抽泣一声，喊道："他是无辜的。"

"这世上根本就没有无辜的东西。"哈里特点着了打火机，但让火焰与氧气管保持着安全的距离，而后她缓缓将火苗拉近——就像调皮的妈妈故意将一勺好吃的食物慢慢送到倔强的孩子面前，"告诉我你儿子在哪儿，要不然我就送你和你的猫一块儿上西天。"

"北卡罗来纳。"弗兰克的声音从二人背后响起。哈里特眉头一皱，后退了一步，随即哐当一声合上打火机盖，熄掉了火苗。

盖恩斯太太一阵轻松，肩膀顿时耷拉了下来，兀自呻吟痛哭着。

"你怎么知道？"哈里特问。

弗兰克一只手上拿着一罐姜汁汽水，他小心翼翼地抿了一口，仿佛生怕嘴唇沾到一点点猫屎的微粒，而另一只手中则挥舞着一张明信片。

"她那个白痴儿子从北卡罗来纳寄来了明信片，而她也一样是个白痴，她就把这张明信片贴在了电冰箱上，好像那是她儿子上小学时得的奖状。邮戳日期是一周前。"他蹙眉又读了一遍明信片，"她说得没错，她儿子的确给她寄钱了。"

哈里特接过明信片，仔细研究了一番。明信片正面：来自北卡罗来纳州的问候！州名下面是群山、海洋和美丽的城市。背面，阿什利写道：妈妈，我在一个名叫普罗维登斯的小城市。这里离阿什尔不远。我遇到了一个愿意跟我合伙的人，销售目标达成有望。我的事业会越来越大、越来越好的。祝您早日康复。我会尽快再给您寄钱的。爱你。

儿子，阿什利。

"看来，"哈里特不无失望地说，"我们可以走了。"

她知道自己应该感到高兴。他们不费吹灰之力便得到了想要的答案，不需要料理尸体，不需要放火。要知道，火是一种极为混乱和难以控制的元素。

可有时候，不放把火似乎心里就直痒痒，尤其遇到这样一个看着特别不顺眼的老东西。

"阿什利。"盖恩斯太太喃喃叫道。

哈里特觉得压抑，一股无名火冲得她随时都想发作。她想拿这个老女人撒撒气，比如把她儿子干的好事全都告诉她，可这老女人很可能早就知道自己的儿子是什么货色。况且，此时此刻哈里特也实在没有多少气力。

因此，她只是淡淡地对自己的同伴说："弗兰克，送她上路，我在车里等你。"


哈里特站在房子外面，用明信片轻轻敲打着手掌。身后传来两声沉闷的枪响。弗兰克动手了。

哈里特提醒自己，这就是弗兰克的天赋。术业有专攻，杀人便是弗兰克的强项。也许他会抱怨，发几句牢骚，也许他有点神经质。但是此刻，哈里特让他干什么他便干什么，对于这一点，哈里特心存感激。像送老太太上西天这种事，哈里特觉得自己最好不去干——不是因为她下不了手，事实上恰恰相反，她比任何人都热衷于干这种事。如果换作她动手，她定不会如此干脆，她会细水长流，好尽情享受生命从她手上流走的快感。

弗兰克从门口走出来，看上去仿佛什么事都没有发生过一样。

"谢谢。"哈里特说。

弗兰克惊讶地扬起了一侧眉毛，因为哈里特很少对他说这两个字。

"现在该通知英格索尔了，"哈里特将手机丢给弗兰克，"给他打电话。"

"你怎么不打？他最喜欢你啊。"

"只管打。"

"该死的。"

他已经接住了手机。

# 14 车 站

米莉安站在熙熙攘攘的人群中。

天早已黑了，但她不知道到了几点。她闻到一股尾气的恶臭，又一辆巴士开过来又驶过去，卸下一批乘客，又像贪吃蛇一样吞掉新的一批。路对面，阿什利坐在一张蓝色的长凳上，不耐烦地冲她旋转着食指，意思是说：快上，快上，快上。

她再次想到了逃跑。随便跳上一辆巴士溜之大吉，反正她以前就做过这种事。可她的双脚仿佛扎了根，站在原地纹丝不动。她不清楚这是为什么。

（你喜欢他。你喜欢这么干。你活该。）

夏洛特市市中心的汽车站看上去和一座飞机库没什么两样——这里四面通透，顶上是一个巨大的拱形防雨棚，柔和的月光透过天窗洒在棚下。置身其中，米莉安感觉自己无比渺小。

她伸出手来，向人群中挤去。

一切都照老样子，一个小时前她如此做过，两个小时前做过，三个小时前也如此做过——她走进人群，用手有意无意地轻轻触碰别人的手，或者暴露的肩膀。此刻她如法炮制，第一个目标是个女人——

三年后，这名女子躺在医院的产床上，双手紧紧抓着床沿，浑身大汗，有节奏地用着力。宫口已经扩张成拳头大小的缝隙，胎儿即将娩出。婴儿紫色的脑袋上已经有一层黑色的头发，湿漉漉的，看上去像个稀疏的小拖把。婴儿的脸也露出来了，脸上包裹着某种犹如红色色拉的东西。可这时突然发生了紧急情况，产妇下体出现异常，那个长得活像《星际迷航》中的苏鲁少校①的医生嘴里说了句"产妇大出血了"。紧接着，大量血液喷涌而出，女人尖叫着，婴儿仿佛是漂流在一道血河上的小筏子，从产妇下体滑了出来。

米莉安使劲眨着眼睛，好赶跑那血腥的一幕。她深吸口气，定住神。尽管她已经这么做了无数次，她还是吃惊自己居然在不经意间见过了那么多的医院病房。这时，一个身穿背心的男人张开双臂去拥抱他的妻子，米莉安故意将自己裸露的肩膀蹭了过去——

三十三年后，男子孤身一人在医院里。他的头发已经掉光。他浑身上下已经遍布癌细胞，就像一堵曾经厚实的墙被成群的老鼠掏了个千疮百孔。他坐在墙角的一把椅子上，伸手在床头柜上拿下了一个药瓶，然后倒出一颗，两颗，随后便顿住了。他盯着那两颗药片微微出了神，最后忽然把瓶子底朝天地竖起来，往手里倒了几十颗药片，一把放进了嘴里。他静静地坐了一会儿，并没有什么特别的感觉，只是时而盯着地砖，时而盯着天花板。他的脸上只有悲伤，终于，他伤心地哭了起来。感官已经开始麻木，他的头慢慢低垂，下颌渐渐松弛，口水流

---

① 苏鲁少校：美国科幻系列影视作品《星际迷航》中企业号星舰的舵手，由亚裔美国演员乔治·竹井扮演。

出了嘴角。最后……

　　无所谓了，米莉安心里想。人总要生老病死，她不会为此感到难过。起码这个男人活到一大把年纪才死去，已经很值了。许多人都能活到老年，这是她的发现。大多数人能活到六十多岁，然后就开始饱受疾病困扰，比如癌症、中风、心脏病之类的，有时还有糖尿病，或者肺炎，总之折腾起来没完没了。

　　年纪轻轻就死掉的人毕竟是少数，尤其在美国。悲剧是无可避免的，但在这个国家，悲剧通常不在于一个人是怎么死的，而在于他是怎么活的。婚姻失败，摊上熊孩子，自残，虐妻，虐猫虐狗，孤独，抑郁，厌世，哈欠连天，浑浑噩噩，爱怎么地怎么地。恭喜你们了，米莉安心里说，你们这群脑残笨蛋大部分都能像个傻逼一样活过自己的黄金年龄。

　　当然，这让她的工作变得分外艰难起来。

　　阿什利希望她能尽快发现目标，一个马上就会死掉的目标，一个他们可以趁机将其财富洗劫一空据为己有的对象。而更重要的是，他需要一个可以落脚的地方。因为荒郊野外的那栋房子压根儿就不是他的。他只是顺手拿了某个出国旅行的家伙的钥匙，便堂而皇之地鸠占鹊巢。他把房主的照片全都藏了起来，于是那里转眼间就成了他的单身公寓。

　　他的如意算盘是这样的：倘若他们能找到一个既有钱又时日无多的人，而且那人在城里又正好有栋房子可以让他们临时落脚，那就最好不过了。他查看了米莉安的事件簿，发现近期没有可以让他达成这个目标的人选。阿什利没有耐心等待下去，他的野心可不仅仅只是满足于填饱肚子。

　　于是他提议说，到人群聚集的地方去碰碰运气。

　　米莉安建议去舞厅，因为那里年轻人居多，他们行为冒失，经常会干些蠢事出来。用鼻子喝可乐、吸食可卡因、乱性、酒驾，总之什么乱七八糟的事情都干得出来。可阿什利不同意，因为他想到了汽车站。

然而米莉安却持反对意见，她认为车站并不是最理想的场所，原因是那里至少有一半的人并非是来客，而是去客。这就意味着，倘若真的发现了目标，她和阿什利如果想要在目标死掉时出现在现场，他们有可能还需要搭车到外地去，比如得梅因①。鬼才想去得梅因呢。

可阿什利主意已定。他坚信自己的决定英明无比，坚信自己对游戏的规则了然于胸。米莉安已经过了八年这样的生活，现在倒轮到他阿什利来告诉她该怎么做？来调教她？让她鸟枪换炮实现升级？

随便吧，车站就车站。米莉安终于让了步。

于是，他们便来到了这里。

路对面，阿什利看起来格外焦躁不安。他不停地顿着足，脑袋懒散地靠在后面，嘴巴张着，哈欠连天，仿佛等待对他而言是最无情的折磨。真是个贱人，米莉安心想。折磨？他？

笑死人了。

米莉安觉得疲倦又气愤。她走下马路牙子，打算从一辆巴士前面穿过马路，这时——

他骑着一辆车胎极窄的自行车，浑身上下各种装备一应俱全，仿佛他是自行车公司专门请来做广告的。车轮撞到了石头，他猛然刹车，身体向前跃出，与此同时，一声凄厉的汽车刹车声骤然响起，他的屁股被一辆车子的保险杠撞个正着，他的身体像一个脱线的木偶落在汽车引擎盖上，戴着头盔的脑袋砸烂了风挡玻璃。周围的一切变得模糊黑暗，鲜血、脑浆……

———————
① 得梅因：美国艾奥瓦州首府。

　　她猛地转过身，发现是一个男人正在冲另一个男人挥手告别，他们也许是朋友，也许是一对儿基佬。米莉安只顾低头走路，应该是他在挥手时不小心碰到了她的手。可他不会是他们的目标。没错，他的确会因意外死亡。可时间并不是明天，而是一年后，确切地说是一年两个月零十三天后。不过他看上去似乎很有钱。米莉安会考虑稍后把他记在她的日历事件簿上。（如果稍后还有缘再见的话……）

　　暂时撇开这一瞬间的念头，她一个箭步从对面驶来的一辆巴士前面蹿了过去（她心里想着，我会被撞到吗？是不是我的死期也到了？）来到阿什利面前。

　　阿什利翻了翻眼皮儿，问："有什么收获吗？"

　　"这跟守株待兔有什么区别？"

　　"看来没什么收获。"

　　"对，一无所获。"

　　阿什利耸耸肩，"那就继续啊，回到你的位置上去。"

　　"这就是你所谓的合作吗？你坐在这里屁股都不抬一下，我却在那里累得要死要活？"

　　"宝贝儿，我的天赋要等你抓到鱼之后才能派上用场。"

　　"你的天赋？饶了我吧。你除了笑起来能迷住个把女孩子之外，就只剩下好吃懒做了。"

　　"微笑只是表面功夫。不过它却是我的魅力武器库中的关键武器。"

　　"魅力武器库？"米莉安重复道，"没工夫听你闲扯蛋，我饿了。"

　　"我才不管你饿不饿。"

　　"你他妈的当然得管。"

　　阿什利打了个哈欠，"你给我听着，我们到现在连个住的地方都没有。这是当务之急。有了住的地方，然后我们再考虑吃饭的事儿。况且你大概也不会希望我……怎么说呢……干些弃你于不顾，报警，给你妈打电话之类的事吧？”

　　“我明白了。你手里握着王牌。你牛！不过人是铁饭是钢，我是个人，饿了就要吃饭。是人都得这样，要吃饭，要抽烟，要喝酒，不然就活不下去。我手上有钱，要不咱们先找家华夫屋快餐店去吃一顿？然后找个小旅馆凑合一晚。我埋单。”

　　阿什利微微犹豫了一下，而后点了点头，“那好，就先这么着吧。”

插 曲

# 采 访

"那个拿气球的小男孩儿。"米莉安说。她面色凝重，渐渐皱紧了眉头。

"嗯。"保罗耐心等待着下文。

可她讨厌这个故事。连想一想都觉得痛苦，复述所带来的痛苦则更令她难以忍受。

"那是大约两年以后。"

"在你——"

"在我捡到这种能力两年后。"

保罗眉梢一扬，"捡到？这个说法倒挺有意思。"

"嗨，别管这个了。"她说着摆了摆手，"当时我正在华盛顿特区郊外瞎转悠，忽然觉得肚子饿了，想吃点东西，所以就去了一家温迪快餐店①，买了一份他们那里的……谁知道叫什么玩意儿，就是没有牛奶的奶昔冰淇淋。麦旋风②？"

---

① 温迪快餐是美国第三大快餐连锁集团。
② 麦旋风是麦当劳推出的一款奥利奥冰淇淋。

"是冰沙。"

"随便啦。总之我付了钱，端着我那杯看着还不错的浇了糖的化合物，然后像个好市民一样把垃圾扔到垃圾桶里。结果就遇到了他。"

"他？"

"奥斯汀。一个有着淡黄色头发、满脸雀斑的小男孩儿。他手里拿着一个红色的薄膜气球，气球上印着一个蓝色的生日蛋糕，蛋糕上插着几根黄色的蜡烛。他当时只有九岁。我知道是因为他告诉我。他走到我跟前说：'你好，我叫奥斯汀，今天是我的生日，我九岁了。'"

米莉安咬着指甲。她知道再这么咬下去，破皮见血都不是不可能，所以她停了下来，抽出一支烟，点上。

"我对他说，小朋友，你真了不起。我不知道该说什么，因为我不是那种善于和小孩子打交道的人，不过我挺喜欢奥斯汀的。他长得虎头虎脑，又有点憨憨的，好像谁都可以和他做朋友，而最令他开心的事就属过生日了。那个年龄，生日几乎意味着无限的可能啊：一个装满糖果的彩罐，一个倒扣在地板上的玩具盒。只有当你渐渐长大的时候，你才会发现每一次生日其实都像一个十字转门，它带着你越走越远，越走越深。突然有一天，生日变得无关可能，而彻底沦为不可避免之事。"

"你碰了他。"

"瞧你说的，好像我把他拉到车里猥亵了一番似的。明确地说，是他碰了我。那孩子抓住我的手不停地摇晃，好像我们是非常亲密的生意伙伴似的。可能那是他爸爸教给他的，怎么样握手才像个男子汉大丈夫。我就是在他和我握手的时候看到的。"

随后米莉安描述了她当时看到的情景：

奥斯汀跑到了马路上，他的运动鞋重重地踏着地面。他举着手，眼睛望着天，小手指向外伸着、挥舞着，一个劲儿地向前冲。他在追逐一个薄膜气球。

一辆白色的 SUV 不知道突然从哪里窜了出来。奥斯汀的鞋被撞掉，身体像个洋娃娃一样翻着跟头飞过柏油路面。

事故发生在米莉安和他见面二十二分钟之后。

保罗静静地坐在那里，他很想说点什么，可搜肠刮肚却发现自己无话可说。

"真正的夭折，"米莉安接着说，"在那之前，我见过许多人的死，其中也包括孩子。人都终有一死，但是他们……我不知道该用什么词来形容，他们都死得正常。起码会等到四五十年后。他们会有自己的生活，尽管并不是所有人的生活都美满幸福，但这是我们每个人都要经历的人生。可是这个孩子，他死的时候才九岁，而且要死在自己的生日当天。"

她猛吸了一口烟。

"最要命的是，意外将发生在我的眼皮底下。我就在那儿。于是我就想，机会来了，我可以阻止悲剧的发生。有句话怎么说的？先下手为强，我就是要先下手。在那之前我所有的努力都是被动的。比如某个家伙会在两年之后死于酒驾引起的车祸，于是我对他说：'嘿，白痴，酒后不要开车，至少在 6 月 3 日那天不要酒驾。'可对方会不会把我的话当回事儿，我就不管了。但此时此刻？那个小孩子即将要冲上马路，阻止他有什么难的呢？我可以想办法转移他的注意力，或者把他放倒在地，或者干脆把他塞到他妈的垃圾桶里。管他合适不合适，只要能阻止他冲上马路，我什么都可以干。

"你知道吗，我当时信心十足，几乎有些膨胀了。我忽然觉得，对呀，这就是我存在的意义。我突然拥有这种可怕的所谓的天赋，也许是有原因的。如果我能从车轮之下救起一个九岁的孩子，那总归还能证明我并非一无是处。"

米莉安闭上了眼睛。事到如今，想起当时的情景她仍旧怒火中烧。

"随后我就遇到了那个傻逼女人。"

保罗脸色一沉。

"怎么？"米莉安问，"你不喜欢这个词儿？"

"有点难听。"

"什么时代说什么话，保罗，别跟个小姑娘似的。英国人天天把这词儿挂在嘴上，都成习惯用语了。"

"我们这儿可不是在英国。"

"有这种事？"米莉安满不在乎地弹了个响指，"那看来我以后开车不能再靠左边走了。难怪总是被别的司机按喇叭，还总是跟人开个面对面。"

保罗紧绷着嘴唇，"你是说你遇到了一个……女人。"

"奥斯汀的妈妈，一个傻逼得不能再傻逼的臭娘们儿，千人骑万人捅的下贱婊子。她装模作样地提了个恶心人的手提包，觑着一张肉毒杆菌打多了的面瘫脸，头发扎得紧绷绷的，眨个眼都他妈恨不得把眼皮儿给扯下来，耳朵里塞了个蓝牙耳机，看上去要多欠抽有多欠抽。我走过去对她说：'女士，我需要你的帮助，否则你的孩子可能会没命。'"

"她什么反应？"保罗问。

"大概很不爽吧。"

"我想应该是极为不爽，因为你的话会让人紧张。"

米莉安将手中的万宝路塞到嘴里抽了最后一口，紧接着便又从烟盒里掏出一根点上，"保罗，你是打岔专业毕业的吧？"

"不好意思。"

"那臭娘们儿没吭声，只是瞪了我一眼，就像我刚刚在她的《欲望都市》DVD上尿了一泡似的。所以我就又重复了一遍之前的话。那女人嘴里嘟囔了一句，大概是骂我是个神经病。没办法，我伸手去拉她的胳膊——拉的是衬衣袖子，不是皮肤——结果她就不乐意了。

"这里快进二十分钟好了，而后是我对着警察吼，她对着我吼，警察半天没明白过来是怎么一回事——"

"等等，警察？"保罗问。

"对，保罗，警察。我刚刚不是说过快进二十分钟吗？你得跟上啊。她躲到一边报了警，说有个疯女人在威胁她的儿子。"

"你没有跑？"

米莉安冲保罗弹了下烟灰，他躲掉了。

"跑什么跑？你忘了我要救那孩子的命吗？我以为有警察在只会是好事。说不定他会把我们全部带到局里去，那就正好把眼前的问题解决了。所以我才不会临阵退缩、见死不救呢。"

她攥紧了拳头，膨胀的指关节咯咯作响。

"但我真应该溜掉。因为就在我们几个站在温迪快餐店门外大吵大闹时，奥斯汀看到了路上的一枚硬币。直到今天我仿佛还能听到他的声音，可在当时我们谁都没有在意。因为我正忙着向他那个傻逼妈妈解释，我没有策划任何针对她儿子的阴谋。

"奥斯汀说'看到硬币就捡起来'，于是他就去捡那枚硬币了。弯腰的时候，他手里的气球松脱了。我不记得那个气球他已经在手里攥了多久，反正这时气球开始下降，因此它并没有飘走。只是悬在半空，直到后来突然刮过一阵风。"

保罗的喉结蠕动了一下。

"气球越飘越快，奥斯汀便在后面紧追不舍。我看见他追出去便开始大喊，可是他妈妈没有看见，继续冲我大吼。而那个警察始终盯着奥斯汀的妈妈，因为她一副泼妇骂街的样子，警察担心她会把我的眼珠子抠出来。我大叫着要冲过去救孩子，可是被警察给拼命拉了回去。

"当时的画面至今还印在我的脑子里，历历在目。飘浮的气球、SUV、奥斯汀的身体、他的鞋子。感觉特别不真实，就像在网上看到的东西，就像有人跟你开了个玩笑。"

沉默。

米莉安眨了眨眼，把眼眶中徘徊欲出的泪水又挤了回去。她不允许自己流泪。

"太郁闷了。"保罗最后说。

她咬着牙说："不，后面的才叫郁闷。当你终于熬过了那一段，终于战胜自己的大脑使其不再循环往复地向你呈现那些画面，你又开始胡思乱想了。你发现我们的人生就像一本写好的书，人手一册，书的内容结束时，我们的生命也就走到了尽头。而要命的是有些人的书比别人要薄一些。奥斯汀的书简直就是一本小册子。册子翻完便完了，丢到一边，再见了。"

"这种观点太消沉了。"

米莉安猛地站起身，一脚踢翻了椅子，而后又捡起来向外扔去。椅子打着旋滑过仓库的地板。

"保罗，你还不明白吗？我尝试救那孩子的命，可结果恰恰是因为我，他才没了命，是我害了他。如果我没有该死的灵视能力，没有自作聪明地想要阻止那一切的发生，他那脑残妈妈说不定就拖着他去逛鞋店或者回家了，她永远也不会被我这个疯女人分了神，以至于孩子跑到马路上。我这当真是好心办了坏事。唉，冥冥中自有天定，我也只是这定数中的一分子，就算我自以为能够挣脱命运的束缚，却还是改变不了宿命的安排。我本想阻止悲剧，却恰恰促成了悲剧。去他妈的！"

椅子躺在远远的地板上，米莉安干脆一屁股在地上坐了下来。她缩成一团，默默地抽着烟。她的胸口起起伏伏，仿佛要吸进所有的空气才能让她的心情平静下来。

"所以从那以后我就决定不再干涉，只冷眼旁观。"米莉安最后说道。

"哦。"

米莉安把烟头在地板上狠狠掐灭。

　　"言归正传，"她说，"你最终不就是想知道我这能力是从哪儿来的吗？"

# 15 轮 回

　　华夫屋快餐店在美国南方处处可见，饭店外形小且不说，还四四方方，像个油乎乎的黄色棺材。店里多半充斥着死气沉沉的行尸走肉，他们各自朝自己嘴里大把大把塞着土豆煎饼、香肠和这里的招牌食品华夫饼。他们的身体在如此肆无忌惮的填充下日渐隆起，日渐膨胀，而他们的心却在一天天死去。米莉安心满意足。她在这里吃饭，是因为这里与棺材实在差不了多少。她能听到自己血管堵塞的声音，就像炸鸡的外皮，变得又酥又脆。

　　不过讽刺的是，就算这里是个大棺材，你还是不能在里面抽烟，当然，女服务员除外。

　　米莉安站在店外。天上下着毛毛细雨，一辆辆汽车呼啸而过。透过缥缈的雨雾，她看到一座电器城如海市蜃楼般坐落在不远处，高速公路对面的乔安面料店隔壁有家韩国小铺。远处，看得到夏洛特市的万家灯火，整齐划一的高楼大厦像一道昏暗的篱笆，勾勒出与纽约、费城等大都市犬牙交错的景观截然不同的天际线。

她有种如履薄冰的不安全感，仿佛随时随地都有可能踏破冰面，跌入深渊。她不想考虑未来的事——她已经很久不那么做了。她早就习惯得过且过，像个被人丢弃的塑料杯子，在一条慵懒的河上随波逐流。可是未来就像只挥之不去的小飞虫，时时在她耳边嘤嘤嗡嗡，让她不得安宁。

她曾听说，倘若给了实验室里的老鼠和猴子选择的错觉，它们通常能健健康康地活下去。即便它们的选择只有两个：轻度的电击和重度的电击。但它们至少能感觉到结果的差异，于是便满心欢喜，活得也更加有滋有味起来。而如果不给这些老鼠和猴子选择的余地，只是让它们不停地接受电击，它们就会变得越来越焦虑不安。它们可能会咬穿自己手脚上的皮毛，并最终死于癌症或者心脏病。

米莉安倍感无力，她什么都控制不了，她不知道她离咬掉自己的手指还有多远。

当然，使她产生这种感觉的还可能是路易斯。他像个阴魂不散的幽灵缠着她。他还没死呢，可她却已经看到了他的鬼魂。那不过是一次简单的邂逅，可现在他却无处不在：站在人群中的人是他，开着一辆小货车从旁边经过的人是他，连华夫屋脏兮兮的玻璃上都有了他的倒影。

"米莉安？"

她惊讶地转身。

他的鬼魂开始和她说话了。

"嗨。"路易斯的鬼魂说。不过通常情况下，他血淋淋的眼窝上都会有用胶布贴成的恐怖的 ×。可是这一次却没有，他明明忽闪着一双炯炯有神的大眼睛。那是真实的、温暖的眼睛，它们正注视着米莉安。

"你不是鬼。"她脱口而出。

他听了不由一愣，随即在自己身上拍拍打打一番，以证明自己是人非鬼，"不是。从你的样子看，你也不是。"

"那可说不定。"她感到震惊。

在她的头脑中，路易斯已经死了。那样想更容易接受；反之，很难。

"你在这儿干什么？"米莉安问。

他笑了起来，"吃饭啊。"

"是哦，这是快餐店。"她脸上一红，不好意思起来，这同样是很新鲜的事儿。她搜肠刮肚，想找一两句俏皮的话打破尴尬，可平日里的小聪明突然不知道跑到哪儿去了。她感觉自己像拔了锚的船，晃晃悠悠，找不到重心。比被人剥光了衣服还要窘迫。

"要不要跟我一起吃？"路易斯问。

她想溜掉，跑得远远的。

可她嘴上却说："我刚吃完。"

"那好。"

于是两人便静静地站在门外，谁也不说话，仿佛都在专心倾听细雨的呢喃。

"嘿，"路易斯最后打破了沉默，"可能是我在卡车上有什么地方做得不对，让你误以为我是什么怪胎了。唉，也许我真是个怪胎。主要是……我在俗人堆里混得久了，见到你这样的女孩子就笨手笨脚的。我没想表现得那么古怪，我说要约你的话也不要当真。"

米莉安尽力克制着，可她还是忍不住笑出了声。路易斯一副很受伤的可怜样，她连忙摆摆手说："我没笑你，伙计，我在笑我自己。你刚才的话都是说我的吧？你哪里怪了？你离怪胎还差着十万八千里呢。相信我，我才是怪胎，你不是。你只是一个普通人，一个心地善良的普通人。当时是我发神经呢。"

"别这么说。我能理解——半夜三更一个人在高速公路上，举目无亲，又刚刚遇到过坏人，你的反应再正常不过了。"路易斯从牛仔裤口袋里掏出一张皱巴巴的收据和一支钢笔。他把收据摊在华夫屋的窗玻璃上，而后在纸上飞快地写了几笔，转手递给了米莉安，"这是我的手机号，我已经没有固定电话了。眼下活儿相对较少，多少天都拉不到一次货。经济不景气，像我这种长途货车司机受到的冲击很大，不过这样一来我的时间就比较充裕了。"

"时间充裕。"米莉安茫然若失地重复了一遍，她想到了插在路易斯眼中的刀，和那令人心惊胆战的声音，"唉，我也不知道该说什么。"

"这是谁啊？"阿什利从店里走了出来，他抱着双臂，警惕地打量着路易斯，"你朋友吗？"

"不，"米莉安回答，"算是吧，我也说不准。他让我搭过车。"

路易斯铁塔般站在阿什利面前。相比之下，他是个威风凛凛的庞然大物，而阿什利只不过是他影子里的一根青草，一阵风就能把他吹得无影无踪。但阿什利似乎并没有把对方看在眼里，他仰着头，故意把胸脯挺得高高的。两人对视着，就像两挺对射的机关枪。

"这就是你之前的那个男朋友？"路易斯冷冷地问。

"什么？你说打我的那个？"米莉安禁不住笑着说，"不，天啊，当然不是。"

"幸会，大块头，"阿什利说，"不过我们还是就此别过吧。回头见。"

"好吧，"路易斯说，"我明白。我这就到里面吃我的饭去。"

阿什利微微一笑，"伙计，你装得可真像。"

路易斯没有理会，只是嗓子里咕哝了一声，就像空气从他身体里抽出来一样。正如阿什利所说，他是个大块头，可突然之间他看起来却十分瘦小。他扭头瞥了一眼米莉安，眼神中充满了关切、不安和忧伤，随即便推门走进了店里。阿什利在背后做了个下流的手势。

"再见，傻逼。"他毫不掩饰自己一脸无耻的笑容。

# 16 引 力

依旧是夜晚，依旧淫雨霏霏。

阿什利将她压在冰凉的砖墙上。把车停好之后，他说有东西要让她看，于是两人便下了车，但结果却是如此。城市的各种声响包围着他们——与大城市相比或许温柔了许多，但却依然喧闹：汽车喇叭、人的叫喊、大笑、远处飘来的悠扬的音乐。

墙壁上的凉气沁入肌肤，阿什利趴到了她的身上。

"滚开！"她一把推开了他。可他立刻又嬉皮笑脸地黏了上来，像只闻到奶酪味儿的苍蝇。

"你认识他，"他自鸣得意地低声说道，"那个卡车司机。"

"他让我搭过车，仅此而已。他只是个路人甲。"

她能闻到他的呼吸，薄荷味儿。她很纳闷儿阿什利怎么会有嚼不完的口香糖。此刻，她希望自己的呼吸能像烟灰缸一样臭烘烘的。

阿什利用鼻尖碰着她的鼻尖，而后又用脸颊贴着她的脸颊。他的皮肤很光滑，没有胡楂，像女人一样。热乎乎的空气直冲进她的耳朵。

"只是路人甲？鬼才相信。你喜欢他。"

"放屁。我才不喜欢他。"

"不，你不喜欢我，但你绝对喜欢他。"

他咬住她的耳垂，很有分寸地用着力，既不会咬出血，又让她感觉耳朵快被咬掉了一样。

她再次把他推开。他无赖似的笑着，双手扳住她的屁股。

"我对他没兴趣。我对谁都不感兴趣。"米莉安说。

阿什利摸索着她的脸。她能感觉到他正注视着她。他的目光仿佛一双无形的手。米莉安一阵迷乱，心脏剧烈地跳动着，犹如一只折翅的小鸟。

"没那么简单，这里面另有隐情。"阿什利说。他悄悄解开了米莉安牛仔裤上的扣子，手指在她的腰间漫无目的地来回游荡。他圆睁着双眼，仿佛洞察了一切，"他是你的目标。"

"去你妈的。把手拿开。"

但她显然只是说说而已。

接着，阿什利抛出了最致命的问题。

"他什么时候会死？"

他的手缓缓向下滑去，用手指肆意挑逗着她。她下面已经湿得像夏天的沼泽地了。她讨厌这样的自己。

"去死吧你。"

他的手指轻轻弯曲，进入了她的身体。她情不自禁地喘息起来。

"我可以帮忙。"

"我不需要你帮忙。"她想尽情地大声呻吟，但这欲望被她拼命压了下去。

"他是个卡车司机，卡车司机都很有钱的。我可以帮你把钱弄到手。"

"我说过了，我不需要——"他用拇指和食指在下面轻轻一捏，她便立刻闭上了嘴巴。她觉得虚弱无力，身体不受自己控制，像个没有生命的机器人，只能任由阿什利摆布。

"你绝对需要。"

他的手指插得更用力了些，脸上露出心满意足的笑。

旅馆房间。床上铺着印花床单，金边儿的镜子四周镶着老式橱窗风格的电灯，墙上挂着一幅玉兰树油画。房间看上去整洁干净，只是即便用了浓浓的消毒剂也还是难掩那股潮乎乎的霉味儿。

米莉安坐在床沿抽烟，她盯着那个铁皮箱子，猜测着里面到底藏了什么东西。

她一丝不挂，脚趾摩挲着地毯。又一家旅馆，又一次上床，又一支烟。重复，循环，像停不下的旋转木马。她想喝酒，想一醉方休。

阿什利一边刷牙一边从浴室里走出来，另一只手上拎着他的平角内裤。

"强奸犯。"米莉安说。

"自愿就不算强奸啦。"他挤眉弄眼地回敬道。

"我知道。我完全可以打烂你的下巴，我的目的不过是想让你讨厌我罢了。"

阿什利嘴里含着牙刷，喃喃说道："我可不讨厌你。"

"这我也知道。"

回到浴室，阿什利漱了漱口，吐掉，然后又漱了一次。

"我说不就是不。"米莉安大声说。

"不一定。"他在浴室里应了一声，随后又走了出来。他用手背擦着嘴角的牙膏泡沫，"说说时间吧。"

"时间？"

"那卡车司机的死亡时间。"

"他有名字,叫路易斯。"

"哼,随便。对我来说,目标就是他的名字,受害者就是他的姓。他有钱,我就知道这么多。卡车司机通常都有钱。他们收入高,但花钱的时间少,除非他有老婆。他有老婆吗?"

"他说他老婆把他甩了。"

她感觉自己像个叛徒,一个肮脏的内奸。

"那他铁定有钱,而且很可能不会存在银行里。因为他们每天东奔西走,今天在托莱多,明天在波特兰,后天又去了他妈的新墨西哥——到了用钱的时候却找不到银行就麻烦了,要知道路上用钱的地方可多着呢。况且多半卡车司机都是吃喝嫖赌样样精通。他们每到一个休息站,不是买春,就是买毒品。在皮条客和毒品贩子那儿他是刷不了卡的,相信我。"

"他不是瘾君子。"

阿什利耸耸肩,"哦,瞧你对他有多了解。咱们还是言归正传吧,他是怎么死的?车祸吗?要是车祸就惨了,因为他的钱很可能全藏在车上,要是烧了的话咱们一分也捞不着。"

"他死在一个灯塔里。还有——"她在心里快速计算了一下,"两个星期,十四天整。"

"怎么死的?"

"我不告诉你。"

"你是小学生吗?"

"这是个人隐私啊,是他的隐私。"

"但你肯定知道。"

她吸了一口烟,"我真希望自己不知道。"

"好吧,随便你。在灯塔上死掉也算不错了,那里的景色通常都很好。我们在北卡罗来纳,我想沿海岸线应该会有不少灯塔。"他开始来回踱起了步，"好，咱们按我的计划行事。先接近他，明天就给他打电话，约他出来。我们有两个星期，一定要弄清两星期后他会到什么地方。"

"这就是你的狗屁计划？你就拿这个跟我合作？"

阿什利耸耸肩，"你有什么高见，不妨说说啊。"

"还有，为什么非要等到他死了之后才去拿他的钱？活着的时候就不能拿吗？"

"因为活人不会乖乖把钱交给你。再说了，死人不会报警。"

她很认真地盯着他问："这些你不介意？你没有吃醋？"

"只要能搞到票子，我才不在乎戴不戴绿帽子呢，"阿什利说，"现在睡觉吧，我都快困死了。"

## 17　血和气球

米莉安从战栗中惊醒，只见一道黑影从眼前掠过。她猛然坐起，眼睛适应着房间内的黑暗。阿什利仍旧躺在旁边，睡得像死狗一样深沉。

那黑影又在眼前晃了一下，随后遁至角落，又蹿进了浴室，并伴随着一阵窸窸窣窣的声响。

她摸黑下床，从挎包里掏出了蝴蝶刀。那是她在特拉华州一个跳蚤市场上花六块钱买的。此时，她悄无声息地放出了刀刃。她蹑手蹑脚地踩在地毯上，偷偷尾随那黑影而去。

在浴室门口，她伸手在墙壁上摸索了几下，找到了电灯开关。

咔嚓。刺目的灯光瞬间倾泻而下，照亮了整个浴室。

她的心跳几乎停了下来。

只见浴室里有一个红色的薄膜气球，正浮在墙角，上上下下。气球上有一幅蛋糕的图片，蛋糕上蜡烛的火焰组成了一行字：生日快乐，米莉安。

"今天不是我生日。"她说，显然，她在跟气球说话。

气球缓缓移动，又一阵窸窸窣窣，最后飘到了房间的中央。米莉安看着镜中的自己：两眼瘀青，鼻孔里面还留有干涸的血迹。

"我在做梦。"她说。

气球慢慢旋转，露出了背面的信息。

在本该是蛋糕的位置赫然印着一幅骷髅的标志。颅骨大张着的嘴巴里是两排参差不齐的牙齿，从齿缝间冒出一个对白框，框中写着：死日快乐，米莉安。

"有意思。"她说着举刀刺了过去。

气球爆了。

鲜血四溅。不，黑色的血。浓厚，黏稠，伴随着血块。米莉安一边吐一边在脸上擦了一把。血像暗红的糖浆，沿着镜面向下流去。血流中混杂着一些白色的组织，如同被困在树脂中的蛆虫。她见过这样的景象，见过这样的血。（在地板上，浴室的地板上。）

说不清为什么，她鬼使神差地伸手在镜子上擦出一片净地，好看到自己的模样。

而看到的景象更令她惊讶不已。

镜子中的人依然是她，但却非常年轻。栗色的头发梳向后面，用一条粉色的发束绑成个马尾。没有化妆。双眼圆睁着，清澈，好奇，闪着天真无邪的光。

这时，镜子中她的身后有了动静，只是因为凝固的瘀血而显得分外模糊。

"还有九页。"一个声音说，路易斯的声音。

米莉安立刻转身，可已经太晚了。路易斯的手里拿着一把红色的雪铲。

他大笑着，举起雪铲兜头向她劈下来。她的眼前顿时一片黑暗，身体仿佛被拖进了虚无的井里，不停地下降。她听到了孩子的哭叫，可那声音随即也烟消云散。

她被医院里防腐剂的臭味儿给熏醒了过来。那气味钻进她的鼻孔，安营扎寨，赶都赶不走。

她抓住床单奋力挣扎。她想钻出被窝，她想下床，可被单紧紧缠着她，令她难以抽身，而床沿上焊着恐怕她一辈子都翻不过去的铁栏杆。她的四周仿佛有一堵无形的墙，压抑着她，使她无法畅快地呼吸。她感觉自己好像被困在了一个箱子里，或一口棺材里。空气似乎越来越少，她的嗓子紧绷着，开始喘息起来。

突然有一双手伸了出来——坚强有力的手——它们抓住了她的脚踝，不管她如何拼命挣扎，她的双脚最终仍被固定在了一个冰冷的橡胶套中。那双手掌湿漉漉、黏糊糊的。一张脸从床尾，从她的两腿之间缓缓露了出来。

是路易斯。他用沾满血迹的手解掉了戴在脸上的一个薄荷绿色的医用口罩。

"流的血可真不少。"他说。

米莉安使劲挣扎，手把床单揪成了一团，"这是个梦。"

"也许吧。"路易斯挠了挠他右眼上用胶带贴的×，"不好意思，胶带很痒。"

"把我的腿解开。"

"如果这只是个梦，"路易斯说，"你为什么不干脆醒过来呢？"

她何尝没有试过。她曾大声呼喊，希望能叫醒自己。

可那无济于事。她被囚禁在这个世界里，难以脱离。路易斯仰起头，"还认为这是个梦吗？"

"去你妈的！"

"嘴巴可真臭。所以说你当不了一个称职的妈妈。"

"当你妈的头！"

"你就像电影里的那个女孩儿，被魔鬼附了身。还记得吧？就是那个吐得天翻地覆，还把上帝救世主骂得狗血淋头的女孩儿。"

米莉安又拉了拉扣在腿上的橡皮套。她的额头已经渗出豆大的汗珠。愤怒、恐惧、绝望，她不停地哼哼起来。我为什么醒不了？快醒来啊，你这个白痴，快点醒来。

"我们要把你缝起来。"路易斯说。他瞥着米莉安两腿之间的位置，舔了舔嘴唇，"把它缝起来，缝得紧紧的。"

"你不是路易斯，你只是我脑子里的幻觉。你是我的大脑，故意耍弄我的。"

"我是路易斯医生，你会知道的。奉劝你尊重我的职业。"他掏出了一根针，一根硕大的、和小孩子的手指一样粗的针。随后他半吐着舌头好集中精神，尽管没有眼睛，他还是轻松地把一条又脏又毛糙的线穿进了针眼儿，"你连我姓什么都不知道，对不对？"

"你没有姓。"她怒吼着，极力想挣脱双手，"你根本不存在，你只是我记忆中的一个片段。我不怕你。什么妖魔鬼怪我全都不怕。"

"你觉得内疚，那没关系。我也会觉得内疚的。我们待会儿可以聊聊，但在聊之前，我必须先把你这不听话的地方给缝起来。这是我们医生的行话：不听话的地方。不过我知道你肯定希望我说得具体一点，那就让我再说一遍好了：我需要把你那又骚又臭、长满虫子的阴户给缝上，那样你就永远也生不了孩子了，因为这世界不能接受从你那龌龊的子宫里再爬出任何一个肮脏的令人作呕的小东西。"

米莉安恐惧极了。令她恐惧的是从他（她？）口中飞出的这些恶毒的字眼。她想说话，可嗓子里却只能发出嘶哑的吱吱声。她想反对，想抗拒，想阻止他——

但他已经把头埋了下去，粗大的针刺穿了她的阴唇，她能感觉到喷涌而出的鲜血。她试图喊叫，可是嘴巴张开了，却没有声音出来——

长长的高速公路像尖尖的锥子无限延伸，前后都望不到尽头。苍茫、萧条、肃杀。两侧是无垠的荒原：红色的土，灰色的树。天空蔚蓝，但远处飘着一团雷雨云；隆隆之声犹如铁砧在地上滚来滚去。

米莉安站在高速公路的路肩上。她贪婪地呼吸着空气，仿佛刚从冬天冰冷的湖水中爬出来。

她摸了摸自己的大腿，还有私处。不疼，也没有血。

"天啊。"她喘息着说。

"别高兴得太早。"身后传来一个声音。

又是路易斯，眼睛上贴着吓人的 ×，脸上挂着匪夷所思的笑。

"你别过来，"米莉安警告说，"再靠近一步我就拧断你的脖子，我对天发誓。"

他轻声笑着，摇了摇头，"得了，米莉安，你已经认定这是一个梦了。你知道我就是你，难道你想拧断自己的脖子吗？这从何说起呢？你有自杀倾向？我看你真该看看心理医生了。"

路易斯开始踱步，在他移动的时候，米莉安在公路中间看到了两只乌鸦。它们守着一只被碾死的穿山甲，黑色的喙啄起一条条血淋淋的筋和一块块肉。死掉的穿山甲看上去就像摔碎了的复活节彩蛋。两只乌鸦为了争一块儿肉，互相啄了起来。

"也许我不是你，"路易斯说着，轻轻掸了掸肩膀上的尘土，"也许我是上帝，也许我是魔鬼，也许我只是命运的象征，是你每天早上醒来以及夜里入睡之前都要诅咒的东西。谁说得准呢？我只知道，是时候面对你的心魔了。"

米莉安开始随着他一起向前走。他们就像两只狭路相逢的猫，彼此戒备着，走在笼子的两端。

"把我从这梦里弄出去。"她说。

路易斯毫不理睬，而是继续说道："也许我就是路易斯，也许我是他沉睡的思想，在精神上召唤你，因为，毕竟你也是一个感性的人。可怜的小巫婆。也许我知道厄运将至，所以才来求你阻止这一切。行行好吧，米莉安，快阻止这一切。我呸。"

"我阻止不了。"

"也许能，也许不能，但你还有机会。再过两个星期我就要死了，即便你不尽力阻止——更别提你还打算跟踪我，并在我死后搜去我的钱财——但最起码你可以想办法让我在最后这段时间里过得快活些。"

"我总得吃饭，总得活下去啊。"米莉安冷笑道。

他停下了脚步，"你觉得这是个很正当的理由吗？"

"你不知道我都干了些什么，还有我为什么那么干。"她说，尽管她怀疑这话不一定正确，"我会去找路易斯，但不管怎么说，你不是他。我会尽力让他在最后两周里过得快活些。"

"给他吹箫应该不错，"路易斯说，"你可以试试。"

"去你妈的。我可以让他快活，但别指望我能救得了他——"

"救我。"

"——因为那不可能。我做不到，也争不过。"

"争不过？"

"争不过命运，你，上帝。随便什么。"

他耸耸肩，忽然望向她的身后。

"嘿，"他说，"那是什么？"

她相信了，顺势扭头去看。

那是一个薄膜气球。被一阵热风吹着，在公路上方飘飘荡荡，气球上的血滴在沥青上，发出剧烈的嘶嘶声，就像落进了热平底锅。

米莉安扭回头想对路易斯——或不是路易斯，或随便他是谁——说句什么，可是——

他已经不见了。

取而代之的是一辆白色的 SUV，它急速撞上了她的胸口，她感觉到自己身体里有什么东西碎了。

乌鸦呱呱叫起来。某处传来婴儿的啼哭。


阿什利醒来时，看到米莉安浑身大汗缩在墙角，正在笔记本上龙飞凤舞地写着什么。

"你干什么呢？"他哑着嗓子问。

"写东西。"

"这我看得出来，大作家。写什么呢？"

她抬起头，眼睛里闪动着难以名状的狂躁，脸上带着疯子一般的笑。

"已经写了两页了。还剩七页。"

随后，她又自顾自地埋头写起来。

# 13　胖子的报复

这片房车营地让哈里特想到了坟场。独立房车，拖挂房车，灰色的、白色的。一辆接着一辆，排列得整整齐齐。在她眼中，它们就像一座座墓碑，或者一排排坟墓，每一座墓前摆放着死了的或者将死的花。

弗兰克抬脚踢飞一颗石子。嗵的一声，石子打在一个生锈的喷水壶上又弹射出去，不知会不会砸到某个戴着蘑菇帽的小地精。

"这地方真瘆人。"他说。

在一排房车的最后一辆跟前，哈里特上前一步，敲了敲车门。

开门的人简直就是一座肉山，他那被文身覆盖着的赘肉就像层层堆叠的梯田。

胖子，准确地说是个浑身赤裸的胖子，他的两根手指戴着夹板。

胖子的身躯填满了拖车的门。他的肚脐周围文着一条喷火的蛇，与之相呼应的另一条蛇则盘旋着缠上他水桶一样粗的大腿，并伸向大腿的内侧——

弗兰克一阵腻味。

"我靠，不是吧。"他嘴里嘟囔着，遮住了眼睛。

"怎么了？"胖子不爽地问。

弗兰克撇了撇嘴，"伙计，你连下身上都文了东西？"

"你干吗看我的下身？"

"你那玩意儿就他妈耷拉在那儿，"弗兰克指着胖子的下身说道，"像根蔫了的小黄瓜。说实在的，我觉得是它在看我。"

胖子咆哮起来，"你他妈再多说一句，信不信我射你一嘴？"

"你他妈的——"

"我们有事要问你。"哈里特拉住弗兰克，打断他们说。

"我跟傻逼和外国佬没什么好说的。"胖子不可一世地回答。

"他妈的，我看你这根肥香肠是活腻了！"弗兰克说着便要上前。

胖子伸出左手——没戴夹板的那只手——仿佛要一把揪掉弗兰克的下巴。可惜他的胳膊没那么长。

哈里特轻轻叹了口气，冷不丁伸手捏住了胖子的一个睾丸，继而像拧麻雀的脑袋一样旋了一个圈。胖子大声尖叫一声，挥起肉墩墩的巴掌便要给哈里特一个耳光。哈里特身体向后一仰，胖子的手打在了拖车锈迹斑斑的门框上。他的食指和中指以一种吓人的角度向后折弯过去，清脆的断裂声之后又是一声撕心裂肺的号叫。

哈里特觉得满意极了。左手也断两根手指，这样正好对称。

她松开胖子已经被捏紫了的蛋蛋，顺势推了一把，胖子一个趔趄，向后倒进车子。

现在总算可以看到车内的全貌了——脏盘子比比皆是，引得苍蝇成群地飞来飞去，沙发座套恐怕自罩上去之后就再也没有拿下过，布面粗糙得几乎可以磨碎干酪，厕所的门实际上就是一片可以折叠的塑料膜，一头挂在一个锈迹斑斑的钩子上。还真是个豪华的所在。

挨着后舱板的位置上放了一张简易小床，床面中间深深地凹陷下去，哈里特看看胖子，不由心疼起那张床来。一个瘦得皮包骨头的女孩子，看上去有十八岁，甚至更年轻，正坐在床边，困难地睁着一双瘾君子才有的迷离眼睛，注视着眼前发生的一切。仿佛为了证明自己还有那么一点点羞耻之心，她扯了一条毯子披在身上，只是毯子包裹得并不严实，拳头大小的一侧乳房露了出来，上面亭亭玉立着一个烟屁股一样的乳头，不过她自己对此倒似乎浑然不觉。

"摁住他的头。"哈里特命令道。

弗兰克抓住胖子的南瓜脑袋，猛地掼到满是污渍和碎渣的地毯上。

"现在让他抬起头。"

胖子的脑袋被扳起来后，哈里特将一张照片放到他的鼻子前面。他眨着泪汪汪的眼睛盯着照片。

"这人名叫阿什利·盖恩斯。"哈里特说。那是阿什利在一次派对上拍的照片，他手里端着一杯可能是啤酒的饮料，正忘乎所以地大笑着。周围的其他人全都洋溢在一片火红的圣诞灯光中，"镇上另一头的一个酒保说你可能认识他。"

"是，是，"胖子痛苦地叫道，"我认识他。你们干吗不早点把照片拿出来？这小子化成灰我都认得。就是他害我断了两根……"他似乎不想说下去，只是抬起戴着夹板的手晃了晃，那样子就像一只受伤的企鹅挥动自己的鳍。

"你这爪子现在打不了飞机了吧？"弗兰克得意地说，他乐得嘴巴几乎咧到了耳朵上。

"他是不是带着一个铁皮箱？"哈里特问。

"没看到箱子，他只带了一个金发的小妞。"

"金发？"

"有点发白的金，跟沙滩的颜色差不多，应该是染的。他开着一辆白色的福特野马，九十年代初的，车后窗上有个窟窿。"

哈里特冲弗兰克点点头，后者随即手一松，胖子的脑袋就像电影里追赶印第安纳·琼斯①的大圆石，砰的一声落到了地板上。

"暂时就问这么多，"哈里特说，"谢谢合作。"

"妈的，你们这些人都不得好死。"胖子呜咽着骂道。

哈里特弹了下舌头，对着胖子的嘴巴就是一脚，坚硬的皮鞋尖少说也能踢掉他几颗牙齿。他翻了个身，剧烈地咳嗽起来，嘴角处冒出一个个血泡。一颗带血的牙齿掉在地毯上。

"咱们走吧。"哈里特对弗兰克说。弗兰克满意地笑着，跟着哈里特下了车。

---

① 印第安纳·琼斯：好莱坞大导演史蒂文·斯皮尔伯格执导的《印第安纳琼斯》系列（也叫《夺宝奇兵》系列）冒险动作影片中的男主角，由哈里森·福特饰演。

# 19 死亡之约

去他的吧，她如此想道。

反正他死期将至。他已经检过了票，设好了闹钟。命运之神已经用手指蘸了黑灰在他额头上画了标记。没有人在他的门上涂羔羊的血[1]。上帝已经叫到了他的号。太不妙了。撒哟娜拉[2]，大块头。

这家伙有不少钱呢，光信封中的那些票子就足够她好几个星期不用发愁吃喝住穿。

这不是你的错。你没有害他。你不是捕食者，你只是个食腐的清道夫。你是秃鹰，不是狮子。你只是擅长寻找尸体，最多从它们身上捡一两块骨头。

对，去他妈的。

这时，她看到了他。

---

① 涂羔羊的血：在关于《摩西十诫》的故事中记载有摩西要犹太人在门上涂羔羊的血以避免上帝降临的灾祸。

② 撒哟娜拉：日语再见的意思。

米莉安正站在旅馆的停车场上抽烟，随着吱吱的刹车声，他的卡车停在了跟前。随后他从驾驶室里跳下来，浑身上下收拾得干净利落。他的衣服并不是什么高档货：蓝色格子花呢上衣，平整的直筒牛仔裤，裤腿上一个洞或一个切口都没有，脚上蹬着一双崭新的牛仔靴。

而她上身穿着一件纯白 T 恤，头发染得乌黑发亮，牛仔裤左膝上掏了一个洞，右侧大腿上则有三道参差不齐的斜杠。脚上穿了一双与其说是白色倒不如说是灰色的帆布运动鞋。

相比之下，她感觉自己无比寒酸，实在跌份儿，于是乎嘴里发干，浑身不自在，这可不像她。

"别多想了。"他缓步靠近时米莉安告诫自己，"何必自寻烦恼。坚强点，别像个傻逼似的。认了吧，我们迟早都有死的那一天。"

他越走越近，米莉安觉得自己愈加渺小可怜——他那伟岸的身躯，宽阔的肩膀，有力的双手，还有那双大得令人难以直视的靴子，无不给她带来窒息般的压迫。然而他的脸庞却十分可爱温柔，微微低着头，腼腆的目光注视着地面。他不是残暴的雄狮，而是温顺的羚羊。一个非常容易搞定的猎物。米莉安心里如此下了结论，但她无法让自己信服。

"嗨。"他羞涩地打了个招呼。看得出来他有点紧张，这对米莉安有益无害。虽然残酷，但她发现自己总能从别人的弱点中汲取能量，"觉得这里还行吗？"

"还行。"米莉安回答道。她是开着阿什利的野马车来的，为了借到这辆车，她着实费了不少唇舌，就像央求爸爸允许她开他的宝贝奔驰车去兜风一样。

"能再见到你真好。"

"你收拾得挺干净嘛。"

这样的评价令他手足无措。米莉安也不由为自己低劣的恭维感到尴尬。

"我洗了个澡。"他说。

"男人就该干干净净的。"

"我没想到你会给我打电话。"

她把烟头弹了出去，火头一红一红的，正好落在一个小水洼里，噗的一声，灭了。"是吗？"她反问一句。

"我以为你和——"

"和另外那个家伙是一对儿？天啊，当然不是。那是我弟弟，阿什利。"

路易斯明显安心不少。就像帆儿终于迎来了风，他一下子来了精神，"你弟弟？"

"没错。所以我才会出现在这里。我就是来看他的，我还打算在这里找份工作，还有一间公寓。"她说谎从来不需要打草稿。仿佛只要打开一个龙头，便有源源不断的谎话倾泻而出。而对她来说，这龙头早就断了把手，已经关不上了，"当然，他也正处于待业状态，我爸妈总说他是烂泥扶不上墙，基本上就是个一无是处的废物。不过我偏不信，所以我决定过来亲自督促他，让他找份工作，帮他改掉好吃懒做的坏毛病。"

"但愿你能成功。夏洛特是个很不错的城市。"

"很不错，"她重复道，"对呀，是个很不错的城市。"她在心里又默念了数遍这几个字，但它们听起来更像是嘲讽。要论干净整洁，布局合理，这里的确不错。但她更喜欢纽约、费城和里士满，喜欢那些地方遍布大街小巷的尘垢，迷宫一样曲曲折折的道路，弥漫着化学气息的风，还有混合着垃圾和各种食品味道的污浊空气。

"准备好出发了吗？"他问。

米莉安肚子里一阵咕噜响。她实在还没有做好准备，一点都没有。

"当然。"但她这样说道，随后她走到他身边，拉住了他的手。

电影难看得要命，晚餐也普普通通。

米莉安有些迷茫。在电影院里，他们肩并着肩坐在一起，在意大利餐厅里，他们又是面对着面。虽然近在咫尺，但两人之间却仿佛隔着千里之遥。每当路易斯提出一个问题，投来一个眼神，或者向她伸过手来，她总是闪烁其词，忙顾左右，或把手缩回来放到腿上。他们就像两块同极相对的磁铁，没有吸引，只有排斥。

这样可不行，她一遍又一遍地想。

如今他们又回到了卡车上，发动机轰鸣着，在一条名为独立大道的街上随着车流走走停停。这名字多么讽刺，米莉安没有半分独立的感觉，反倒觉得自己被困进了牢笼，失去了自由。

"我妻子死了。"在等一个红灯时，路易斯突然说道。

米莉安眨巴着眼睛，她没想到路易斯会突然说起这个，就像一艘正在航行的船突然抛下了锚，溅起一团凌乱的水花。

他继续说了下去，"我之前对你撒了谎。我说她离开了我，那只是一种……最愚蠢的说法。实际上她死了，她就是那样离开我的。"

米莉安低头注视着驾驶室里的脚垫，她希望能在那里看到自己的下巴，还有像濒死的鱼一样挣扎的舌头。

"我不知道该说什么。"这是她唯一能想到的回答。

路易斯深深吸了一口气，却久久未见他呼出来。

"是我害死了她。"他说。

能让米莉安吃惊的事情并不多。她见太多了，久而久之，那些事情变得如同钢丝球，磨掉了她对这个世界所有的期望和设想。她曾看到一个黑人老妇蹲在高速公路旁边拉屎；她曾目睹一个女人用自己的假腿打死了她认定出轨的丈夫；她见过鲜血，见过满地的秽物，见过惨烈的车祸，见过一些白痴往自己屁眼儿里塞东西（比如灯泡、磁带和卷起的漫画书）之后拍的 × 照片，还至少见过两例对马不敬不成反被马踢死的奇葩事件。到如今，人类这种高等的下贱动物于她而言早就没有任何秘密，他们的堕落、疯狂、悲哀，全都分门别类地储存在了她的脑子里，可她现在连三十岁还不到。

但是路易斯，她有点捉摸不透。

他？杀人犯？

"我当时喝多了，"他解释说，"我们度过了一个其乐融融的夜晚。我和她在我们最喜欢的餐厅露台上吃了顿晚餐。那个餐厅坐落在一条河边。我们聊着稍后要去哪儿，去干什么，聊着要孩子的事。我们认为时机已经成熟，即便不想立刻就要孩子，但起码应该停止避孕。我们都喝了点玛格丽塔①，然后——"

说到这里他停了下来，止住了话头，合上了话匣。他的两只眼睛犹如一双枪筒，指着遥远的地平线，或者根本毫无所指。

米莉安在脑海中幻想着路易斯粗大的手掐住他妻子脖子的情景。也许那只是酒精作祟，令他一时昏了头。

"我们上了车，因为喝了酒，我的头有些晕，但当时我根本没有考虑到那会造成什么样的后果，我太过自满，没把那点酒当回事儿，况且路很宽，车很少。可是上车不到五分钟车子就失控了。那天既没有下雨也没有遇到任何意外，那条路我也走过不下上百遍，只是途中要经过一个弯道，我的车速太快，反应也不够及时，而那条路正好临着河，结果……"

他终于呼出了那口气。

"车子一头栽进了河里，"他说，"车窗和车门都打不开。我不记得自己是怎么钻出来的，但我最终爬到了岸上。我看着四轮朝天的车子渐渐被河水吞没，我的妻子谢莉，她还在车里。他们最后找到她时，她的身体还被安全带牢牢固定在座位上，肺里灌满了浑浊的河水。"

米莉安不知道自己该不该说点什么。

---

① 玛格丽塔：一种用龙舌兰酒配制的鸡尾酒。

路易斯用手指梳理了一下他的头发，"那件事之后，我卖掉了我们所有的东西，包括房子。我辞去了工厂里的工作，报了一个卡车驾驶培训班，考到了我的商业驾照，从此就一头扎在公路上跑起了货运，而且从那以后我再也没有回过家。现在的我基本上是四海为家，以车为家。"

"你真知道该如何打动一个女孩子。"米莉安说。这是她自以为很聪明的一句评论，虽然听起来更像揶揄，但她控制不住要说出来。

路易斯耸耸肩，"我只是觉得反正今晚已经够失败的了，索性就破罐破摔了吧。"

米莉安不由笑了起来，路易斯随后也跟着一起笑。这是他们谁也没有预料到的声音。

"你可真是个命苦的人啊。"她说。

路易斯点点头，"我看也是。而且我还觉得这一点并不讨女孩子喜欢。"

米莉安忽然觉得一阵脸热心跳。

这个路易斯，如果他真这么想，那可就大错特错了。


在旅馆房间，她完完全全地扑到了他身上，像头饥饿的迅猛龙扑向一只被绑着的小山羊。米莉安无法拒绝一颗受伤的灵魂。她的鼻孔里充斥着死亡的气息，无论用什么办法都难以消灭干净，但正如她妈妈所说，该是什么就是什么，而现在的她欲火中烧，已经做好了滚床单的准备。她希望眼前这个男人能够大力地爱她，让她欲死欲仙。

路易斯，他就像该死的帝国大厦，米莉安必须像金刚①那样爬上去。她扒住他的肩膀，将饥渴的唇舌送到他的耳边，她的手不停地在他宽厚的胸脯上游走，腿则紧紧缠住对方的腿。这情景看起来一定像卡通片一

---

① 金刚：出自电影《金刚》，金刚是一只巨大无比的猩猩。第一部《金刚》电影拍摄于1933年，2005年彼得·杰克逊翻拍。金刚爬上帝国大厦是片中经典镜头之一。

样滑稽，她暗想，但是，去他妈的。他们又不是在拍 A 片，不需要考虑任何观众的感受。

路易斯呻吟着，但却努力克制。事情发展之迅速大大超出了他的预期，他一时有些不知所措，"我不知道这样做——"

噢噢，不行，她不允许他把这句话全部说出来，于是用嘴封住了他的口。她的舌头像游走在草丛中的蛇，在路易斯的嘴巴里探寻着、挑逗着。她一手像个登山者一样扳着他的肩膀，腾出另一只手开始解他的衬衣扣子。可那些扣子一个个固执得像没见过世面的驴子，一怒之下，她把它们全都扯了下来。扣子们飞溅到墙上，而后下雨似的哗哗啦啦落在地上。

他想出言制止，可他的话全被米莉安吞了下去。

她像一条发情的母狗，饥渴，淫荡，什么都阻止不了。

这时，她看到了他们身后的那个影子。

她黏在路易斯身上，可是他们身后却出现了另一个路易斯。

他站在那里，伸手揭开了贴在左眼上的黑色胶带，血肉模糊的眼窝里顿时涌出无数蠕动的蛆虫。

"嘘。"路易斯的鬼魂说。

米莉安并没有打算出声，但她还是咬住了真实的路易斯的舌头。

"哎哟。"他叫了一声。

她连忙缩了回来，"对不起。"

她想对路易斯的鬼魂大喊：你只是幻觉，快滚，和蟑螂们睡觉去吧。我们正在庆祝生命。这一点也不变态，一点也不恶心。这是完全正常的事。

路易斯的鬼魂又掀开了另一只眼睛上的眼罩。黑色的血液汩汩而出，与左眼仍在不断涌出的蛆虫一起向下流去。他无动于衷地笑了起来。

"你打算眼睁睁地看着我死掉，然后再偷走我的钱。"路易斯说。

米莉安松开手脚落在地上，随后又向后退了一步。她的心脏像铁拳一样捶打着胸骨。她搞不清楚刚刚那话究竟是哪一个路易斯说的。

"怎么了？"路易斯，真实的路易斯问道。

"蛆虫，秃鹰，寄生虫，鬣狗。"路易斯的鬼魂以一种活泼的语调轻轻说道。

米莉安沮丧地喊了起来。

真实的路易斯困惑极了。他不明所以地望了望自己身后，米莉安甚至有些希望他能看到自己的鬼魂，可他的鬼魂此刻却消失了踪影。而她非常肯定的是，同样消失的还有她的理智。

"怎么了？"路易斯问，"我是不是做错什么了？"

她很想告诉他：对，你在我的潜意识里制造了一个鬼魂，或者恶魔，每当我要做出什么动作时，他就跑出来奚落我。

但她实际上说的却是，"没有。"她冲路易斯摆了摆手，"没有，是我的问题。我做不到，我真的做不到。至少现在不行。外面，外面是不是有个自动售货机？制冰机？饮水机？反正是不是有个什么机器？"

路易斯清了清嗓子，"对，呃，出门儿左转。就在停车场旁边的一个小阁子里。"

"好极了。"她说着打开了门。

"你没事吧？"

她摇摇头，"说不准。我知道这挺尴尬的，不过这跟你没关系，是我的问题。你就当我是发神经吧。"

"你还会回来吗？"

她坦率地回答："我也不知道。"

插　曲

## 采　访

　　"这事儿要从我妈妈身上说起，"米莉安说，"男孩子通常都有被爸爸虐待的经历，对不对？所以很多故事的核心其实都是爸爸的问题，因为男人行走世界，男人的故事也就传播得更广一些。如果让女人来讲，那么大多数故事都应该牵涉到妈妈的问题了。这个你不用跟我抬杠。爸爸通常都非常疼爱女儿，除非遇到不是东西的爸爸。可是妈妈对待女儿，那就绝对是另外一回事了。"

　　"也就是说，你把这一切都归咎于你的妈妈？全是她的错？"保罗问。

　　米莉安摇摇头，"没有直接关系，但总脱不了间接关系。我先说说我的家庭情况吧。我父亲在我很小的时候就去世了，我对他的记忆和印象少之又少。他得的是肠癌，就我个人理解，那应该是最痛苦的一种癌症，因为肠和拉屎息息相关，得了肠癌恐怕就不能好好拉屎了。人这一辈子有多少快活的时光都是在拉屎的时候啊，要是连屎都不能好好拉，我简直不敢想象活着还有什么意思。"

"女孩子一般不会和人讨论拉屎的问题吧？"

"我跟别人不一样。"她反驳说。

"你很喜欢这种与众不同的感觉对不对？"

"的确。你不要以为我心理不健康，再说了，你都十九岁了，有什么不能谈的？"

"可你也才二十二岁。"

她扑哧一笑，"所以我是你的长辈，小伙子。我能继续讲下去了吗？你的读者们都该等不及了。"

"不好意思。"

"接着刚才的故事，爸爸死了，小女孩儿就只能跟着她的妈妈，伊芙琳·布莱克。她是个宗教狂，而且信奉的是门诺派①。在家里她妈妈一手遮天，对她实行高压政策。小时候，她妈妈让她每天读《圣经》，而且让她穿得像个四十多岁的图书管理员。看到她那样子，你可能会情不自禁地闻到落满灰尘的地毯和旧书的味道。

"但这和小女孩儿的天性格格不入，而只是她妈妈认为她该成为的样子。她妈妈说什么是对的，什么是错的，那她就必须要遵守。纯洁，仁慈，端庄，正直，谨言慎行，守身如玉。这才是女孩子该有的样子。唉，可是这个小女孩儿有她自己的小秘密。对你和别人而言也许不算什么，但对她的妈妈来说，那简直就是不要脸的天启②。小女孩儿喜欢偷偷看漫画书，喜欢悄悄站在别的孩子跟前听他们的说唱音乐和摇滚乐专辑。在学校里，她激动地偷看别的孩子抽烟，回到家里她也不看电视，因为她家里根本就他妈的没有电视机。她能干的就是偷偷看自己的漫画书，或者一晚又一晚地听她的妈妈大讲礼仪道德之类的废话，日复一日，

① 门诺派是当代基督教中一个福音主义派别，因其创建者荷兰人门诺·西门斯而得名。门诺派信徒坚持自己，与非门诺派团体完全分离。他们按字面意思解释《圣经》，并且严格服从《圣经》的教训。

② 天启：美国MARVEL漫画《X战警》中重要反派。

年复一年。完了。"

"完了?"

"显然还没有,这只是个开头。那十几岁的小图书管理员——咱们姑且叫她玛丽吧——正开始经历她人生中的一个低谷。可是她并没有在任何人面前表现出来,而是每晚回到自己的房间偷偷哭泣直到入睡。她脑子里经常出现一些疯狂的念头,比如连根扯下自己的头发、用锤子敲掉自己的牙齿,或者用其他恐怖的方式伤害自己。不过这些行为她并没有真正实施过,也正因为如此,她精神压抑得反倒更为严重。她越来越紧张,仿佛被一种无形的力量拼命挤压着,直到她无法承受,最终爆发。

"说实在的,她妈妈其实也不算太坏。她从来没有在身体上虐待过这个女孩儿,她不会拿金属衣架或别的什么抽打女儿,不会拿卷发棒敲她的乳房。可她也说不上是个好妈妈,她每天都辱骂自己的女儿。说她是罪人、妓女、荡妇、骚货之类。在这个妈妈眼中,那小女孩儿代表着永远的失望,代表一个死活都甩不掉的累赘。她是个坏女孩儿,尽管实际上她是个好孩子。也许是她妈妈能嗅到罪恶的允诺,也许是她妈妈察觉到了被埋葬的恶魔气息。"

"那……"保罗问,"你是怎么办的?你肯定有自己的办法。要不然你会受不了的,你做了什么?"

"我做爱。"

保罗眯起眼睛,"然后呢?"

"然后什么?如今的世道你还不清楚吗?就连十二岁的小姑娘都开始发短信——不对,是发色情短信,互相聊自己怎么给男人吹大条——"

"吹大条?"

"不是吧?这你都不懂?就是在男人撒大条的时候给他吹箫啊。"

保罗头上直冒汗,"哦。"

　　"是啊，你听了也就回答一个哦。问题是，在你的这个世界中，连小孩子都在干着这种事却没有任何人感到惊讶。可在我的世界里，妈妈会告诉你说，女人的私处就是恶魔的嘴巴，你不能喂给恶魔任何东西，绝对不能。因为喂过一次它就会想要第二次，接着还要更多次，你永远都无法满足它的贪欲。"

　　"你喂了恶魔。"

　　"只有一次。他叫本·霍奇斯。我们发生了关系。可随后他就自杀了。"

## 20　撒谎者俱乐部

　　米莉安渴望喝上一口橘子汽水，好让那充满化学物质的假果汁滋润她干燥的舌床。可旅馆外面放着的是一台美乐耶乐①贩卖机，那是一种价格很贵的山露汽水，但她不在乎了。她想要自己想要的东西，不愿想那些自己不愿想的事。其实根本无所谓，因为她口袋里一分钱都没有。该死。

　　她满脑子想的都是：我想要一杯橘子汽水，再在里面加些伏特加。与人接触的时候，我希望能不再看到别人临死时的景象。哦，我还想要一匹小马，我太他妈想要一匹小马了。

　　她想得入了神，丝毫没有注意到有辆车子驶进了停车场。

　　米莉安用头抵着饮料贩卖机，这时，她看到了一张一美元的钞票。

　　"哟，老天有眼。"她咕哝了一句，便伸手去捡钱。

　　可惜她高兴得太早，那根本就不是什么美元，而是故意设计成美元的样子好引人注意的一张基督教传单。上面印的是一个规劝年轻人莫要

---

① 美乐耶乐（Mello Yello）：美国可口可乐公司旗下的一款果汁型碳酸饮料。

玩物丧志的小故事，说玩《龙与地下城》之类的网络游戏就如同趴在魔鬼的乳头上吸吮地狱的奶。

米莉安气呼呼地把传单揉成一团，正准备丢掉，不料刚一抬头发现自己和一个其貌不扬且瘦骨嶙峋但穿着一身笔挺黑西装的意大利人打了个照面。

"耶稣基督啊。"米莉安吓了一跳。

意大利人点了点头，尽管他知道自己并非任何人的上帝和救世主（虽然他的鼻子和耶稣有几分相似，一样的塌鼻梁，鼻头尖尖的，可以当鱼叉）。米莉安还看到一个矮个子的女人向他们这边走过来，虽然她身材娇小，但却圆润可爱，脑门儿前的刘海仿佛是拿修枝剪和尺子量着剪的。

"晚上好。"女子说道。

"史考莉①。"米莉安对女子说。继而她又对男子点点头，说道，"穆德。"

"我们是联邦调查局的。"男子说。

"我猜到了，刚才是开个玩笑。"她清了清嗓子，"不过无所谓了。"

"我是哈里特·亚当斯探员。"女子解释说，"这位是弗兰克·加洛探员。我们想问你几个问题。"

"行啊，随便问吧。你们要是在找基督教的宣传单，我这里倒是有现成的。"她说着摊开手掌，把揉成一团的传单给他们看。她的心脏跳得如同一只受惊的羚羊，她甚至能听到血液在血管中飞速流动，以及脖子里的脉搏像敲鼓一样震天的声音。难道她被盯上了？对方是来抓她的吗？不知道在监狱里她能值多少根香烟？她想到了牢房里那些蓬头垢面、穿着橙色连衣裤的女人。他妈的！真倒霉！

① 史考莉：史考莉和下文的穆德都是著名的美国科幻电视连续剧《X档案》中的主人公，两人是一对儿搭档，均为联邦调查局（FBI）探员。

她该怎么办？踢高个子浑蛋的裤裆？用手里的传单去割矮个儿婊子的脖子？

她看到女子的目光移向了左边，这时她听到一侧传来了脚步声，重重的脚步声。

路易斯。

"有什么事吗？"他走过来问。

两名探员上下打量了他一番。

"我们在找人。"女子说道，并亮出一张照片。

米莉安的喉咙顿时一紧。她很高兴对方要找的人并不是她，但照片中的人却分明是阿什利。背景是某个派对、红色的圣诞灯光、肆无忌惮的欢笑、自鸣得意的眉毛、永远欠揍似的咧着嘴巴。是他无疑。

路易斯也看到了照片。米莉安希望他不要多嘴。如果他们找到了阿什利，那家伙肯定会咬她一口。那就意味着她的事情也会暴露，她可不想看到那样的结果。

"你认识这个人吗？"意大利人问。

女的又补充了一句，"他叫阿什利·盖恩斯。"

"照片上是个男的，不是女的啊。"米莉安故意打起了马虎眼。

"没错，他就是个男的。"女子说着皱了下眉。

"但他却叫阿什利。"

他们不耐烦地瞪着米莉安，仿佛想一口把她吞掉。

米莉安无所谓地双手一摊，"哦，我只是好奇，没什么了。"

"你见没见过他？"

"唔，没有。我见过的人不少，但没见过这个家伙。"

女子将照片竖起来，好让路易斯也清楚地看到。

"你呢，先生？你见过这个人吗？"

路易斯一脸恼火的表情，他粗声粗气地问道："不好意思，你们是什么人？"

米莉安凑过去，模仿着路易斯的南方口音说："亲爱的，他们说他们是联邦调查局的。"

"能让我看看证件吗？"

意大利人翻了个白眼。女子没说什么，亮出了她的证件。男的虽然怒气冲冲，但也跟着照做了。

"没有，"路易斯说，"我没见过这个人。不好意思啦，伙计们。"

意大利人高傲地仰着脸，指关节捏得咯咯直响，上前一步，威胁似的说道："你再看看，给我好好想想——"

"弗兰克，"女子伸出一只小手按在男子的胸膛上，"我们还是不要打扰这两位了。他们什么都不知道。谢谢你们。"

两人转身向停在旅馆门口不远处的一辆黑色短剑西拉轿车走去，他们看上去真是一对儿极不协调的搭档。就像两条杂种狗：一条矮小敦实的斗牛犬蹒跚走在一条骨瘦如柴的大丹犬旁边。

"他们在找你弟弟呢。"路易斯说，他的声音听起来并不高兴。

"我弟弟？哦，是啊。谢谢你没有把他给卖了。"

"我不习惯对执法人员撒谎。"他说。两人注视着那辆黑色轿车驶出停车场，开上紧邻旅馆的大道，转眼消失在夜色之中。

"那是因为你身上有一大堆诸如荣誉、诚实、正直和其他对我而言格外陌生的优良品质。这对我很重要，真的。"

路易斯顿了顿，而后问道："刚才是怎么回事？"

"那两个探员——"

"不，我说的是在房间里的时候。"

她知道，但她想回避这个问题，"我也不知道。我有点崩溃，想喝橘子汽水。"

"橘子汽水？"

"我说过嘛，我有神经病。"

"我们能谈谈吗？或者随便走走，或者看看电视？"

他开始采取主动了，米莉安心想。这很好，可是——

"不了，我该走了。我得去告诉我弟弟，顺便教训他害我对两个联邦探员说了谎话。"

"我能跟你一块儿去吗？"路易斯问。

他满脸忧伤，一副哀求的模样。这是个孤独的男人，米莉安心想，而且孤独得要命，否则他怎么会想和她这样的女孩儿待在一起呢？可是突然之间，眼前划过一道闪光，他的脸顿时笼罩在浓浓的阴影中——两个空洞的眼窝，四条塑料胶带，污血横流，蛆虫蠕动，铁屑从一把破破烂烂的剖鱼刀上洋洋洒洒地飘落。她不由浑身战栗。

"我是个十足的烂人，"她坦诚地对路易斯说，"身上没一点好的地方。我思想邪恶，做的事更加邪恶。我满嘴脏话，抽烟喝酒。说实在的，我嘴巴和脑子里装的几乎全是狗屎，动不动就会往外喷——"就像成群的蛆虫，她心里说，"这些不适合你，路易斯。你是一个正直善良的人，一个好人。你不会想和我这种人在一起的。那样你只会惹上一身麻烦。我的麻烦，我的问题，我的情绪，我的一切。我会像一桶污水淋到你的头上。去找个好姑娘吧。找个知书达理的，穿着漂亮的太阳裙，不会整天把他妈的之类的字眼挂在嘴上的姑娘。"

"可是——"

"没有可是。到此为止了。你是个好男人。"

她踮起脚尖，轻轻吻了一下他的脸颊。

"祝你幸福。"她有种想要告诉他实情的冲动。她想说他去日无多，要尽量及时行乐——去找个小姐快活一番，找家最高档的饭店大吃一顿，还有，看在老天的分儿上，别到灯塔附近去。可这些话她全都憋在了肚子里。她隐隐抱着一丝幻想，只要她能离他远远的，或许一切的不幸都不会发生。那样路易斯就得救了。然而这只是她一厢情愿的想法，或许有些消极被动，但迄今为止，积极主动也并未给她带来过更好的结果。她没得选择。

"等等。"他在身后喊道，可是已经太晚了，米莉安已经钻进了野马跑车，并发动了引擎。

随后，车子像离弦的箭一样冲出了停车场。

"又是无功而返。"弗兰克揉着眼睛说道。他打了个哈欠，"我们恐怕永远都找不到那个小杂种，英格索尔会把咱们的蛋蛋切下来当早餐吃的。"

"我没蛋蛋。"哈里特说着把车停在了路边，此时他们才刚刚经过旅馆的入口。她让引擎空转着，但却熄掉了车灯。

"你干什么？"

"等。"

"等什么？"

"等那个姑娘。"

"什么姑娘？我们刚刚见过的那个？"

"没错。他们两个全都说了谎。"

弗兰克惊讶地眨着眼睛，"什么？谁？那个傻大个儿和他的小婊子？"

"对，他们两个。不过那小妞撒谎的本事要高明些，我差一点就上了她的当。不过她有点欲盖弥彰了。倒是那个男的，他说的谎话连三岁小孩子都骗不了。"

"你怎么看出来的？"

"眼睛。这是英格索尔教我的。人在撒谎的时候会不自觉地眨眼睛，要么就会向上或向右看，以便调动大脑中负责创造性思维的部分。瞳孔收缩，眼睑颤抖。这些都是慌张的反应。我能察觉得到，大多数被捕食者会出现头部抽搐或眼球突然移动的反应。撒谎是一种恐惧反应。那两个人都很害怕。"

正在这时，他们听到了轮胎在石子路面打滑的尖叫声。

须臾之后，一辆白色的野马汽车一溜烟地从他们旁边冲了过去，红红的尾灯在夜色中闪烁不定。

"蛇出洞了。"哈里特说。

像头狡猾的鲨鱼，她悄无声息地将车子重新开上了路面。

# 插　曲

# 采　访

"本·霍奇斯。"

米莉安念叨着这个名字，就像看着满绳的衣服而不知道该把手里的这件晾在何处。

"首先声明：本很弱，像我以前一样弱。他在学校里属于不引人注目的那一类。长得不算丑，但也毫不出众。头发是金色的，经常又脏又乱。满脸雀斑，眼睛没什么神采，不过特别亲切温柔。我们有许多共同点，比如说我们都很不合群，而那种情况很大程度上并非出自我们的本心。我们都是平平无奇的无名小卒。我们都没了爸爸，又都有个强势的妈妈，我的妈妈你已经知道了，不过他的……唉，一个可怕的干瘦女人。一个野人。她是个——我可不带扯的——她是个伐木工，就是爬到树上用电锯锯树枝的那种人。"

说到这里米莉安顿了顿，因为她需要整理下思绪。

"继续啊。"保罗催促道。

"我们很合不来，在一起从来说不过三句话。不过有时候我发现他会偷偷看我，当然，有时候他也会发现我在偷偷看他。我们经常会在走廊上遇到，互相偷瞥对方几眼，跟做贼似的。然后就有了一个晚上。大体上说，我妈妈并不是酒鬼，她把酒说成是魔鬼撒旦的乳汁。但我知道她偶尔也会喝上几口。她在自己的床底下藏了一瓶绿薄荷甜酒。我把它偷了出来，径直跑到本的家，然后我做了一件超级俗的事情——往他家的窗户上丢东西引他出来，不过我丢的不是石子，而是树枝，因为我怕石子会砸烂他家的窗户。他们家是那种老式的乡村农舍，玻璃特别容易烂。

"他出来后我就让他看了看酒瓶，然后我们一同钻进了黑黢黢的林子，在一片蛐蛐声中找了个地方坐下。我们各自聊了自己的故事，又把学校里的同学逐个嘲笑了一通，之后我们就做了那事儿。靠在一棵树干上，笨手笨脚的，像两只发情的动物第一次交媾。"

"真浪漫。"保罗评论说。

"你尽管讽刺、挖苦好了。不过换个角度去想，那确实挺浪漫的。我是说，正常人眼中的浪漫大概总少不了贺卡、玫瑰和钻石之类的玩意儿，如果按照那种标准，我们和浪漫实在挨不上边儿，但我们那是一种很诚实和纯粹的关系。两个任性的小傻瓜在树林里喝酒、说笑、偷尝禁果。"她掏出烟盒，发现盒里已经空了，随即把它揉成一团，顺手丢到了身后，"当然，我又一如既往地把这层关系给毁了。"

"哦？出什么事了？"

"我们回到他的家，当时我兴奋得过了头，笑得像只刚刚弄死了一只耗子的猫。他的妈妈就在家门口等着他，等着我们。她还叫了当地的一名警察，那家伙名叫克里斯·斯顿夫，是个秃头，长得像根没有割过包皮的鸡巴。随后本的妈妈便开始训他，至于我，她说如果下次再看到我，我就要倒霉了，她会让我知道她的厉害，总之就是诸如此类的话，叽叽喳喳，啰里啰唆。"

米莉安打了个响指。

"那次我受了很大的触动。我们在树林里所做的事，他和我共同经历的还算美好的事情瞬间变得丑陋不堪。一种难以名状的羞耻感包围着我，就像亚当和夏娃第一次认识到自己的裸体。当时我的妈妈并不在场，可本的妈妈充当了一个绝好的替身。我仿佛能听到我妈妈的声音，像那晚的夜空一样清晰无比，将我的自尊彻底从肉身上剥离，而后又把我推向冒着热气的地狱大门。我突然觉得自己既被人利用又利用了别人，成了一个一文不值的懒惰妓女，轻而易举便把自己的处女之身送给了一个老实巴交的笨蛋。我和本的这种亲密关系刚刚开始便宣告结束——我把它浇上薄荷甜酒，付之一炬，然后便径直回家去了。"

保罗不自在地挪动了下身体，"你没有再和他说过话？"

"说过，但只是请人带的话。"米莉安百无聊赖地拨弄着酒瓶，此刻她真希望能有支烟抽。她想结束这次采访好去买包烟，可她知道自己不能这么做。在这里，一切都有其约定俗成的章法，一切都讲究井然有序，"他想和我谈，但我没有给他这个机会。我对他说，我们所做的事是错误的，但他不愿接受，更不肯罢休。这个傻瓜竟然说他爱我，你能相信吗？就是在那个时候，我突然失去了控制。"

"发生什么事了？"

"我对他说了一通你根本想象不到有多恶毒的话。毫不夸张地说，我就等于在他眼里泼了一瓶硫酸，在他耳朵里撒了一泡尿。我骂他是个傻逼、弱智，尽管他根本不是傻逼、弱智。他不比任何人迟钝，甚至可以说聪明绝顶，但是，他选错了对象。我挖苦他说他的小弟弟软得像根柳条，根本不能用，就算是个瘸腿的或昏迷的女人他也搞不定。我当时就像被鬼上了身。那些伤人的话我自己甚至连听都没有听过，但却滔滔不绝地从我口中冒出来。我想闭上嘴巴，可是没用，我根本控制不住自己。"

米莉安最后又瞥了一眼她面前的酒瓶，里面的酒已经报销了一大半。她低沉而缓慢地吹了一声口哨，随即举起瓶子，咕咚喝了一口，两口，三口。每一口下去，喉咙便像活塞一样上下蠕动一次。她已经有些微醺，说话时舌头已经不那么灵活。不妨喝个痛快，她想。

她的喉咙里火辣辣的。

但很快就变成了麻木。

她大口喘着气，然后把酒瓶从保罗的头顶上扔了过去。他急忙把头一歪，当酒瓶哐当一声摔在水泥地上时，他又缩了一下脖子。

"那天晚上，"米莉安强忍住一个要打出的嗝，继续说道，"本一个人躲进浴室，他脑袋里大概装满了从我这张臭嘴里喷出来的肮脏东西。他坐在淋浴间，脱掉自己左脚上的袜子，然后把一支双管猎枪的枪口塞进了自己的嘴巴。双管枪口形成一个横躺的8字，他们管这个叫'双纽线'，是代表无穷大的符号，多讽刺啊，对吧？之后他用大脚趾踩住扳机，只轻轻一压。砰！他想得挺周到，专门跑到淋浴间去干这事儿，倒给他妈妈省了不少清洗的工夫。好人就是这样，死都不愿意给别人添麻烦。"

又一个嗝冲上来，米莉安不再克制，痛快地打了出去。她的鼻孔里顿时有一股呛人的威士忌味道。她的眼里泛起了泪花，但她告诉自己，那只是威士忌的缘故。多漂亮的谎话，米莉安自己都差点相信了。

"而最令人难过的是，他留下了一张便条。呃，也不算便条吧，我也说不准，像一张明信片。他用黑色的记号笔在一张纸上写的。内容是：'告诉米莉安，我为自己的所作所为感到抱歉。'"

她茫然地盯着一旁，突然一反常态地安静下来。

## 21　铁皮箱子

她一把推开汽车旅馆房间的门（旅馆，旅馆，永远住不完的旅馆，永远走不尽的高速公路，永远只是旅程中的又一站），看到阿什利正光着身子躺在床上，手里攥着他的小弟弟。米莉安看不到电视屏幕，但能听到夸张的呻吟声，那是 A 片中常见但现实中罕有的女人的呻吟。

阿什利吓了一跳，慌忙到床头抓他的裤子。可惜他不仅没有够着裤子，反倒一不小心从床上滚了下来，肩膀重重地撞在地板上。

"我操！你懂不懂什么叫敲门啊？"

他没有急着穿上裤子，而是缩在床边，用床来遮挡他不雅的裸体。

米莉安大步走进房间，哗啦一声拉上了百叶窗。

"房钱是我付的。"她扭头瞥了一眼电视，屏幕里是两个淫荡的金发女人，拖着奶罐子似的乳房，正像两只发情的野猫一样以 69 式的体位互相舔着对方的私处，"显然，这拉拉①A 片的钱也是我付的。"

"我以为你去约会了。"

---

① 拉拉指女同性恋。

"把裤子穿上，我们得走了。"

"走？为什么？你又干什么坏事了？"

米莉安已经忍无可忍。她就像只走投无路的兔子，缩回后腿，准备发动致命的一蹬。

"我干什么坏事了？"她反问道，"我？你脑子被精虫糊住了吧？我倒要问问你干了什么坏事，白痴？联邦调查局为什么会对你感兴趣？"

阿什利的反应让米莉安大感意外：他竟哈哈大笑起来。

"联邦调查局？拜托。他们闲得没事干吗，那些恋童癖者，或者恐怖分子，或者有恋童癖的恐怖分子还不够他们操心的吗？"

米莉安一把扯过他的裤子，扔到了他的脸上。

"喂，你他妈笑什么笑？把嘴闭上。我说真的呢。刚才我在外面碰到了两个自称是联邦调查局探员的家伙，他们径直走到我面前打听你的消息，就好像他们能从我身上闻到你的味儿一样。阿什利，他们有你的照片。"

阿什利的笑容瞬间便消失了，这是米莉安第一次看到他大惊失色的样子。

"什么？我的照片？"

"是啊，贱人。"

他撒起嘴，在两侧脸颊上各吸出了一个深坑，"他们长什么样？"

"男的个子很高，皮肤颜色较深，一看就是个浑蛋。呃，有点像意大利人。穿着黑西装。另外一个是个穿着高领毛衣的小女人。我记得他们一个姓亚当斯，一个姓加洛。听起来像廉价红酒的名字。"

阿什利脸色煞白。"妈的！"他骂了一声，眼睛在房间里四处搜寻着什么，"妈的！"

他从床上拿起遥控器，按了一下，随即直接扔向了电视机。遥控器摔得七零八落。电视屏幕闪了闪，正在播放的 A 片突然变成一个明亮的光点，随后一片漆黑。

"现在你知道有多严重了吧？"米莉安说。

阿什利一把扭住她的手腕，"不，是你不明白这有多严重。那两个人根本不是联邦调查局的，他们也不是警察，他们什么都不是。"

"什么？你到底在说什么？"

"他们是恶魔、是厉鬼。他们是该死的黑帮分子，是杀手。"

"杀手？你开什么玩笑？别在这里胡扯了。"

阿什利已经不再理会她了。他在专心思考，这米莉安看得出来，因为他焦急地踱起了步子。

"快拿上你的东西。"说完，他冲到墙角，把背包往旁边一扔，费力地拖出了一个铁皮箱子。把箱子搬上床时，他累得直喘气。

"我猜他们是冲着箱子来的。"她实事求是地说，因为她知道这是唯一正确的解释。

"可能吧。"他从床的另一侧抓起米莉安的挎包并扔给她，米莉安像接橄榄球一样接在手中。

"钥匙呢？给我钥匙。"阿什利急切地说。

"不行。"米莉安一口回绝。

"给我野马车的钥匙，快点。"

"不给，除非你告诉我是怎么回事。"

"我们现在没时间说这个！"

米莉安咬着牙说："告诉我。"

"我只再说一遍。"他握紧了拳头，"快他妈把钥匙给我。"

米莉安掏出钥匙，钥匙串上坠着一个绿色的毛绒绒的兔子脚。

"这个？"她问。她把钥匙串伸到他面前，微微晃动着，"给，过来拿吧。"

阿什利伸手便来取。

米莉安挥起钥匙在他脸上抽了一下，阿什利的额头上顿时多了一道伤口。他用前臂捂着额头连连后退。手放下时，他看到了血。他的脸上第二次露出惊诧万分的表情。

"你干什么？都他妈出血了。"他愤怒地问道。

"对，要不要再来一下？还敢冲我攥拳头，耗子腰里别杆枪，你他妈吓唬谁呢？快点老实交代吧。你要不告诉我是怎么回事，我就用钥匙割破你的喉咙，再把这毛绒绒的兔子脚塞到你的菊花①里去。"

米莉安注视着他。阿什利面露难色。他大概在想：我能制伏这臭婊子，或者撒个谎吧，那可是我的拿手好戏。可随后他大脑中的每一根神经都开始按部就班地运转起来，他做出了一个决定。

他手指灵巧地在铁皮箱的密码锁上拨动了几下。

啪的一声，锁弹开了。

他打开箱盖，米莉安不由一声惊叹。

箱子里面装满了小袋子，一个摞着一个，每个袋子比零钱包或小吃袋大不了多少。但这些袋子里装的可不是奥利奥饼干或零钱，而是白花花的晶体状物质，看上去就像碾碎的石英或冰糖。

米莉安知道那是什么，尽管她没有试过，但却见过。

"冰毒。"她说。

阿什利木然地点了点头。

"告诉我。"

"告诉你什么？"

"告诉我，你他妈从哪儿弄来这么一大箱毒品的？"

他闭上嘴巴，无奈地叹口气，"好吧，你想浪费时间，想害死咱们两个是不是？那好，我成全你。"

---

① 菊花是对肛门的戏称。

插　曲

## 阿什利的自述

　　我上高中的时候，吉米·迪皮波就是个有名的毒贩子。我用的大麻全都是从他那儿买的。说起来他也算是个富二代，但卖大麻让他挣了更多的钱。他开着一辆二手宝马，戴着名表，还有两枚金戒指，煞是招摇。吉米人挺不错，但不管他多有钱，都改变不了他是个蠢货的事实，这是天生的，抽再多的大麻也没用。言归正传，去年我又从家乡经过，听小道消息说，吉米还在老家，干的也还是老本行，而且他的脚跟站得挺稳。

　　我自然想找他叙叙旧，也许顺便还能从他那儿弄点钱花。

　　我跟踪他到了一个派对。那是某个女孩儿的家，就位于斯克兰顿①郊区的一条死胡同尽头。参加这种家居派对的多是些十几岁的年轻人，派对的主要内容无非是吸大麻，喝啤酒。所以举办派对的屋里必定离不了各式各样的烟筒——水烟筒、啤酒烟筒，还有用"二战"时期的防毒面具改造而成的超级烟筒，除此之外便是震耳欲聋的电子音乐和喷着香喷喷的古龙香水的花花公子。说实在的，那只是个年轻人鬼混的破烂

---

① 斯克兰顿：美国宾夕法尼亚州东北部工矿业城市。

派对，没什么大不了的。

我在院子里找到了吉米，他正向一个可爱的小妞和她那头脑简单四肢发达、一看就是橄榄球后卫的男朋友推销大麻。我说了声"嗨"，他看起来很惊讶，惊讶得甚至有些紧张，仿佛在那个地方见到我就跟见到了鬼差不多。我没在意，因为吉米向来都喜欢大惊小怪，而且还特别容易出汗，高中时候他每天都浑身水淋淋的，像只落汤鸡，长大后还是那个鬼样。他脑袋上歪戴着一顶小帽，看着活似一个称霸郊区的街舞之王，他的帽檐儿已经被汗水湿透。我想如果你把手伸进他那半垂在屁股上的露着三角裤的裤腰里，一定会发现他的两颗蛋蛋简直就像漂浮在沼泽地里一样。

我让他完成了交易，然后便留在外面，坐到水池旁边的几把椅子上聊天。他告诉我说他还在从事贩毒的勾当，而且收益相当不错。我则对他说我是纽约华尔街的股票经纪人，我不知道为什么他居然信以为真。大概是我说谎的功夫比较高吧。我总能让别人相信我，况且我在前面也说过，吉米这人脑子有点笨。

奇怪的是，和我在一起的时候他表现得越来越紧张。他不住地抖腿，不住地舔嘴唇，还不住地左顾右盼，只是当时我丝毫不知道是什么原因。起初我以为他就是那个样子，但这一次和往日不同。

"管他呢。"我对自己说，我才不在乎吉米的死活呢。他这个浑蛋毫无底线，居然敢向小孩子卖毒品，但我并没有为民除害的意思，我没那么高尚，只不过是想骗他点钱。

骗人其实并不复杂，我当场就编好了一套说辞。我想，既然他相信我是华尔街的股票经纪人，那我就可以假装自己有一些非常可靠的内线消息。比如某个制药公司打算推出一种新的抗抑郁药，日本要发布一款新的概念车，等等。就算我对吉米说沃尔玛正在设计一种新型的吸震肛门卫生棉条，他恐怕也会照信不误。于是我说，如果他想加入，我可以帮他，就像过去他帮我一样——说实在的，他过去对我确实不薄，经常给我免费的大麻抽——我很愿意帮他投资，自己一分钱的酬劳都不要。

我可以肯定，我的提议引起了他的兴趣。但这时他眼角的余光似乎看到了什么，便匆忙对我说他要去见一些人，待会儿再来找我。随后他就像兔子似的，一转眼就不见。我跟着他去了屋里，不过并没有立刻就找到他——有个胸脯很大的小妞缠住了我，说她胸脯大其实是因为她的身材有些胖，不过没关系啦，她想和我喝杯酒，那对我来说不成问题。我们就着柠檬和盐喝了几杯龙舌兰，屋里重金属音乐乒乒乓乓的震耳欲聋，红色的圣诞灯光随着音乐的节拍一闪一闪，尽管当时还是夏天，可谁在乎呢。她用手机给我拍了张照片。那晚每个人玩得都很嗨，有那么一会儿我甚至忘记自己去干什么了。

接着我就看见吉米提着一个铁皮箱子从楼上走下来。

对，就是这个铁皮箱子。

我悄悄尾随着他。他从厨房出去，进了一个可以停两辆车子的昏暗的车库。我也跟了进去，猫腰躲在一辆路虎揽胜的后面。我刚躲好，啪的一下，车库的灯就亮了。

"我靠，"我听见吉米说，"太亮了，我的眼睛都快被照瞎了。"

从我那个位置只能看到脚，他们一共三个人。我看到了吉米的高跟鞋，另一人穿着一双旧休闲皮鞋，还有一个人穿了一双白色的运动鞋，从脚的大小看那是个女人。

对方谁也不说话，所以吉米只好首先打破沉默。"你们的到来挺让我意外的，嗨，别来无恙？我收到你们的信息了，喏，我把箱子带来了。我不知道出了什么问题，把发出去的货重新收回来，这不像你们的作风啊。"他呵呵地干笑几声，"没出什么事吧？我这边是什么问题都没有的。"

　　这时那个女人开口了，她的声音单调异常。

　　她说："我听说你交了些新朋友，詹姆斯。"

　　那实在奇怪，詹姆斯？我不记得任何人那样叫过吉米，包括他的父母。我一直认为吉米就是他出生证明上的名字。

　　他结结巴巴地说了一大串，"是啊，呃，我是个……我是个很随和的人，大家都认识吉米。"他定是预感到了不妙。尽管我看不到他，但我猜他肯定已经满头大汗了。

　　"就连警察都认识你。"女人说道。那不是疑问，而是指责。

　　"不。"吉米否认说，可是他的话没有多少底气。

　　"当然是。"男的说道，他有点像布朗克斯或布鲁克林①口音。"吉米，你一直都和警察勾勾搭搭，你很会舔他们的屁股。"

　　"什么？"吉米搞不懂对方在说什么。

　　然而这两个字成了他的遗言，那恐怕是全世界最悲摧的遗言了。那个穿白色运动鞋的人迅速移动到了吉米身后，接着我便听到了呛气的声音，吉米的双脚像发癫痫一样在车库的水泥地面上乱踢乱蹬，我当时都他妈吓傻了。我想大叫，想跑，想尿裤子，想吐，可我一样都不能干。我张着大嘴，僵在那儿一动都不敢动。

　　血滴到了水泥地上。滴答，滴答。

　　混乱中，他踢倒了箱子，箱子滑到离我不远的地方，只要我一伸手就能够着。

　　我也不知道自己当时是怎么想的，就像按下了一个开关，也许是脑子一热吧。

　　我的左边有一根拖把，我抓在手里，站了起来。

　　现在我总算看到对方都是谁了。一个高个儿的意大利浑蛋，和一个矮矮壮壮的小婊子。那女的正用一根铁丝勒着吉米的脖子。铁丝两头各

---

① 布朗克斯是纽约市最北端的一个区，布鲁克林是纽约西南部的一个区。

有一个黑色的球状橡胶手柄，紧紧攥在那婊子的手里。

不知道她用了多大的力气，铁丝已经勒进了吉米脖子的皮肉，血就是从那里滴下来的。

所有人都呆呆地看着我，显然他们大吃了一惊，包括吉米，因为这时候他还没死呢，不过离死也不远了。

这给了我宝贵的反应时间。

那外国佬伸手到上衣里面掏东西，我见事情不妙，举起拖把向头顶的荧光灯戳去。灯爆了，车库里顿时陷入一片黑暗。我趁机捡起箱子，逃回了厨房。我关上门，用一台微波炉顶住把手，这为我争取了充足的时间，好让我跑回到我的野马跑车跟前，把那沉甸甸的箱子扔到副驾上，然后开车溜出城去。当时我根本不知道箱子里装的是什么，那是后来的事了。箱子没有上锁，吉米从来玩儿不转密码锁。

前前后后就是这样了。

我从来没想过他们能找到我，从来没有。

这下我们完蛋了。

## 22   大家都完蛋

"不，是你完蛋了。"米莉安纠正说。

"我们得赶快溜。"阿什利说。他的脸上没了笑容。米莉安回想着他刚刚讲述的故事，关于毒贩吉米是如何紧张不安——而此时此刻，阿什利的表现又如出一辙。他看上去害怕得不轻，连形象都顾不上了。

米莉安用指头挑着钥匙串，在手上转着圈圈，"放心吧，小朋友。他们没有跟着我。"

"你确定？"

"确定。"

"我们还是得离开这儿。"

他不停地跺着脚。

"那些毒品，"米莉安说，"你打算怎么处理？箱子看起来很重。"

阿什利飞快地扫了一眼门和窗，"是很重，大约有五十磅呢。值得干一票。"

"怎么值了？"

"我也不知道。一磅一万块，也许更多。"

"我靠，一磅冰毒都能卖上万块了？"她在心里默默计算了下，"这箱子里装了足足五十万，你还找我干什么？有了这么一大笔钱，够你吃喝不愁了。既然你怀里抱着个西瓜，干吗还要捡地上的芝麻？"

"可我他妈的不是毒品贩子！"他吼道。此刻，他的耐心和迷人的微笑已经彻底不见了踪迹，"我不知道该怎么脱手这批货，也许我一磅都卖不出去。坦白地说，你想知道吗？我以为你会有门路。"

"我？你开什么玩笑？"

"你看起来像是吸这玩意儿的人，或者以前吸过。"

"没有，"她激动地说，"我看起来还像吸海洛因的人呢，但我不是。我的牙一颗都没掉，身上也没有难闻的猫尿味儿，所以别把我和瘾君子混为一谈。"

他挥了挥手，"行了。对不起，我冒犯了你脆弱的小神经。现在我们可以走了吧？"

带着一点点失望，她把钥匙丢给了阿什利，并随手将自己的包挎在肩上。

"走吧。"阿什利说着，像个赶着小羊的牧羊人一样，推着米莉安向门口走去。

首先走出房间的是米莉安。

她没有看到对方——那辆车子是磨砂黑的，与夜色简直浑然一体。可是紧接着，唰的一下，车头灯亮了起来，灯光正好打在她的脸上。在另一家汽车旅馆见到的那辆短剑西拉轿车就停在车道上。米莉安用手遮挡着刺眼的灯光，她看不清坐在司机和副驾座位上的都是什么人，但她知道他们就在那里，等待着。

她听到身后传来一连串充满恐惧的话语，"哦，不。他妈的，不不不。"

　　前门打开时，汽车的发动机仍在运转。哈里特·亚当斯和弗兰克·加洛从车里钻出来，他们不慌不忙，每人手里都握着一把手枪。

　　米莉安盘算着逃跑的路线——回房间，踹开浴室窗户，逃到旅馆后面的野地里，或者右边的树林里——可是当她转身准备实施她的计划时……

　　阿什利正好挡住了她的路，他提着那个铁皮箱子站在门口。两人四目相对。

　　米莉安忽然有种不祥的预感，她仿佛听到阿什利的心里咔嚓一声——就像德尔·阿米可旅馆房间里那个小闹钟从一个数字跳到另一个数字时发出的声音——糟了，这小子要使坏。她脑海中响起了一个声音：你的死期到了。

　　果不其然，阿什利猛推了她一把，随后用力关上门，并上了锁。

　　门外只剩她一个人，面对两个拿着手枪的杀手。

　　米莉安喊着阿什利的名字，她的每一滴血似乎都在怒吼。她捶打着房门，身后，哈里特步履从容地向她逼近。这是个连环杀手，一个终结者，一股势不可当又无法逃避的力量。哈里特冲那个叫弗兰克的男的挥挥手，大声命令他到旅馆后面去。

　　米莉安转身就跑，可那个女的已经追上了她。

　　米莉安心想：我能搞定她。瞧她那样，长得跟肛门塞似的，我一定能对付得了。

　　她低喝一声，把肩上的挎包抢了过去，但哈里特身体向后一仰，挎包扑了个空。接着啪的一声，米莉安只觉得眼前一闪，哈里特已经举起枪柄打了过来，枪管重重砸在她的脸上，准星蹭破了她的脸颊。

　　米莉安的脚后跟不小心踩在停车场上的一个小坑里，她一个趔趄，失去平衡向后倒去，尾骨硬生生地撞在柏油地面上。

　　她还没有弄明白是怎么回事，枪管已经顶住了她的脸，而且恰好顶在刚刚被准星蹭破皮儿的地方。枪口冰凉，哈里特用力顶的时候还会有刺痛的感觉。米莉安不由向后缩去。

"别动！"哈里特说，米莉安从这个女人的眼中看到了疯狂的光。

"放开我。我什么都没有，这不关我的事。"

"嘘。"

"我只是个不懂事的小姑娘，被一个没良心的小白脸给迷住了心。"

哈里特摇了摇头，"别妄想求我发慈悲，我可以向你保证，我没有那东西。现在，慢慢站起来。"她另一只手伸到裤兜里，掏出一根细细的白色塑料线：束线带，"你最好老老实实地跟我到车子那儿去，然后上车，我们——"

砰！砰！接连两次枪声从旅馆后面传来。米莉安知道阿什利不会死，因为那贱人活到了八十岁呢，在养老院里的时候他也只是缺了一只脚而已。她还知道自己也没死，因为她还能听到自己如雷贯耳般的心跳声。

枪声响起时，哈里特也浑身一凛，但那还谈不上是畏缩。她先是微微蹙了下眉，继而扭头向一侧望去，那眼神就像看到耗子的鹰。这个时机刚刚好。

米莉安急忙伸手到包里，掏出了她那把蝴蝶刀，手灵巧地一抖，刀刃便伸了出来。随后她一把将刀插到了哈里特的大腿上。

枪声响了，但米莉安的脑袋已经不在枪口之下。

她顺手从地上抓起一块石头，用力砸向哈里特拿枪的手。

枪又响了。米莉安听到子弹呼啸着从她耳畔飞过，打在离她脑袋不远的地面上。但这已经无关紧要，因为手枪也从哈里特的手中飞了出去，落在停车场上十英尺开外的地方。

米莉安一刻也不敢耽搁，爬起来就跑。

求生的本能驱使她拼尽了全力，尽管她头晕、恶心，甚至还有种濒死的绝望。她顾不了那么多了：哈里特、手枪、插在哈里特腿上的刀、她的挎包。他妈的，米莉安心里一阵着急，我的包，日记还在包里呢，我的全部家当，还有我的下半辈子。转身回去，快转身——

又是两声枪响。哈里特已经捡起了手枪。米莉安感觉有一颗子弹擦着她的头皮飞了过去。她不能停下，停下就死定了。她已经跑到了 L 形旅馆的尽头，经过最后一个房间，转过墙角，十步之外便是树林。

又一枪。在她弯腰钻进林子的同时，一颗子弹击中了她旁边的一棵橡树，溅起一片碎末。

米莉安不顾一切地扑进了树丛。

林中处处影影绰绰，茂密的枝叶遮挡了月光。她像一头受惊的小鹿，没命似的往前奔跑，任凭树枝像鞭子一样抽在身上脸上，几次三番险些被横在地上的枯枝绊倒。

她就这样一直跑着，也不知道跑了多久。

她刚想着：好了，安全了，别跑了，喘口气，找个地方躲一躲。可另一个念头立刻又会冒出来：你离安全还远着呢，继续跑吧，笨蛋，跑。

就在这时，她的脸上重重挨了一下。

她一时天旋地转，失去平衡摔倒在地。周围陷入彻底的黑暗。


脚步声，穿过灌木丛的窸窣声，枯枝断裂的噼啪声相继传来。

米莉安猛然睁开眼睛。

周围仍是一片漆黑。她摸了摸头，手上顿时沾满鲜血。借助朦胧的月光，她见头顶上有个模糊的轮廓。

我居然撞到了树枝上，她心想，此刻她的头还有些晕乎乎的。

而现在？

附近有人。她听到了他们的脚步声，甚至听到了他们喘息的声音。

忽然，脚步停了。

一阵微风从林间穿过，树叶沙沙作响。除此之外，万籁俱寂。

黑暗中突然有了动静。脚步，奔跑的脚步，穿过灌木丛，直扑她而来。

米莉安急忙站起身，抓起一根树枝便向前跑去，而来人也紧追不舍。这怎么可能？但米莉安仿佛感觉到了喷在后脖颈上的呼吸，一双手似乎正从后面伸过来，牙齿马上就会咬到她肩膀上的肉。

是哈里特，她想，是那个该死的女人。我死定了。

可是突然之间，身后的声音消失了，就像从来没有存在过一样。这太奇怪了，而未知的东西总能让人感到不安。

米莉安也停了下来。等待着，四下里观察着。周围的一切又恢复到影影绰绰的轮廓，没有一丝动静，只有树与树窃窃私语的声音。

难道这一切都是她凭空臆想出来的吗？

难道她人已经醒了，梦却还在继续？

她闻到了香皂的气味儿，淡淡的。是洗手香皂，浴室里用的那种。

米莉安转了个身。

一把红色的雪铲迎面袭来。倒在地上的时候，她听到了路易斯的笑声，而后变成本·霍奇斯的笑声，继而又是她妈妈的笑声——所有这些笑声在她头顶上盘旋，还有一张张惨白的脸。黑暗吟唱着蟋蟀的歌，再次把她吞没。


弗兰克捂着鼻子从旅馆的墙角后面走出来，血顺着他的下巴和手臂直往下淌。

他看见哈里特坐在奥兹莫比尔轿车的前保险杠上，深色的裤子被血浸染得更黑了。她手里拿着一把带血的、锋利的蝴蝶刀。

"那王八蛋砸烂了我的鼻子。"弗兰克气急败坏地说。

"我猜是用那箱子砸的吧。"

"那箱子可真他妈沉。"

"那女的跑了。她用这东西在我腿上扎了一刀。呸，跳蚤市场上买的破玩意儿。"

"妈的！"

"我要给英格索尔打电话，他应该会想到这儿来的，这件事他肯定希望能亲手解决。"

"妈的！"

"趁警察还没到，咱们赶紧撤吧。"

# 插　曲

## 梦

她知道这只是个梦。可是没用，她并没有因此感觉轻松多少。

路易斯挂在一棵死掉的橡树上，就像钉在十字架上的耶稣。一道月光洒在他的身上，好似照在舞台上的聚光灯。他张开的双臂成了乌鸦和乌鸦栖息的"枝头"。其中一只个头较小的乌鸦，翅膀前端有一小撮红色的羽毛，看起来就像一滴血。它跳到路易斯的锁骨上，伸出尖尖的喙开始啄他左眼上的塑料胶带。

米莉安站在他的脚下，抬起头来向上看。她不由跪了下来，她无意这么做，只是梦需要她如此。好像她失去了控制，根本管不住自己。

"我是因你的罪恶而死的。"路易斯说。话语间依稀传来沙哑阴森、令人毛骨悚然的窃笑。

"你还没死呢。"她辩驳说。

可他毫不理会。

"十字架上，横的那一条线代表人类，它指的是当下的世界，一个充斥着物质、肉体和污垢的世界。泥巴，鲜血，石头，骨头。竖的那一条是代表上帝的神圣线，处于支配地位。它垂直于人类世界，是来世与未知世界的轴线。"

"太深奥了，我想马上醒过来。"

"别急。我还没说完呢，亲爱的小姐。十字架也可以代表十字路口，是抉择的象征。现在你也该做出抉择了，米莉安。人生苦短，及时行乐。只管嗨他个屌翻天吧！"

路易斯咧嘴一笑，已经腐烂的牙齿中间，露出无数蠕动着的蚯蚓，让人看了分外恶心。

"现在我知道你只是我个人想法的传声筒了，"她几乎笑着说，"路易斯，还有路易斯的鬼魂是绝对不会说出'嗨他个屌翻天'这种话的。"

尽管胳膊被钉着，但路易斯还是耸了耸肩，"如果我只是你的传声筒，那我刚才说的关于十字架的那些话又怎么解释呢？难道你上过宗教课吗？"

"去死吧。"

"抉择，米莉安，抉择。"

"我没有任何抉择可做，我只是命运手中的一个木偶。"

"记住，十字架，还有十字路口，其意义在于牺牲。耶稣站在十字路口，他选择的不是代表人类世界的横线，而是代表上帝的垂直线。"

"你说得头头是道，但是——"

这时，那群乌鸫和乌鸦展翅飞离了路易斯的双臂。它们尖叫着，拍打着翅膀。米莉安只看到一片盘旋的黑影。突然，锐利的爪子抠进了她的双眼，把眼珠生生扯了出来——

## 23  命运之所求

又是一个普通得不能再普通的早上。天空飘着几朵不规则的云——有的明亮，有的灰暗。不像阴天，也不像晴天。这种模棱两可更容易让人心烦意乱。

米莉安头痛欲裂。

撞上树枝，又做了噩梦。没有比这更扯蛋的组合了。

额头上的包疼得要命，可脸颊上被枪管划破的伤口也没闲着。它又痒又疼，像只饥饿的毛毛虫在啃食一个诱人的大苹果，当然，这苹果是她的脸。

此外，她的尾椎骨也隐隐作痛。

而最糟糕的是，她身上连一支烟都没有，所有的烟都装在挎包里。可是鬼知道现在包在哪里，很可能已经落在了那个像疯狗一样的女人手中。

她叹了口气，仰头靠在身后的门上。

她并没有敲门的意思，只是凑巧被里面的人听到了，她听见拖拉的脚步声慢慢靠近门口。

路易斯开了门。刚刚破晓就看到一个伤痕累累的姑娘坐在他汽车旅馆的房间门外，显然令他大为惊讶。

"早。"她有气无力地说。尽管只有一个字，却足以引得她周身疼痛。

"我的天！"他惊呼一声。米莉安看到了他的脸：那是真真切切的痛苦表情，或许比她正在经历的痛苦还要强烈万分。他伸出大手叉住她的两侧腋窝，轻轻地扶她起来。她的两条腿摇摇晃晃，她担心自己会晕过去，不过她深吸一口气，击退了眩晕的感觉。

"不好意思，我本来可以带点儿甜甜圈的。"

"出什么事了？"

她的确考虑过将实情和盘托出。有些东西急欲从她身体里释放出来，就像一个人急欲挤爆一颗红红的、还未成熟的青春痘，看着它喷出脓液的冲动，叫人难以抑制。米莉安想把一切都告诉路易斯：她那神奇的超能力，她如何获得的超能力，路易斯日渐临近的死期，她如何蒙骗他说阿什利是她的弟弟，他们如何因为一个装满冰毒的铁皮箱子而险些丧了命。所有的一切，毫不隐瞒，毫无保留。

但她没有这么做。

她坚信那只会给路易斯带来伤害，那是自私透顶的做法。她不愿在路易斯的肩上增加任何负担（她不愿让路易斯为了她的罪孽而被钉上十字架），况且现在说什么路易斯都不一定会相信她。她撒的谎太多了。

"我的那个男朋友。"又开始撒谎，姑娘，你没救了，"他找到我了。我以为我把他甩掉了，可他是个很聪明的浑蛋。他找到了我的住处，然后……"

她仰起带着血污的脸，就像凡娜·怀特[1]向人展示自己的奖杯。

---

[1]  凡娜·怀特是美国知名影视明星和综艺节目主持人，其比较有知名度的节目是《幸运轮》。

"你瞧。"

路易斯紧锁眉头，一脸怒容。

"那王八蛋！"

"没事了。他伤的比我还厉害呢，我扎了那婊子——不对，是扎了那王八蛋一刀。我的脑袋可能不太清醒，所以用蝴蝶刀在他的腿上扎了一刀。"

路易斯一听，紧锁的眉头顿时舒展开来。米莉安很喜欢他这一点。

"哼，他活该。你弟弟呢？"

米莉安摆了摆手，"吃里扒外的东西，他居然和我那男朋友站在一边。我和他们两个都彻底拜拜了。"

"做得好。快进来吧，我帮你清理一下。"

"唉，眼睛刚刚消肿，就又撞破了头，划破了脸，这是要参加全美超模大赛①的节奏吗？"

水龙头里哗哗流着水。路易斯用温水浸湿了毛巾，轻轻为米莉安擦拭额头。他的温柔令她惊讶，要知道这与他彪悍的体型是多么不符啊。瞧瞧他那双大手，也许他能像捏碎一个番茄一样轻松捏烂她的脑袋。可是他的触摸是如此轻柔，甚至有些奇妙，像画家的手。仿佛为米莉安擦脸是无比高雅的艺术。

"你挺会照顾人的。"米莉安由衷说道。

"我尽量小心。你脸上的伤口可能需要缝针。伤口虽然不长，但是很深。"

"我才不缝针，贴个创可贴就行。"

"那会留疤的。"

--------

① 全美超模大赛是美国一个为参赛者争夺模特与化妆品合约的真人秀节目。节目中参赛者之间曾因矛盾出现过打架的桥段。

　　她调皮地眨了眨眼睛，"有疤更性感。"

　　"你能回来我很高兴。"

　　"起初真不该走。"

　　路易斯用牙齿旋开一支常见的止痛软膏的盖子，挤在手指上一点，然后涂抹在米莉安的额头和脸颊上。她很享受他的触摸，因为它单纯而又亲密。这种舒服的感觉让她入了迷。她愿意永远拥抱这心无杂念的宁静。

　　可她控制不住自己的心，她禁不住会去想。

　　他快要死了，一个讨厌的声音提醒她。

　　米莉安喘了口气，告诉那个声音说：我知道。

　　是的，她的确知道。她觉得命运就像一台巨大的过山车。每个人都被牢牢固定在座位上，谁也不能提前下车。在坐过山车的过程中，人们会经历高峰和低谷，急转弯和长长的直线。人们会尖叫、紧张、恐惧。而最后的结局总是缓缓驶向终点。命运决定了我们要经历的一切，命运之手主宰着世间万物。

　　但是她想，或许这世界上还有命运无法触及的东西吧。也许尚未确定的是你对事物的看法，或者更重要的，你对它们的感觉。也许命运无法掌控你寻找心灵宁静的脚步。她希望这是真的，因为她需要一点点心灵的宁静。

　　还有不到两星期的时间，路易斯就将死在一座灯塔里。

　　她阻止不了，那是他从过山车上下来的时间。

　　也许，她心里想，那也是她走下过山车的时间。因为她不知道命运为她做了怎样的安排，她对自己的人生历程毫不知情。米莉安可以通过触碰他人得知他们的死期，可这对她自己却不起任何作用，因而她的命运至今还是个谜。看来她唯有等到最后时刻才能知道自己的结局，不过她怀疑自己多半是惨遭横死。可是现在，路易斯的触摸令她感受到了生命的可爱，她或许会想，或者至少希望，自己是另外一种结局。

"我想请你帮个忙。"她说。

"手太重了？"

"不，刚刚好。你很快就要走了是吧？"

"对。"

"带上我吧。"

他惊讶地缩回了手。

"你想跟我走？"

她点点头，"我喜欢你。我想离开这里的一切，况且我现在可能有危险。我那个男朋友，还有我那不争气的弟弟，谁知道呢？但跟你在一起很安全。我喜欢安全。"

说完她躺了下来，路易斯高兴地笑了笑。

"我们明天一早上路。"他说。

她亲吻着他的下巴。她的嘴巴只要动一动，脸上的伤口就会撕裂般的一阵疼痛。但是，她愿意忍着。

第三部分

PART THREE

## 24  兰迪·霍金斯的丧命之地

兰迪·霍金斯，何许人也？谁都不知道，因为他是个毫不起眼的老家伙。

从外表看，他显然没有引人注目的资本：丑陋的朝天鼻，卷曲的红头发，已经过时二十多年的牛仔夹克。可惜他穿着鞋，但倘若谁有幸看到他的脚，就会发现它们与他的鼻子简直是绝配，因为他的脚看起来就像天生短了几寸。没错，简直像是发育不全。

他的工作也不值一提。目前他在巨人超市的肉档上卖肉，不过那是他最近才开始干的差事。他的上一个工作是在加油站当加油工，而在那之前他是另一个加油站的加油工。他曾经以为自己可以在摇滚乐队里当个鼓手，但经过苦苦思索，他最终明白，与其在乐队里敲鼓，不如在自己家里敲鼓。

也许是他的态度问题？他相当温和，尽管他也有各种各样的习惯。而且他安静得要命，但在他自己看来，他是全天下最有意思的人，可在别人眼中，他简直就像还没装修的毛坯房一样单调、乏味、无聊。

如果他是个百吉饼，那肯定也是最扁最扁的一个。

可后来是什么让兰迪·霍金斯变得如此特别呢？特别到被人绑着手吊在鲜肉冷藏室里，和那些成扇的牛肉做伴？

两件事。

一是我们之前提到的他的习惯。

二是他所认识的人。

原来兰迪有吸食冰毒的恶习。大多数时候，他吸毒是为了熬夜看动画片或一些乱七八糟的电影。有人可能会反对说，兰迪之所以夜里不愿睡觉是因为他怕死，而睡觉对他来说就像到阴曹地府的门口去逛街。此外，他还认为睡觉是浪费生命，而浪费生命的结果就是更快地走向死亡。实际上，兰迪甚至不一定意识到自己的这种恐惧。再者说了，谁不怕死呢？

问题是兰迪的毒瘾，也许潜意识中他希望以此来延年益寿，可实际上却事与愿违，毒品只会更快地把他送上死路。你瞧，兰迪的供货人开始提价了，冰毒的开销一涨再涨。兰迪是个不喜欢惹麻烦的人，而他又绝对没有寻找别的供货人的头脑。

可假如一个新的供货人主动来找兰迪呢？

这样的事确实发生了。这个陌生的家伙找到兰迪，说他手里有货，而且价格非常便宜。这是个油嘴滑舌的家伙，脸上总是挂着一副难以捉摸的微笑。兰迪甚至觉得他的笑容太过刻意，他怀疑这家伙不仅贩毒，同时也吸毒。管他呢，兰迪喜欢便宜的东西。

于是，兰迪中断了和原供货人的交易，开始和这个新的毒贩子搞到了一起。

兰迪就是从这里开始惹上麻烦的，至少在那些抓他的人看来是如此。

鲜肉冷藏室的门发出巨大的嘎吱声，而后才徐徐打开。兰迪大惊失色，鼻孔上冒出一个圆圆的气泡，血色的气泡，他还差一点拉到裤子里。

　　那两个把他端得半死的人——一个矮矮胖胖的女人（兰迪居然觉得她挺有味道）和一个高高大大的男人——走了进来，不过现在他们还带来了第三个人。

　　那第三个人肩膀很宽，但却极瘦，瘦得活似一副套着白西装的骨头架子。而更怪的是，他头顶上一根毛都没有，看起来更像骨架了。光光的脑袋就像刚擦过鞋油的皮鞋，闪闪发亮。没有眉毛，也没有睫毛。他的每一寸皮肤——透着模糊的不健康的褐色，看起来就像炸鸡的颜色——十分光滑，仿佛涂了油一样亮晶晶的。

　　"兰迪·霍金斯。"男子说道。从他的口音判断他绝对不是本地人，而这里的"本地"指的是北美大陆。也许他是个德国人或波兰人，或者来自某个东欧国家。兰迪·霍金斯不知道"欧洲垃圾①"这个词，如果他知道，此时就一定会用上。

　　那人指着他问："就是他？"

　　兰迪想说话，但却开不了口，因为他的嘴巴里含着自己的臭袜子，外面还贴了一张胶带。

　　哈里特点点头，"我已经确认过了。"

　　英格索尔仿佛欣赏一幅作品似的频频点头。他的手指像蜘蛛腿一样爬上了兰迪的下巴，越过已经干涸的血迹，来到肿得犹如花椰菜一样的耳朵上，然后经过额头上的一串数字。那可不是用钢笔写的数字，而是用刮胡刀片划出来的。

　　他提起兰迪的头，看到了他后脖颈上一片狼藉的皮肉。

　　"有意思。"瘦瘦的男子说道。他用指尖轻轻挠着已经结痂的地方，一下，两下，"新手段？"

　　"新工具而已，"哈里特解释说，"我睡了一觉，洗了个澡，然后

---

① 欧洲垃圾（Eurotrash）：欧洲派头，时尚富裕，自认为有品位、有文化，飞来飞去，不事生产的享乐主义者，被讥讽为"欧洲垃圾"。

从厨房里随便挑了几样东西就过来了。那是干酪擦弄的，我还用压蒜器弄断了他三根手指呢。"

"刑讯与烹饪完美结合，真是别出心裁。"

"过奖了，谢谢。"

英格索尔打量了一番弗兰克，"你都干了些什么呢？"

"我炸了些甜甜圈。"

英格索尔的脸上露出既厌恶又不屑的表情。"那是当然，我干吗要问呢？"弗兰克对他的这种表情显然并不陌生。

"他已经答应招了，"哈里特说，"我觉得你一定想亲耳听到。"

"没错，我不能继续坐视不理了，这件事拖的时间已经够长了。"

英格索尔从兜里掏出一个小袋子，在兰迪的双脚旁跪了下来。他把脸贴在挂在右侧的一扇牛肉上，用额头感受着它的冰凉。随后他打开袋子，捏住袋底，把里面的东西一股脑地倒在了地板上。

袋子里装的全是细碎的骨头，大部分还没有弹珠大，有些看起来像长长的牙齿。这些都是手骨：腕骨如车道上的沙砾，掌骨如林肯积木，指骨如狗零食或雨伞的伞头。一个个清洗得干干净净，在地上铺了白生生的一片。

英格索尔并没有碰那些骨头，只是用手指在上面来回游走，就像在捣着文字读一本小孩子的书，或者《圣经》。他肯定地连连点着头，口中喃喃细语。在旁人看来这是颇为神秘的举动，但于他而言，这比天上的云彩还要明明白白。

"很好。"他满意地说道。随后他便收起那些骨头，重新装回到小袋子里，并在袋子上亲了一口，那深情的模样仿佛他亲的是他妈妈的脸。

之后他站起身，看着兰迪血红的双眼。

"好好的，你怎么就不从我们这里买货了呢？"英格索尔说道。他舔着嘴唇，失望地连连摇头，"真遗憾。我一向认为，我们的货质量上乘，价格公道。不过，你还有机会活命。只要你悄悄地把你新供货人的资料全都告诉我。如果我满意了，如果你说的正好是我想知道的，那我就饶你一命，只留下你的一只手。你听明白了吗？"

嘴里咬着已经被血浸透的袜子，兰迪呜咽着，拼命点了点头。

英格索尔满意地微微一笑，雅致地伸出拇指和食指——仿佛生怕弄脏了手——将袜子从兰迪的口中拔了出来，接着便把耳朵凑了上去。

"说吧。"英格索尔说。一心想活命的兰迪来了个竹筒倒豆子，全招了。


在鲜肉冷藏室外，英格索尔擦了擦手。

哈里特递给他的那条白毛巾，瞬间变成了红色。

他把一个塑料袋递给哈里特，里面装的是两只齐腕割下的手。

"拿去煮了，"英格索尔说，"一直煮到肉从骨头上分离，就像炖小牛肘那样。等骨头上没肉了就拿出来用漂白剂洗干净，再用烟熏一熏，然后给我。我看看有没有合适的可以放在我的收藏袋里。"

哈里特点头答应，并接过了塑料袋。弗兰克则一脸苦相，仿佛刚刚喝了一口胆汁。

"你。"英格索尔用一根手指戳着弗兰克的胸口。他的手指纤细、修长，像昆虫的腿，但弗兰克仍然觉得只要英格索尔稍一用力，这根手指就能戳断他的胸骨，戳进他的心脏，"去把尸体处理掉。"

弗兰克使劲吞下一口口水或者呕吐物之类的玩意儿，顺从地点了点头。

"现在我们知道阿什利·盖恩斯的下落了。"英格索尔说。

但目前盖恩斯对他来说已经是次要的了。那个姑娘，她才是他的目标。他伸手到白西装的口袋里，轻柔地抚摸着米莉安日记本上的装订线。

他有一些问题非常迫切地想要问一问这个姑娘。

# 插 曲

## 采 访

　　米莉安沉默了许久才再度开口。保罗安静地等着，几番欲言又止，心中涌起淡淡的哀愁，仿佛他的任何一个动作都有可能击碎这一切，有可能扯断那条唯一系着悬在米莉安头上那把剑的细绳。

　　"后来我怀孕了。"她终于说道。

　　保罗眨了眨眼睛，"跟谁？"

　　"本。"

　　"本？"他看上去很是不解。

　　"对，本！那个和我发生过关系的本。那个开枪自杀的本。不好意思，难道我刚刚的故事是跟别人说的吗？我承认，我讲故事的水平的确很烂。"

　　"不，对不起，我只是在想，他死了，怎么还会——"

　　米莉安哼了一声。此刻她已经有七八分醉了。"这很奇怪吗？拜托，难道你以为他变成僵尸从坟墓里爬出来给自己留了个种？我们只是发生过一次关系，但就是那一次让我怀了孕。保罗，这就是生命的轮回。"

"哦，明白了。抱歉。"

"用不着抱歉，这没什么。那天晚上我被警察送回了家，我妈妈已经知道了发生的事，因此随后几周，即便在本自杀之后，我一直都被禁足在自己的房间里读《圣经》。我很意外她没有用胶带把我的手绑起来。但她找到了我全部的漫画书，我把它们和我的 CD 都藏在了一块松动的地板下面。她把那些东西全都收走了。我敢说，如果她能用订书机把我的下体给订住，那么以上帝的名义，她一定会毫不犹豫地那么做。"

"你是什么时候知道自己怀孕的？"

她眯起眼睛想了一下，"开始孕期反应之后，在我们偷尝禁果之后不到两个月？大概就那个时候吧。有一天早上我醒来之后，先把前一天夜里吃的东西吐了个一干二净，早餐我吃了点吐司，随后也吐了出来。我知道是怎么回事，因为我一直都在担心会出现那样的结果。我妈妈特别相信因果报应那一套，她总说一个人的任何罪孽都会得到报应。邪恶的种子总会结出有毒的果实。嘿，你吃得太多了，那就犯了贪吃的罪，结果便是得胃癌或肠癌。你喜欢睡那些绝望的主妇？啊哦，看来你离梅毒不远了。祝你好运！"

"这是种很奇怪的因果观。"

"这话可不能对她说，不然她会拿刀抹脖子的。"米莉安用手指在脖间比画了一下，"咔！异教徒必须得死。"

"得知你怀孕之后她是什么反应？"

"我一直尽力隐瞒，只告诉她说我吃胖了。可那个谎话越往后就越难圆，因为我吃的连一个人的饭量都不够，更不用说肚子里还有个孩子了。我的肚子日渐隆起，可身体的其他部位却保持原样，结果到后来我看着就像电视上那些营养不良的非洲小孩儿。"

"所以她就发现了。"

"她发现了。"

"然后呢？她把你赶出去了？从你的描述看，她似乎不像个慈母。"

米莉安深吸了一口气。"不，结果正好相反。她变了，伙计。虽然她并没有变成一个平易近人、慈眉善目的好母亲，但她真的变了。她变得比过去更知道保护我了，她不再动不动就指责我或者骂我。她会经常到我的房间嘘寒问暖，看我是否有什么需要。天啊，她甚至还给我做了我最喜欢的好吃的。那太奇怪了。我猜她大概是想，既然木已成舟，那就接受现实吧。反正闺女大了不由娘，那么多年来她一直想方设法管着我，不让我犯错误，可到头来我该犯的错误照犯不误。况且，也许她真的很想要个外孙了。有时候我心里也会怀疑：也许我就是这么来的，一次意外的怀孕？也许那就是她成为如今这个样子的原因？当然，事实到底是什么，恐怕我永远都无法知道。"

"但是……"保罗说，"你并没有把孩子生下来。"

"谁说的，我生下来了。他一直在你椅子后面藏着呢。"

保罗居然真的回头看了一眼。

"你太好骗了，保罗。"她摇着头说，"我当然没有生下那个孩子。"

"为什么呢？出了什么事？孩子是怎么没——"哔——哔——哔。保罗的表叫了起来。他抬起手腕，米莉安看到他戴的是一块老式的带计算器的电子表。

"现在很少有人戴这种表了。"她说。

"我戴它可能就是想体现一种反潮流的意思吧，"保罗解释说，"不过它确实很实用。戴着这么牛的一块计算器电子表，谁还需要拿掌中宝①啊？况且它很便宜，才五块钱。"

"省钱又实用，牛逼。真有你的。闹钟是干什么的？约了妹子？"

"嗯。"他仿佛陷入了沉思，随即又摇摇头说，"呃，不。是有个约会，但约的不是妹子。我得去我妈妈那儿吃晚饭，再跟她解释一遍，

---

① 掌中宝：也叫手掌领航员，是美国制造的一种大众化的手提式计算机。

为什么我要选择去一个离我爸爸那儿更近的大学，我都解释上千遍了，尽管那学校离我爸爸那里也没有近到哪儿去，才近了十英里左右。"

"听起来蛮有意思。"米莉安说。

"有意思才怪。要不我们明天继续？"

"明天，"她骗他说，"同一时间，同一频道。"

保罗按停了录音机并装进口袋。他挥挥手，然后又笨拙地和米莉安握了握手，之后才转身离去，留下米莉安一个人在仓库里。

她稍稍等待了片刻，不长，大概半分钟。

然后便跟着他走了出去。

## 25  通灵师

整个肉丸子都进了她的嘴巴。

"真是不得不服啊。"路易斯说。他看着米莉安的表情就如同看着一条大蟒蛇正吞吃隔壁邻居家的宠物猫。

米莉安的嘴巴像仓鼠一样胀鼓鼓的，勉强说道："啥？"

"我说你的吃相。天天看你吃饭，但每一次的吃相都那么别致。"

"唔。"她咕哝了一声，伸着脖子硬把肉丸子给咽了下去，"我说先生，对于一个吃货来说，面对这么美味的意大利面，那是怎么吃都不为过的。"

路易斯眯起眼睛，"那得看什么时候了，现在才上午十点啊，亲。"

"这不能怪我，这家餐厅不分点，只要菜单上有的，什么时候都能吃到。"

"你这么能吃，怎么就不胖呢？"

她得意地一笑，伸过胳膊抓住路易斯的手，说："想打听保持好身材的秘籍？"

路易斯没有把手缩回来，但很明显，他看起来并不自在。自从汽车旅馆那一晚之后，他就失去了自信。米莉安心里清楚，路易斯喜欢她，但他似乎有所顾虑。或者，她怀疑路易斯害怕的是她？难道他察觉到了什么？

他们两个还没有那个过。就是做那事儿，床上的曼波舞，金刚爬上帝国大厦。米莉安不知道这是为什么。他们之前差一点就做了呀，现在有何不可？这是她的方式，是她的事。

路易斯与众不同，或者是她与众不同。每当脑子里闪过那个念头时，她都会竭力将其驱除干净。她担心每一次尝试都会以失败告终。尽管这听起来并没有多少道理。

"我的新陈代谢快得跟兔子似的，"她解释说，"一直吃都没问题。我想吃什么就吃什么，想什么时候吃就什么时候吃。反正我的身体能把多余的热量给全部烧掉。"

"有些女人做梦都想成为你这样的。"

"有些女人简直就是蠢驴。"

他笑起来，"那好吧。"

这是她最享受的时刻，一个值得拥抱的时刻。在她的生活中，大多数男人——不，是大多数人——在这种时候都会毫不相让地顶她几句。继而发展成针锋相对的争论，直到最后恶语相向，两败俱伤。就像打一场充满恶意的羽毛球，双方都把球瞄准了对方的眼睛去打。而路易斯，他不会反驳，只会微笑，大笑。他从来不干煽风点火的事，更不会火上浇油。他就像个精通怀柔之术的太极高手，又像个超然世外的禅宗大师，对她循循善诱，无声无息间便将她咄咄逼人的戾气化解得无影无踪。

米莉安握紧拳头，把一个试图冒头的嗝生生压了回去。她把碟子往旁边推了推，咧嘴一笑，"好了，接下来我们去哪儿啊，大老爹？说句实话，我连现在咱们在哪儿都不知道。"

他们已经在公路上连续辗转了八天。一次是从北卡罗来纳到马里兰，拉的是油漆罐；一次是从马里兰到特拉华，拉的家具；现在他们要从特拉华去……俄亥俄的某个地方？拉的还是油漆。这里一定是俄亥俄。平坦，了无生气；树木、高速公路，沉闷无聊。

"我们在俄亥俄州的布兰切斯特。"他说着从口袋里掏出一份袖珍地图，摊开在桌子上，并指了指他们所处的位置，"离辛辛那提大概有四五十英里。"

"布兰……切斯特。"她把这个地名拖得老长，就像一个嘴里塞满脑髓的僵尸在说话，"这名字挺有意思，跟那个猥亵者切斯特①一样一样的。"

"你的想法真另类。"

"慢慢习惯吧，大块头。从我身上你能学到在学校里学不到的东西。"她俯身越过桌子，吻了他一下。他们还没有真正发生过关系，亲密的举动仅限于亲吻。而且每次都是米莉安主动吻路易斯。这可不像她的做派。她一般是不会亲吻在路上遇到的男人，因为他们总会把鼻涕虫一样的舌头伸进她的嘴巴里，让她恶心万分，恨不得把它们连根咬掉。

"你这门学科味道可真美。"

"我在人体解剖和性方面可是专家呢。"

缩回身子，米莉安望向窗外，餐厅对面的街上停着一辆皮卡。一切平平静静，没什么能引起她的注意。这时，皮卡司机回到车上，把车开走了。

在皮卡车刚刚挡住的地方，米莉安看到了橱窗上闪烁的霓虹灯。

通灵算命：看手相，塔罗牌算命。

路易斯抽出几张钞票，并随手丢下一笔慷慨的小费，但米莉安仍在

---

① 猥亵者切斯特是达维思·B.廷斯利创作的一个连环漫画故事中的人物，是个专挑妇女和未成年少女实施猥亵的变态角色。

望着窗外出神。她想做这件事已经很久了，只是一直没有勇气。

"你在这儿等我一会儿。"她说着站起身。

"要去洗手间？"

她摇摇头，"不是，去对面的算命馆。我一直都想试试。"

"我跟你一块儿去。"

"不，你待在这儿。这个……属于个人隐私。"

她看到路易斯的眼睛上下打量着她，仿佛要寻出什么猫腻。路易斯经常琢磨米莉安，对他来说，她就像一幅神秘的三维立体画，他需要不断地变换角度加以研究，这样或许有朝一日画的真实面貌才能呈现在他的眼前。不过一如往常，他又放弃了。在嘈杂混乱的环境中，他既没有看到海豚也没有看到帆船。时候还没到。

"那好吧。"他随手拿出一个装钱的信封——正如阿什利推测的，这样的信封路易斯在卡车上藏了好几个，他对米莉安说那都是他的救命钱——从中掏出三张二十美元的钞票递给她，"至少让我来付钱吧。"

米莉安骗不了自己。那几张钞票拿在手中的感觉就如同抓了一把火炭，可钱上湿湿的，仿佛沾满了鲜血。她低头看着钱，有那么一瞬，安德鲁·杰克逊[1]那张丑陋的脸好像被路易斯代替了，他的眼睛是两个恐怖的黑洞，上面贴着黑色的胶带。

她没说什么，只是无力地笑了笑，随后便走出了餐厅。

米莉安大体知道这种店里面的格局，但这一家却有所不同。她以为能看到许多新时代华丽低俗又故弄玄虚的东西：水晶球啦，紫色的流苏啦，风铃啦，刺鼻的熏香啦，卧在枕头上的肥猫啦等。可是她看到的却只是一个开着荧光灯、针织迷们喜欢光顾的小店。褐色的架子上陈列着软毛毯、婴儿帽以及成束的纱线。没有猫，桌子底下倒是趴着一只正

[1]　安德鲁·杰克逊是美国第7任总统。20美元的钞票上印着他的头像。

在打盹儿的大腹便便的比格犬，它看起来不像十分友善的样子。

而坐在桌子后面的女人一点也不像吉卜赛人，倒像个公证员。不，她看起来更像是教堂糕点义卖场上的小主管。浅灰蓝色的羊毛衫，一头红发，鼻梁上架着一副老花镜。

"我去，搞什么鬼？"这是米莉安情不自禁说出的第一句话。

女人露出一副滑稽干瘪的表情，"欢迎光临，有什么可以效劳的吗？"

"我……我以为这里是通灵算命的地方，不好意思。"她转身便要离开。

"我就是通灵师，"女子说道，"你可以叫我南希小姐。"

"南希小姐，织毛衣的通灵师？"

"我平时的确织点东西。女人嘛，总得想方设法养活自己。"

米莉安耸耸肩，"再大点声，好让外面的人也听到啊，姐们儿。我需要坐下来吗？"

"请坐。"

米莉安坐了下来，手指百无聊赖地敲着桌面，"然后呢？我该干什么？这种忽悠人的把戏要收多少钱？"

"四十块，不过我可以向你保证，这不是忽悠人的把戏。"女人的语调有些严肃。米莉安怀疑她肯定也抽烟，或者以前抽烟，这使她不由犯起了烟瘾。自从和路易斯一同上路以来，她就没再抽过烟了。

"得了吧。这他妈就是忽悠人的。"

"请你说话卫生一点。"

米莉安从对方的话语中感受到了母亲般的威严，不由点点头说："不好意思。"

"这不是忽悠人的把戏，也不是故弄玄虚。通灵术是真实存在的。"

"我知道。"

"你知道？"

"我也能通灵。既然你是通灵师，难道这都看不出来吗？"

女子啧啧两声，"如果你真的能通灵，你就该知道通灵并不是那么简单的事。"

"说得好，南希小姐，说得好。行，四十就四十。"米莉安将两张票子放在桌上，并朝对方滑过去，"如果你算命算得准，我就买一顶你织的帽子或者别的什么东西。"

南希小姐接过钱，意外的是，她把钱塞在了羊毛衫的衣领里——说得具体一点，就是塞到了乳沟里。

"你想怎么算？塔罗牌？还是看手相？我能通过茶叶占卜命运。"

"我通常看一下酒杯的杯底就可以了。要是让我选的话，你说的那几种我全都不要，谢谢。"

南希小姐有些摸不着头脑了。

"我也是业内人士，"米莉安说，"忘了吗？得了，南希。算命根本不需要那些东西。就算结果不是蒙人的，但这些道具却是货真价实地做样子而已，不是吗？那些漂亮的纸牌？掌纹中包含的秘密？那些其实都是噱头，真正的算命，只需要皮肤碰皮肤就能做到了。我说得对吗？"

米莉安对自己的话并没有十成的把握，她只是信口胡诌。此刻她有点进退维谷了，因为她从来没有遇到过任何一个自称通灵师的人。但这就是她窥探别人命运的方式，因此她想当然地认为命运自有其特定的运作方式，特定的规矩，并对那些有能力窥探命运奥秘的人定下了特别的要求，因此她认为南希小姐也和她一样遵循着同样的约束。

桌子下面，比格犬呜呜了几声，然后放了个屁。

"说得没错。"南希小姐终于说，她勉强一笑，脸上堆起层层皱纹。她伸出一只手，拍了拍说："把你的手给我。"

"我希望你能有一说一。"

"好，我保证。"

“不准耍我，呃，不准隐瞒。”

“你只管把手给我。”

米莉安把手放在了女子的手中。

南希的手很温暖，但米莉安却像触电一样浑身一凛。

她们静静地坐了一会儿，谁都不说话。米莉安突然一阵恐慌——她没有看到这个女人濒死时的情景。灵视没有起作用，她看不到生命的终结，也看不到死亡。就好像这个女人不属于人类，游离于命运和时间的潮流之外，不受任何束缚。

南希的手突然像捕蝇器一样握住了米莉安的手。

“哎哟，喂——”米莉安一惊，叫了出来。

手越握越紧。南希脖子里的青筋都暴露了出来。米莉安试图抽回自己的手，却未能挣脱。南希忽然睁开双眼，眼白部分开始被爆裂的血管染成红色。她紧紧咬着牙齿，米莉安甚至担心她会把牙齿咬碎。

米莉安再次用力抽手，但她的手就像被老虎钳夹住一样，而南希的手掌越来越暖，越来越热，仿佛要把她的手熔化掉。

血突然从南希的鼻孔中流出来，滴到米莉安的手上。吧嗒，吧嗒，吧嗒。米莉安天真地希望血能起到润滑作用，好让她从南希的大手中挣脱出来。可惜她并没有如愿以偿。

南希口中开始发出奇怪的声音，头像个拨浪鼓一样疯狂地摇动起来。

桌子底下，比格犬似乎感觉到了异样，在它的主人旁边添油加醋地吠叫不止。

“我操！”米莉安害怕起来。南希的疯狂举动跟她有关吗？还是她碰巧患有动脉瘤之类的疾病？她用另一只手拼命推着桌子，使另一侧桌沿死死抵着南希的上腹部，把她压得不由喘起了粗气。

南希的手终于松开。米莉安连忙缩回自己的手，只见手上已经留下深深的红印，甚至出现了瘀青的痕迹。

　　南希看上去狼狈不堪。豆大的汗珠一个接一个从额头上滚下来。她舔着嘴唇，掏出一块小手帕擦着鼻子下面的血，此时她的双眼已经通红。

　　米莉安小声问道："南希小姐，你没事吧？"

　　"你到底是什么人？"南希惊疑地问。

　　"什么？你什么意思啊？"

　　"你身上有一种死了的东西。深沉的、黑色的、枯萎的东西，它正像个迷途的孩子一样呼唤它的妈妈。你是死神之手，你是死亡的机器。我能听到皮带传动、车轮转动的声音。"南希伸手到羊毛衫里，掏出那两张二十美元的钞票，揉成一团丢还给米莉安，"拿着。我不要你的血腥钱。死神跟着你呢，你的心里住着一个怪物，一个可怕的存在。我不想和它扯上任何关系。你给我出去。"

　　"等等，"米莉安恳求道，"等等！别这样，你帮帮我，告诉我是怎么回事，告诉我该怎样阻止，告诉我该怎样摆脱这一切——"

　　"出去！"南希吼道。比格犬也在下面附和着。

　　米莉安摇摇晃晃地向门口退去。

　　"求你了。"

　　"走。"

　　她的肩膀撞到了门上，无奈，她只好退了出去，刚一出门便觉头晕目眩。


　　米莉安在一家干洗店旁边的小巷口站了十五分钟，这里距算命馆只有一分钟的脚程。她不停地抽烟，却仍止不住浑身发抖，心乱如麻。

　　最后，她努力让自己平静下来，向餐厅走去。

　　"她给你算命了？"路易斯问。

　　米莉安勉强笑了笑，"全是骗人的，没说出半点新鲜玩意儿。可以走了吗？"

# 26 死胡同

那臭味儿让哈里特感到惊讶。闻起来，它有一股新割的青草气息，但又像是子实体[1]的味道，或者在干涸的阴沟里被臭虫和细菌肆虐数日的尸体所散发的臭味儿。总而言之，她闻到的是腐烂的味道，彻底停滞的味道。她浑身所有的肌肉都紧绷起来。

坐在凯雷德[2]后排的英格索尔（由于他的存在，他们的座驾毫无疑问地升级了）注意到了她紧张的肩膀，说道："哈里特，这里对你来说很熟悉对不对？"

"对。"她的回答没有任何感情色彩。

周围是盒子一样的郊区房子，白色的路缘石、小鸟池[3]、节能灯，信箱旁边郁郁葱葱的紫丁香，墙上的涂鸦，亮白色的雨水槽。

她想一把火烧掉这里的一切，想看着它们化为灰烬。

"好像该在这里拐弯了。"弗兰克自言自语地说，但他并没有按照

---

① 子实体是高等真菌的产孢构造，即果实体，由已组织化了的菌丝体组成。

② 凯雷德是凯迪拉克品牌下的一款全尺寸顶级豪华SUV，其在国内的售价一般都在人民币150万元上下。

③ 小鸟池指的是供小鸟戏水的水盆，通常放在庭院中。

自己的话去做。"哦，不对，操，等等，好像是这里。对了。他妈的这些街道看上去都一样。房子、草坪。简直都是一个模子刻出来的。"在转弯之前、转弯时以及转弯后，哈里特均能感觉到弗兰克拿眼瞄她。

"他还不知道。"英格索尔说。

"谁不知道？"弗兰克问，"我？"

哈里特不自在地换了个姿势，"是，他不知道。"

"我让你们两个做搭档多久了？"英格索尔问。

弗兰克要蹙起眉头想一想，但哈里特不需要。"两年零三个月。"她说。

"我不知道什么？"弗兰克问。

"没什么。"哈里特回答。

"什么都不知道。"英格索尔说。

"告诉我，"弗兰克说，"我想知道。你们对我了如指掌，我几乎是透明的，什么都不会瞒着你们。"

"你能告诉他吗？"英格索尔对哈里特说。这时弗兰克已经把车停在了一条死胡同的尽头，他也扭头看着哈里特。

她觉得难受极了。

奇怪，哈里特罕有这种心潮起伏的时候。她喜欢这种带有一点人情味儿的感觉吗？折磨自己是不是和折磨别人一样有趣呢？

面对英格索尔的请求和自己心中的疑问，她选择了回避。

"我们到了。"她说，然后便下了车。


"他没有把他们杀了？"英格索尔灵巧的手指在门厅里一个用来放信的柳条筐里摸了摸，问道。

"没有，"哈里特说，"他只是个骗子而已，干不了杀人的事儿。"

弗兰克在另外一间看起来既像办公室又像书房的房间里喊道："这

里没人。他跑了。”

英格索尔点点头，“不出所料。他肯定会留下点蛛丝马迹的。更重要的是，我要看到那个姑娘来过这里的痕迹。你们负责找到，我就在这里等着。”

说完他来到厨房里的早餐桌前，端端正正地坐下，双手十指相对，搭成一座小小的尖塔，随后便一动也不动了。

哈里特和弗兰克继续他们的搜查。

这栋房子坐落于宾夕法尼亚州多伊尔斯敦市梧桐街 1450 号，距离费城不远，房主是一对儿姓斯泰恩的夫妻，男的叫丹，女的叫穆里尔。

丹酷爱钓鱼，喜欢炒股，尽管其思想保守，但却偏爱八十年代的一些流行金属乐队，比如毒药、克鲁小丑、通缉令和温格。

穆里尔也玩股票，用的是她自己的私房钱。除此之外，这栋房子跟她就没有多少关系了，因为迄今为止他们已经离婚六个多月。两人有一个八岁的女儿，名叫丽贝卡。弗兰克在办公室里找到了相关的文件。

“丹还住在这里，”哈里特说，“但穆里尔已经搬出去了。”

“你对这里很熟啊。”弗兰克说。

“没有的事。”

“你在撒谎。”

“少废话，继续找吧。英格索尔要的是有用的线索。”

盖恩斯的惯用伎俩并非直接骗人离开他们的家，而是骗他们向他透露自己的住址。他在集会、餐馆或者酒吧里遇到这些人，便伺机套他们的话。等到他们去工作、出差或者旅行，总之不在家的时候，阿什利就大摇大摆地闯进他们家里，当起临时的主人，直到他们回来。这就是他的手段。从一方面说，这很简单，而从另一方面说，这又简单得过了头。也许阿什利太高估了自己。

哈里特不知道丹去了哪里，他是本地一家体育用品店的老板。也许他去会情人了，也许到足球或普拉提①设备制造厂里去参观了。哈里特并不关心这些。屋里的凌乱程度堪比抢劫之后的犯罪现场，但她要找的并不是丹·斯泰恩的指纹。

哈里特决定到楼上去查查看。

沿着铺了地毯的楼梯走到一半时，她闻到了气味。

腐烂的气味儿。

这一次是切切实实的腐臭，不带丝毫的隐喻。

她让弗兰克过来，两人像狗一样四处嗅探。

二楼，主卫生间。

浴帘拉得严严实实。马桶盖呈盖着的状态，上面放着一根小小的玻璃灯管，灯管的一端已经炭化，黑乎乎的。这里的臭气能把人熏翻在地。

"我靠，他死在这儿了吧？"弗兰克用胳膊掩着口鼻，嘀嘀说道。哈里特毫不介意这里的臭味儿。小草的清香，百花的芬芳，或者炉子里烤肉的香味儿才会让她心烦意乱，"他妈的，那傻逼一定嗑药嗑死了。"

浴帘后面有黑黑的一团阴影，哈里特伸手拉开了浴帘。

只见浴缸里赫然躺着一个死人。尸体头上套着塑料袋，从后脑勺流到袋子里的血已经凝固成硬块。

弗兰克眉头一皱，"有人杀了盖恩斯。"

"这不是他，"哈里特不动声色地说，"是丹·斯泰恩。"

"你怎么——"

"我就是知道。"她屏住呼吸，从尸体头上扯下塑料袋。死者的后脑勺上一片狼藉，"盖恩斯拿东西打了他的头。可能是钢管、球棒或者撬棍。我没看到血迹，但我敢打赌在楼下一定能找到，或者在屋外。不过他并没有直接把人打死，否则也就不需要用塑料袋了。他趁

_____

① 普拉提是一种完全不受环境场地限制，可以随时开始运动的塑身项目，看上去好像一些静态的舞姿或体操的姿势。多半只需要一条小垫子，有的需要其他辅助设备。

斯泰恩昏迷不醒的时候用袋子把他闷死了。也许他是在浴缸里动的手，也许是事后才把尸体搬到这儿的。"

说完她站了起来。

"阿什利·盖恩斯现在是个杀人犯了。"

"拜托啦。"下楼的时候弗兰克拦住了哈里特，"我想知道。"

"不行。"

"有什么不行的，我们在这边忙活，英格索尔在楼下呢，说不定正在接受什么大人物的指令。"

"英格索尔不接受任何人的指令。"哈里特说。

"随便啦。我只想说你可以告诉我，但不必当着他的面告诉我。那正是他想要的。他喜欢看一件事从开始到结束的过程，所以我请你现在就告诉我，就在这儿，不要遂了他的心愿。"

哈里特冷眼注视着他。

"你有没有发现英格索尔看上去就像只螳螂？"弗兰克问。

哈里特推开他，径直向楼下走去。

"阿什利·盖恩斯已经狗急跳墙了。"哈里特对英格索尔说。弗兰克一脸不悦，从后面跟了上来。

"是吗？"英格索尔轻敲着一本名为《田野与溪流》的杂志，很随意地问。

"正如霍金斯说的，他在挥霍咱们的货。现在他已经不再费力骗人家的住所，而是直接杀人，然后再占他们的窝了。"

"对于一个技术平平的骗子来说，这可是一个非常重大的转变。"

"是。"

"我喜欢。这小子也算是个可塑之才。有那姑娘的线索吗？"

哈里特犹豫了一下，"没有。"

"能判断出他们去了哪儿吗？"

“暂时不能。”

“也就是说，你们并没有找到什么有价值的线索。”

弗兰克耸了耸肩，哈里特没有吭声。

英格索尔微微一笑。由于他没有眉毛，所以很难说他的笑是真是假。

他从餐巾盒中抽出一张纸巾，慢慢展开。

然后又从口袋里掏出一支钢笔。

英格索尔把纸巾摊在那本《田野与溪流》杂志上，用钢笔在上面轻轻写了一行字。

他捏住纸巾的两头，像个展示自己画作的小学生一样把它拿起来。上面写着一个公司的名字和一个电话号码。

哈里特大声念了出来：321 货运公司，随后是号码。

“我不明白。”弗兰克说。

英格索尔站起身，“虽然我一直没有离开这张桌子，但我却找到了这栋房子里最有用的线索。”

“所以你才是老大啊。”弗兰克说。哈里特从他的语气中听出了不满与愤怒。

英格索尔将纸巾递给哈里特，“给这个货运公司打电话。通过这条线索我们就能找到他，找到我们的箱子，还有那个很特别的姑娘。时间已经浪费得够多了，我的朋友们。”

# 插　曲

## 梦

她在小便。

这并不奇怪，因为似乎每隔半分钟她就要尿一次。肚子里的孩子仿佛在不停地跳爱尔兰踢踏舞，她的膀胱饱受摧残。医生说中期妊娠之后这种压力就会有所缓解，但她的妈妈说那是骗人的鬼话。她妈妈是对的，那确实是鬼话。

米莉安抬起头，看到厕所的墙上刻了一些字迹。奇怪，哪有女孩子在墙上刻字的？也许的确会有些无聊的人在上面留言，比如"我爱迈克"之类，但她们通常会用记号笔，而不是刀。

墙上刻的是：圣诞快乐，米莉安。

她更觉得匪夷所思了。没错，圣诞节是快要到了，可厕所的墙壁是怎么知道的呢？她看到这一行字下面还有别的字迹，写的是：她要来找你了。

米莉安不以为意。

远处传来沉重的脚步声：嘭、嘭、嘭。

她抬手准备多抽几张厕纸（这里的厕纸简直比天使的卫生巾还要硬实，所以她需要多抽几张，以免弄湿了自己的手），这时她看到隔壁的厕间里也有人，而就在一分钟之前，那里还是空的。

她看到了一只穿着破烂运动鞋的脚。

而另一只脚自脚踝以下已经不见踪迹，乌黑的血不断地滴到瓷砖上。

"圣诞快乐。"是阿什利的声音，"难道你不想我吗？"

她发觉自己真的有点想他，这让她既感到奇怪，又感到恐怖。她使劲摇了摇头，好赶跑那令人心烦的发现，可她又忽然发现隔壁的脚不见了，地上的血也被清洗得干干净净。

她走出厕间，开始洗手。她低头看着自己的手，因为她不敢抬头，她怕看到自己因怀孕而肥胖起来的脸颊、下巴，一切。她浑身臃肿，就像她九岁时收集的那些泡泡贴——独角兽、彩虹之类的。

那沉重的脚步声重新传来：噔、噔、噔。

洗好了手，她抬起头。

镜子里的她脸色煞白，头发呈栗色——那是她的天生发色——在脑后扎了一个马尾。

身后有什么东西在动。一团深蓝色的模糊的影子，接着是一道红光。

"你害死了我的儿子。"一个憔悴、恐怖的声音低语道。

霍奇斯太太赫然站在她的身后，地上是一串雪地靴留下的湿漉漉的足迹。她穿着一件深蓝色的雪地冲锋衣，看上去又旧又脏，套在她粗壮的躯干上倒显出几分滑稽。这女人的头发乱蓬蓬的，不知多久未曾洗过，像藤蔓一样垂在她红扑扑的脸上。

而她手里却拿着一把红色的雪铲。

米莉安一惊，紧紧抓住了瓷水槽。

雪铲重重拍在她的后背上。

米莉安脚底一滑，上身像失重一样向下落去，下巴磕在水槽边缘，当她的脸撞到瓷砖上时，又不小心咬到了自己的舌头。她的嘴巴里顿时满是鲜血。

她想努力爬开，可是地上的瓷砖滑溜溜的，双手根本无法着力。

"你这个歹毒的小婊子，"霍奇斯太太恶狠狠地骂道，"你不配怀本的孩子。"

啪！雪铲重重落在她的肩膀上、头上、后背上，一次比一次更加用力，直到她感觉体内出现了异样，就像用手指捏碎了一片玻璃雪花，她觉得两腿之间湿乎乎、暖融融的。顾不得劈头盖脸的雪铲，她伸手往下身摸了摸，手上立刻沾满了红红的血。惊惧之下，她拼命向厕所外爬，地上瞬间多出数个血红的掌印——

可是她已经逃不掉了，因为雪铲一刻都不曾停下。

米莉安听到了婴儿的啼哭，那声音来自外面的走廊，但在厕所中久久回响。可是哭声很快就弱了下去，且变得断断续续，仿佛孩子被自己的体液呛住了。随后，声音戛然而止，世界陷入一片黑暗。

她听到路易斯在她的耳边小声说道："再过六天，我就要死了。"

## 27　路的尽头

即便惊醒以后，那低沉的声音仍在她耳畔挥之不去。

"对不起。"米莉安脱口而出。

手握方向盘的路易斯不由惊愕地扭头看着她。"对不起什么？"他们的卡车刚刚驶过一个出口匝道，正通过一个收费站。

对不起，我只能看着你死去，米莉安在心里默默回答。她的头发已经被汗水湿透，一绺绺贴在额头上。

"没什么，我以为我打鼾了。"

"没有。"

"那就好。"

她揉揉眼睛。天已经黑了，风挡玻璃上湿漉漉的，那是下雨的缘故，不过在昏黄的路灯下，看着倒像是有人在上面撒了一泡尿。

"我们到哪儿了？"米莉安问。

"宾夕法尼亚。正往库珀斯堡的一个货车停车场去。那里有我一个哥们儿，修卡车是把好手，特别有天赋。我喜欢让他给我的车做保养，不管什么时候只要我从这一带经过，我都要过去看看他。"

她咂着嘴唇，粗糙的舌头舔着上颚，但嘴里干涩得如同纱布。香烟、咖啡、酒。此时任何一样都能让她美美地过个瘾。

"宾夕法尼亚。我们刚刚不是还在俄亥俄州吗？"

"是啊，不过你后来睡着了。"

"我去！这一趟真够远的。"

路易斯耸耸肩，"还行吧，也就八九个小时。这一行就这样。能跑多远就跑多远，我们是按里程拿报酬的。"

"所以大部分货车司机开起车来都像开飞机一样。"

"没错。他们要养家糊口啊，所以才会争分夺秒，没日没夜地开。有时候都拼命到了极限。"因为自己有切身感受，他言语之间不乏同情，"但是我不一样，我是一个人吃饱全家不饿，所以用不着那么拼命。不过就算我不紧不慢地开，收入也不算低呢。我一英里能挣三十五美分左右，今天咱们已经跑了五百多英里，那也差不多有两百块啦。按照这个收入，我一年能挣六万多块呢。我没有贷款，也没有多少账单要付。"

"这种日子，你觉得还过得去？你其实就是一个游民啊。你没有家。"

"你不也没家嘛。"

"我知道。而且有时候我倒挺喜欢这种四海为家的感觉。就像小溪中的一片落叶，小溪流到哪里，我就漂到哪里。但我也很痛恨这种感觉，因为对任何人或任何事，我都只是个匆匆的过客。就像没有锚的船，没有根的浮萍。"

"你对我来说并不是过客。"路易斯说。

"你对我来说也不是。"她回应道。可与此同时她又惊讶地发现，她与路易斯这种日渐密切的关系反倒给她一种格外遥远的感觉。或许至近者至远，至亲者至疏，他们遭遇了一个谁都无法战胜的悖论。她正无限接近路易斯，可在他们之间横亘着一条难以逾越的鸿沟：一道隔开了生与死的深渊。

他也感觉到了。米莉安知道，因为他随即就沉默了下来。他不像她那样洞悉一切，他对未来一无所知。但她认为在路易斯内心深处的某个地方，感觉到了异样。就像蜘蛛能感知风暴，蜜蜂能警示地震一样，只可意会，无法言传。

柔和的路灯灯光洒进驾驶室。

米莉安打破了沉默，"今晚还在车里睡吗？"

"不，"路易斯说，"停车场那里有一家汽车旅馆，还带个小快餐店。"

"我的人生就是这样。汽车旅馆、快餐店、高速公路。"

"我的也是。"

沉默去而复归，唯有卡车隆隆向前。


快餐店里的桌子倒也整洁干净。鸡蛋做得不错，咖啡看着喝着都不像肾病患者撒出来的尿。隔壁的旅馆也很干净，没有呕吐物的臭味儿，没有烟气。水槽上没有鬼鬼祟祟的蟑螂，房间门也不会直接对着停车场。意外之喜是这里居然还有真正意义上的走廊。这简直就是他妈的四季酒店①啊，米莉安心想。难道走廊就是汽车旅馆与酒店的区别？难道这是一家名副其实的酒店？她不禁怀疑。她这辈子住过酒店吗？

米莉安应该感到高兴，因为她上了一个新的台阶。路易斯就是她的新台阶。

她在旅馆外面一边抽烟一边散步，但却始终高兴不起来。

"你根本不知道自己在干什么。"她对自己说道。

---

① 四季酒店是一家世界性的豪华连锁酒店集团，在世界各地管理酒店及度假区。

这是真的，她的确不知道。

她只是破罐破摔，随波逐流，得过且过，并尽量让路易斯快乐。她不想去担心明天，而这种回避现实的方法目前来说还算奏效。

"可你这个笨蛋偏偏要去算什么命，结果被人家说成是人肉版的艾诺拉·盖号轰炸机[1]，这下你满意了吧？现在路易斯离死只剩下五天了，你打算怎么办呢？难道要任由它发生，而你却坐在那里眼睁睁地看着，只管抽你那该死的香烟？"

仿佛所有的愤怒都集中在了手里的烟上，她捏着烟嘴儿看了看，随后狠狠丢了出去。

阿什利一弯腰，带着红红火头的烟屁股翻着跟头从他肩上飞过。

"自言自语呢？"他说。

米莉安如同大白天见到了鬼。这家伙是从哪儿冒出来的？她不由怀疑自己是不是出现了幻觉。可是那声音听起来却不像，貌似平静的语调背后带着一丝颤抖。他侧身站着，看上去似乎比平时矮了半截，就连他一贯的自信也像身体一样打了折扣。

米莉安拍了拍她的牛仔裤兜，空的，没有刀。当然不会有。面前这个浑蛋弃她于不顾的时候，她把刀插在了那个女人的大腿上。

"你这个不要脸的还敢来见我？"

"你就这样问候老朋友吗？"阿什利干笑了几声，那声音听起来极不健康。不，他不是鬼。

"老朋友？说得真好听。你再敢靠近，我他妈就咬死你。我会咬掉你的手指头，还有你的鼻子。"为了表示决心，她故意耀武扬威地龇了龇牙：咔咔。

阿什利才不会被她吓住。他上前一步，走进一片昏惨惨的灯光里。

---

① 艾诺拉·盖号轰炸机（Enola Gay）是"二战"期间隶属于美国空军第313飞行大队的一架B-29"超级堡垒"轰炸机，日本时间1945年8月6日，它担负了向广岛投掷"小男孩"原子弹的任务。其命名源自该机机长母亲的名字艾诺拉·盖。

于是米莉安看到了他原本干净的脸上冒出的长短不一的胡须。他眼神空洞，头发凌乱，但却并不是他过去钟爱的那种有型的凌乱。他现在的头发油乎乎、脏兮兮，乱得如同鸡窝。

"我需要你帮忙。"他说，不，他恳求道，"我需要你。"

"你需要洗澡。你闻起来就像——"她凑过鼻子吸了一口，"猫尿。天啊，阿什利，你不是闻起来像猫尿，而是真有一股猫尿味儿。"

"我在逃命。"

"那就离我远点。"

"他们在追我，几乎步步紧逼。我必须保持警惕，但这只是权宜之计。"

米莉安毫不掩饰地笑起来，"权宜之计。就像嫖客哀求警察一样：饶了我这次吧，警官，以后我一定改。我真的不知道她只有十四岁。"

"去你妈的，你自己还不是个大酒鬼？"

"可喝酒又不违法。"她从烟盒中抖出一支烟，用嘴唇叼住，"况且喝酒只会让我身上有股酒味儿，不像某些人，一股垃圾桶里的味道。"

"我们可以逃到别的地方，或者任何地方。只需要搭上飞机就能远走高飞了。"

"箱子呢？"

阿什利的眼珠骨碌碌转了几圈，"藏得很安全，只要我需要，随时都可以拿到。"

"傻逼，你拖着一箱子冰毒怎么上得了飞机？"

"那我们就坐公共汽车。"

"啊，好极啦，我就喜欢坐公共汽车，"她模仿着电视里的口吻说，"没有什么比连续十二个小时坐在闷罐一样的车厢里闻其他傻逼的臭脚丫子味儿更让人舒服的了。真是好极啦。不过有一点你得明白：我是不会跟你走的。你爱去哪儿去哪儿，那是你的事，与我无关。你他妈见死不救，把我推给那个拿枪的冷血娘儿们。我差点死在她的手里。"

她把还没点着的烟从嘴上拿下来，随手夹在耳朵上。然后原地转身，向旅馆里面走去。

"等等。"阿什利也跟了进来。缩在绿色透明遮阳板后面头发掉光的旅馆前台，睡眼迷离地望着他们。米莉安不想给他看热闹的机会，便经过制冰机，进入了走廊。

阿什利尾随其后。他伸手搭在米莉安的肩膀上。她真想咬上一口，可她不知道这只手过去一周都碰过什么肮脏东西。

所以她只是晃动肩膀，甩掉了他的手。

但阿什利显然不会就此作罢，当他再度伸过手来时，愤怒的米莉安一把揪住他的衬衣领子，猛地将他向后推去。

"我要告诉他。"他一个趔趄，随即说道。

米莉安停下脚步，扭头问道："告诉谁？告诉什么？"

"你那个开卡车的男朋友，我要把所有的事情都告诉他。"

双脚不由自主地向前走去，也许潜意识中她只想离阿什利远一点。她走向了她和路易斯的房间，不知道什么时候起她已经把钥匙攥在了手中，当她发现这一点时，才猛然意识到自己犯了个错误。可她不知道该往哪儿走，或者该干什么。内心那个沉默害怕的小女孩儿只想快快回到路易斯的身边，蜷缩在他的怀抱里，得到最安心的保护。

她只好硬着头皮打开房门，然后从容地走进去。

刚一进房间她就立刻把门关上，并反锁起来。

之后，她坐在床上瑟瑟发抖。

路易斯已经醒了，他感觉到了不对劲，满脸关切地问："怎么了？走廊里是怎么回事？"

米莉安目视前方，咬着嘴唇。她想说点什么，却苦于找不到合适的字眼。

这时，有人敲了下门。

"什么情况？"路易斯又问，"谁在外面？"

"别开门。"米莉安说。

"别开门？为什么？"他说着已经向门口走去。

路易斯经过她身边时，她一把拉住了他的手，"你没必要开门。就当没听见好了，就当没听见。求你了。"

他终于提出了自己心中的疑问。这个问题说明了一切，反映了他对她的看法，或者更准确地说，他对她的恐惧。

他问："你都干了什么呀？"

"我……"她一时竟语塞了。

路易斯走到门前，打开了门。

阿什利不管三七二十一便挤了进来，仿佛路易斯根本不存在。他不可一世地站到米莉安面前，抱着双臂，前后晃荡着身体，看上去就像个被驴踢了的白痴，"我需要知道我是怎么死的，告诉我他们杀不了我。我知道他们来了，米莉安。你可以帮我。我需要你帮我——"

"喂！"路易斯大喝一声。可他马上就认出了阿什利，"这不是你弟弟吗？"

阿什利大笑起来，"伙计，我可不是她弟弟。"

"什么？米莉安？"

"别看她，看我。我们是合伙骗你这个笨蛋的，这是个圈套。"

米莉安默不作声。

路易斯皱起了眉头，"小子，你最好把话给我说清楚了。"

"我们知道你有钱，都装在信封里呢。把钱交出来，否则——"

"否则什么？"

阿什利将拇指和食指比成一把手枪，"否则就这个，狗娘养的。现在快把钱交出来。"他动了动拇指，做出要开枪的姿势。

砰！路易斯一拳打了过来。

阿什利就像被拆房子的破碎球给撞了一下，身体重重倒在了床上。尽管头晕目眩，但他还是挣扎着想站起来。按常理来说，这一拳起码够他昏迷一个钟头，不过或许是嗑了药的缘故，他的身体亢奋得就像一个牵着线的木偶。

路易斯的一双大手又伸了过来，他毫不费力地提起阿什利，向墙角的床头柜上扔了过去。台灯被阿什利的身体砸落在地，角落里顿时暗了下去。然后路易斯又抓住阿什利的脚踝，拖着他从床的另一侧走向门口。阿什利的脑袋接二连三地撞在一张破旧的桌子腿上、梳妆台角上、电视柜上，甚至门后的橡皮门挡上。

路易斯把阿什利丢出房间，然后重重地关上了门。

米莉安心里得意扬扬。路易斯救了她，而且什么都没问。他看到威胁，便消除了威胁。她觉得安全极了，她喜欢这种被保护的感觉。

她激动地跳起来，一把抱住了路易斯挺拔的身体。然而路易斯并没有回应她的拥抱。

他只是轻轻地把她推开。

"他说的是真的吗？"路易斯问。

她的心猛然一沉。

"路易斯——"

"只管告诉我，这是不是真的？他不是你弟弟？你们真的在设计抢劫我？"

"最初不是，后来……后来可能有那个意思，但现在没有。我把他甩了，就是因为这个我才把他甩了。你一定要相信我，我从来没想——"

但路易斯已经不想再听下去了。他转身走开，开始往包里塞他的东西。

"你要去哪儿？"

"离开这儿，"他说，"离你远远的。"

"等等，路易斯。"

"不。卡车现在还没有送去检修，我这就离开。如果你需要，房间今晚就留给你了。我不在乎，但我无法容忍别人对我撒谎。"

她抓住路易斯的手腕，然而他也反过来抓住了她的手腕。他的手并没有怎么用力，但米莉安很清楚，他只需轻轻一扭，她的胳膊就必断无疑。

"你说得没错，你就是毒药。你曾试图告诉我这一点，我应该听的。"

他深吸一口气，决绝地说道："再见。"

这两个字如同一把匕首，直刺进米莉安的心脏。

路易斯将包背在肩上，拉开房门，跨过躺在地上的阿什利，沿着走廊默默向外走去，直到从转角处消失。

米莉安已经很久没有流过眼泪，但这一刻，她哭了。艰难的、痛苦的啜泣。她的双眼仿佛在经受烈火的烧灼，肋骨疼得发颤。她像个孩子一样哭得呜呜咽咽，气喘吁吁，涕泪滂沱。

在哭声中，她听到了卡车的轰鸣。

那声音咆哮着，渐渐远去，消失。


路易斯开着卡车驶离了停车场，重新回到他熟悉的高速公路上。

他的车刚刚离开，一辆黑色的凯雷德便驶进了停车场，但他并没有在意。

## 28　可怕的发展

米莉安从深深的悲痛发展到无比的愤怒并没有用去多长时间。很快，眼泪变成了腐蚀一切的强酸，皱起的眉毛变成锋利的弯刀，颤抖的双手变成往复拉扯的大锯。她仿佛已经下定决心，准备让一切可耻的冒犯者灰飞烟灭。

她振作起精神，来到门口。阿什利坐在地上，像一片被风吹到墙边的垃圾。看到米莉安，他半闭着一边困顿的眼睑，脸上露出一副醉眼迷离的微笑。

"现在我们可以走了吗？"

米莉安一脚踹在了他的嘴巴上。

阿什利的后脑勺重重撞在墙上。他的一颗门牙被米莉安的鞋跟踢飞出去，像个跳跳球一样在地毯上蹦跳了几次。

他的嘴巴周围顿时鲜血淋漓。

"哎哟。"他惨叫一声。

几个房间之外的一扇门悄然打开，一个脸色苍白、下巴像淌着哈喇子的狗一样的男人伸出脑袋向这里窥探。米莉安劈头盖脸地吼了过去，说他要是再不滚回房间，她就把他的脑袋拧下来当夜壶。

男子吓得连忙缩了回去。

"那个卡车司机，他走了，对不对？"阿什利问。

米莉安没有理他，她现在就像一座快要爆发的火山。

阿什利擦了擦嘴角上的血，"那问题就来了。"

"去死吧你。"

"你爱我。"他说着吐出一口血。

"继续做梦吧。"

"你需要我。"

"之前也许是，但现在不是了。"

阿什利咧嘴一笑，露出满嘴红色的牙齿，仿佛他刚刚吃了一大口草莓，"你需要我。"

"我可怜你。"

她使劲咳出一口浓痰，正准备吐到那嬉皮笑脸的浑蛋的嘴里。

就在这时——

大厅的入口处，他们出现了，像两个挥之不去的阴影，两个恶魔。

弗兰克仍旧是一身黑西装。哈里特换下了她的高领毛衣，穿了一件深红色的、人们在圣诞节期间才会穿的衬衣，虽然现在差不多已经七月了。

他们手里拿着枪。

米莉安首先看到了他们，但阿什利却没有，至少开始没有。但他是个很聪明的浑蛋，从米莉安的眼神中他感觉到了异样，于是便随着她的视线望过去，当他看到那两个人时——

"我们死定了。"他大惊失色地说。

这一次米莉安毫无准备。通常情况下，她会事先熟悉这个地方，搞清每一个出口、每一个角落的位置，确定哪里安全，哪里危险。但和路易斯在一起使她变得松懈、慵懒。小时候，她的妈妈习惯拉着她的手逛超市，而且她总是攥得特别紧，仿佛要把她小小的手骨捏碎。但她最终学会了顺从，因为只有那样她的妈妈最后才会松开她，不过每当这个时候，米莉安都会像刚出栏的小牛犊一样直奔向糖果或麦片的货架。此刻就像那个时候，她松开了大人的手。

现在她只有一个选择：右侧走廊尽头的紧急出口。趁他们沿着走廊走过来的当儿，她可以逃到外面的停车场上。可是她有种身处梦境般的奇怪感觉，仿佛每一个动作都变成了慢镜头，她的胳膊、腿，还有腰上好像都被套了锁链，拉扯着她，阻碍她逃跑。

她转了个身——

阿什利挣扎着想要爬起来，但他似乎已经身不由己。

米莉安不顾一切地向外冲去，但两名杀手也毫不犹豫地开始行动了，他们双双举起手中的枪。

此时他们与米莉安相距大约二十英尺。

阿什利站不起来。他趴在地上，像只惊慌失措的动物正拼命攀上陡峭的悬崖。

还有十五英尺，也许更近。她说不清楚，一切看起来都不对劲。

米莉安感觉到有什么东西从耳畔飞过，她猛地把头向左一偏，一根带有两个金属探针的铁丝叮当一声落在了旁边的壁灯上。她不知道那是什么玩意儿，直到她听见阿什利发出一阵颤抖的惨叫声，看到他紧咬的牙关、僵直的身体和像车头灯一样圆睁的双眼。

电击枪，不是手枪。米莉安不由庆幸：他们没有打中我。

她用肩膀撞开了紧急出口的门。警铃并没有响起，警铃从来都不会响，不管门上的警告标识说得如何严厉。在汽车旅馆这种鬼地方，紧急出口的门似乎和任何报警系统都没有连接。她闻到了夜晚澄澈的空气，看到了前面的高速公路——

啪！

一条裹着白色袖筒的胳膊突然像树枝一样横伸出来，重重撞在她的咽喉位置。由于双腿收不住速度，米莉安的身体凌空向后倒去，将刚刚撞开的门又撞了回去。

米莉安只觉得呼吸困难，不由抬起了头。

"你。"她喘息着说。

男子装出很惊讶的样子，嘴角假仁假义地挂着一丝微笑。

"我们以前没见过面。"他说。

砰！有人从里面撞了一下门，可能是弗兰克，也可能是哈里特，或者两人一起撞的，但不管是谁，显然里面的人没有想到米莉安会靠在门上，所以第一次谁也没有把门撞开。米莉安感觉自己犹如笼中之鸟，徒劳地拍打着翅膀。她必须尽快逃走，否则——她也不知道这些人会如何对待她，但想来一定不会好过。

米莉安一骨碌爬到了一边。里面的弗兰克以为门被堵着，便使出浑身的力气撞了第二次。

门轰然洞开，弗兰克跟跄着冲了出来，经过了米莉安，眼看就要撞上那个白衣秃顶的男子，他连忙收住脚，但米莉安趁他立足未稳之时，使劲推了他一把，结果他就像座飞来峰一样向那个浑蛋压了过去，两人都倒在地上。米莉安心中甚至还替那个浑蛋的白西装稍稍惋惜了一下。

借这个机会，她像个躲避猎人的小鹿一样，撒丫子穿过停车场，向高速公路逃去。


这是一条较为繁华的高速公路，双向各两个车道。

一辆接一辆的汽车闪着头灯疾驰而过，每辆车子的时速都在 70 英里[①]以上。米莉安顾不上细想，径直冲向了车流。

---

① 　时速70英里，换算为公制单位则在110千米以上。

待她意识到情形之后，双脚已经踏上了公路的中线。她身后是呼啸不断的喇叭声、刹车声，还有各种各样的咒骂声。刚进入另一个车道，一辆小轿车几乎贴着她的身体疾驰而过，只差那么一点点，她的手可能就会被倒车镜齐根撞掉，继而身体会像个陀螺一样在公路上转上几圈。随后她听到了一连串的撞击声，金属、玻璃、安全气囊、砂石，还有人的尖叫。隔壁车道上有人大喊了一声"我操"。

米莉安知道自己刚刚引起了一场车祸，也许非常严重，但她头也不回，因为回头就意味着放慢逃跑的速度，而放慢速度就意味着没命。

你真是一个坏事做尽的禽兽，她暗骂自己说。

你刚刚引起了一场车祸。

可你居然还有那么一点点沾沾自喜，因为那分散了追你的人的注意力，给他们造成了障碍。

损人利己的家伙，虽然有时候只是无心之失。

有人可能会受伤啊。你哪怕停下来帮人一把——

可是另一个声音提醒她：人各有命，该是什么就是什么，你改变不了，所以还是逃吧，逃吧。

当双脚踏上公路另一侧的路肩，她松了一口气，安全了。身后，一辆轿车疯狂地按着喇叭。她想象着司机惊诧的表情和伴随着刹车前倾的身体，但她希望仅此而已。可她高兴得似乎早了些。她很清楚自己远没有逃离危险，所谓的安全只是她一厢情愿的幻觉。

米莉安继续向前奔跑。

前面是一个保管场，她能看到一排排橘黄色的仓库。

这里二十四小时营业。但保管场大门紧闭，门上有一个小小的密码键盘，四周是高高的围栏，围栏顶上架着带刺的铁丝网。米莉安顾不了那么多，她一下子跳起来，像头鲨鱼一样扑上了围栏。

她三下两下便爬到了围栏顶上。铁丝网老旧不堪，显然疏于保养，而且并没有通电，早已成了聋子的耳朵——摆设。她轻而易举便把铁丝折弯，不过尽管如此，她还是被扎了几次手，牛仔裤上也被挂了几个洞，有的地方甚至还刺破了皮肉。她忽然想到自己最近没有打过破伤风针，万一没有死在杀手的枪下，却因为一个小小的破伤风丢了性命，那岂不是倒霉到家了？正想着，她已经从铁丝网上翻了过去，落在了围栏的另一面。

地面硬邦邦的，落地时她被震得从小腿到膝盖都又疼又麻。不会摔断了什么吧？可她不敢停下来。反正还能跑得动，那就说明骨头没断，对吧？她不是医生，但却很会自我安慰。

一座座库房沐浴在明亮的钠光灯下，但总有灯光照不到的地方。

米莉安尽量往中间跑。她一口气跑过七排库房，又横着跑过五座。

剩饭腐烂的味道直冲鼻孔，但此刻不是在乎这些的时候。她在两个库房之间的一个垃圾桶后面蹲了下来，并努力将身体蜷缩到最小。

之后，她静静等待着。

是他。

那个手里拿着剖鱼刀的秃顶浑蛋。就是他挖掉了路易斯的双眼，而后又残忍地杀了他。

又一个铁证，米莉安与路易斯的死息息相关。一串串事件像幻灯片一样，带着嘲弄的声音，咔嚓，咔嚓，一张张在她脑海中回放。一切都是她造成的。假如她没有爬上他的卡车；假如她没有和阿什利纠缠在一起；假如她没有回来找路易斯……

然而她还是不明白，路易斯不是已经走了吗？杀手们在这里，而他在别处。他们最后是怎么找上他的呢？难道路易斯有什么事又折返了回来？

这说不通。

但有一件事她很清楚，命运绝不会提前动手，它总会等到最后一刻才亮出底牌。

故事还没到结束的时候。


她被发现了。

她手里唯一的武器是从身后找到的半截砖头。她已经抱定决心，绝不束手就擒。即便只有这半截砖头，她也要让对方尝到她的苦头。

复仇。是坐以待毙，还是先下手为强？

"你怎么了？"一个声音问道。

那是个男人，但并不是弗兰克，也不是那个光头佬。

此人三十多岁，胡须稀疏，戴着眼镜。汗湿的头发贴在额头上，手里拿着棒球帽。他正从垃圾桶一侧望着米莉安。

"小姐？"

米莉安站了起来。她在这里蹲了多久了？半个小时？一个小时？或者更久？警车、救护车拉着警笛呼啸着驶向车祸现场，后来又有车呼啸着离开。除此之外，四周一直静悄悄的。偶尔有一两辆车子开进保管场，每一次她都紧张地屏住呼吸，如临大敌般一动都不敢动。

男子看到米莉安的一刹那便惊得目瞪口呆，仿佛看到了诈尸。

"你在流血。"他惊叫道。

米莉安不知道该如何回答。她仍躲在两栋库房之间，暴露意味着死亡。但她怕的不是死，而是临死之前。

"对。"她说。蹩脚的回答，可她想不到别的话可说。

"你是从车祸那边跑过来的吗？"

"是。"她撒了谎。也许这算不上撒谎，毕竟车祸发生时她确实在现场。

"你需要帮忙吗？"

她忽然莫名其妙地问了一句："你有车吗？"

"有。我刚把一些东西放进仓库，准备回头再搬到新家里去。哦，不好意思，我废话有点多了。我的森林人①就停在拐角那儿。"

"你能捎我一段吗？"

男子犹豫了。他不太放心，而且他有理由不放心。米莉安知道她身上可疑的地方太多了。她的头发上没有碎玻璃，腿上的伤也不像是车祸造成的。男子只是还没有把心中的疑问全都提出来，但他迟早会问的。米莉安只希望等他开始刨根问底的时候，他们已经坐上了车子，远离了这里。她离成功只差那么一点点……

"可以。"短暂的沉默之后，男子说道，"没问题。走吧。我叫杰夫——"

米莉安刚刚向外跨出一步。

名叫杰夫的男子忽然盯住左边的什么东西不动了。随后他的身体猛地向一侧倒去。与此同时，米莉安听到了枪响，看到了飞溅的鲜血。

她一脚踢翻垃圾桶，转身钻进两个库房之间的狭窄缝隙，逃到了整排库房的另一侧。

可她逃掉了吗？没有。

那个光头杂种面对面拦住了她的去路。

"真是有缘，我们这么快就又见面了。"他说。

接着他后退一步，用电击枪一枪打在了米莉安的肚子上。她感觉自己就像一棵通了电的圣诞树，也许浑身的每一个细胞都亮了起来。忽冷，忽热。好似千万只火蚁在啃噬她的身体。耳朵里响起一连串鞭炮爆炸的声音。骨头仿佛一根根断裂。眼前的一切都白茫茫的，发着光，这感觉令她求生不得，求死不能。

---

① 森林人是斯巴鲁旗下的一款SUV车型。

# 插　曲

## 采　访

　　台阶最底端，保罗的尸体仍旧保持着坐的姿势。他的头几乎以 90 度扭向一边，下巴与肩膀平行。他睁着双眼，目光呆滞，不，那眼睛里已经没有了光。他嘴巴紧闭着，仿佛陷入深沉的思考再也无法自拔。他的包丢在几步之外，而手机则躺在更远一点的地方。

　　米莉安从台阶上走下来。

　　一分钟前她才看着他离开仓库。

　　费城，臭气熏天。浊气从窨井盖下升腾而起，又随着雨水从天而降，混合着沼气与农药的味道，米莉安的鼻子和眼睛里都火辣辣的，感觉自己快要被撕碎。她一遍遍告诉自己，一切只是因为这个城市的臭气。

　　保罗从仓库里出来后，穿过了马路。他边走边看了看他那老掉牙的电子表。

　　他并没有被汽车撞到，也没有突发心脏病。

　　他刚踏上对面的路边石，手机响了。面前是一段向下的水泥台阶，他拿起手机，说道："嗨，妈妈。"也许是电话分散了注意力，下台阶的时候他一不留神，一只脚踏了空，身体顿时向前摔去。

在台阶上摔倒通常都不会有事，但人的身体和大脑并不总是配合默契。如果身体按照自然的方式滚落台阶，伤害或许并不会那么大，因为放松的肌肉和脂肪能提供很好的缓冲。然而事到临头，往往是大脑首先乱了方寸，惊慌失措之余，意外便随之而来了。保罗就是这种情况。在应激反应和求生本能的驱使下，他曾尝试自救。但他没有拯救自己，因为在失去平衡的时候他很难左右自己的身体。

他从台阶上一滚到底，扭断了脖子，撞断了骨头。米莉安以后会学到，这种情况叫作"体内斩首"。也就是一眨眼的工夫，一个鲜活的生命便就此陨落了。

米莉安并不需要亲自跑到现场来看，她已经依靠灵视看到了整个过程。这是保罗的宿命。

她走下台阶，在尸体前停下。

你原本可以救他的，一个声音说道。总是如此。仿佛为了印证这句话的出处，米莉安忽然感觉有个影子从头顶飞过。也许是个气球，她想，一个薄膜气球。可当她抬起头时，却只看到正从太阳面前飘过的一团白云，根本没有气球的影子。

"对不起，保罗。我并不介意你把我的故事告诉世人，但他们是不会相信你的，从来就没有人相信过。事情本不该如此，伙计。"

米莉安看着保罗散落一地的东西，从中拿起了录音机。她还翻了翻他的钱包，像个从骨头上撕下皮肉的秃鹰。显然，保罗是个很有钱的公子哥，他的钱包里装了几百块现金，几张礼品卡，还有一两张信用卡。

她毫不费力地取下了保罗的电子表，戴在自己腕上，并把表带收到最紧。勒疼的感觉将时时提醒她这块手表的来历。

米莉安在保罗的尸体旁边又多坐了一会儿。她觉得眼睛不舒服，抬手揉了揉。是花粉，还是尘埃？也许是这城市令人窒息的臭气。

## 29　后座上的挣扎

"我是个生意人。"

听到这句话，米莉安醒了。

这是那个光头杂种的声音。

他并非在对米莉安说话，而是对阿什利。

他们在一辆车上，准确地说，是一辆 SUV。奶油色真皮内饰。更屌的是，座椅后背上居然还有车载电视、USB 接口、GPS（全球定位系统），中控台上还有一个朝向车内的监控摄像头。

米莉安缩在最后一排座位上。她的嘴不知道被什么东西给封住了，不过她很快就发现那是两条黑色的胶布，交叉在一起，形成一个大大的 × 。

她的双手和双脚都被束线带绑着。她感觉浑身无力，头晕眼花。整个世界晃悠得如同微风下的水面。这绝对不是电击枪造成的，模糊的记忆从脑海中一闪而过——有人按着她，针头刺进皮肤。她看到了注射器，而后意识开始变得模糊，直到不省人事。一棵棵松树在车窗外飞速向后退去，它们在灰色天空的映衬下更显青绿。车速很高，她眼中的树影有些恍惚。不管他们给她打了什么药，现在药效还没有过去。

阿什利坐在她前面的座位上，目视着前方。光头佬坐在他的旁边。

最前排，哈里特开着车，弗兰克坐在副驾位置，正无聊地清理着他的手枪。车内充满了令人头晕的枪油味儿。

"生意，"光头佬继续说道，"这是个生态学的概念。它有自己的分类和标准，有食物链，有固定的等级，这是非常自然的事情。"

阿什利的嘴巴也被封着。米莉安看不到他的手和脚，但他挣扎的方式告诉她，他也被绑着。而且和她一样，手被绑在背后。

"我们按一定的方式去认识自然，我们认为它是和谐的、公平的。而事实上并非如此。它更倾向于我们认为邪恶的一面。残酷的东西反而能得到奖赏。你明白吗？哈里特最清楚不过了。"

哈里特开口了。她似乎兴奋异常，声音不再像之前那样干瘪平淡，索然无味，而是高亢响亮，带着点轻浮，仿佛难掩心中欢喜似的。

"企鹅妈妈对宝宝极尽呵护，狼拥有令人尊敬的性格，大猩猩高尚且充满智慧。这些全都是人类自我安慰的谎话。人希望自然是高尚的，因为那会迫使人类变得高尚。我们都知道人类是比兽类更高级的物种，倘若兽类尚能高尚，人就更没有理由不高尚。这种立足道德的可敬的标准根本不存在。"哈里特说。她一副盛气凌人的姿态，话语间充满了不屑，仿佛一个正在教育晚辈的家长，"动物都是卑鄙残忍的。猫淫乱成性，蚂蚁奴役其他昆虫，包括它们的同类，猩猩为了争权夺利，打架斗殴是家常便饭。它们会悍然杀掉对手，而后在对手的尸体上撒尿拉屎，并把对手的后代摔死在石头上。它们还抢夺其他群落里的雌猩猩，强迫它们为自己繁衍后代。更有甚者，它们有时候还会吃掉被打败的男性对手。"

哈里特回头看了看他们，米莉安见她眼中闪烁着狂热的光芒。

"自然是野蛮和丑陋的，这才是唯一标准，也是前提。人类也是动物，是自然的一部分，所以我们同样野蛮丑陋。”

米莉安看到哈里特的肩膀仿佛高潮似的颤抖了一下。

说完话，那女人又专心开起了她的车。

光头佬心不在焉地鼓了几下掌。米莉安努着嘴呜呜叫起来。光头佬向她扭过头，伸出一根长长的手指竖在嘴巴前面。

“嘘。有你说话的时候，现在让我先跟你的朋友聊聊。”他再次面向阿什利，此时的阿什利脸色煞白，大汗淋漓，活似被遗忘在柜台上的一瓶牛奶。他盯着他身旁座位上的什么东西，只是米莉安看不到，“不如这样吧，盖恩斯先生，我有两个问题要问你。如果你能老老实实地回答出来，我就保证不杀你。”

光头佬摆弄着米莉安看不到的那个东西。她听到了金属摩擦时的吱呀声，就像合页。

他正把某样东西拿了起来。

现在，米莉安看到了。

那是一把足有一英尺长的小钢锯。新的，上面还贴着标签。

光头佬轻轻弹了弹锯片。叮叮。

“我说过，我是个生意人，为了成功，我必须得狠下心肠，所以请原谅我这么做。我的第一个问题是关于后面这个姑娘的。”他扭头看了一眼米莉安。只是米莉安读不懂他眼神中的意思。也许这是因为他同样读不懂她的缘故——这种疑惑在他光滑苍白的脸上展露无遗，“她的那种超能力，是真的吗？”

阿什利呜呜叫了几声。

“哦。”光头佬微微一笑，撕掉了阿什利嘴上的胶带。

“是真的。”阿什利急不可耐地说，然后便张着大嘴拼命呼吸，“我觉得是真的，她也认为是真的。”

米莉安在座位上徒劳地挣扎了一番。她想一脚踹在阿什利的脸上，她想咬破封嘴的东西，然后喝止他，让他闭嘴，因为就算是屈服，他也休想活命。要是有那么一点点机会，她定会咬掉阿什利的舌头，再一脚把他从窗户里踹出去。总而言之，她被阿什利气得七窍生烟。

光头佬继续他的提问。

"好，现在该说说我的货了。我的那个箱子。"他顿了顿，深吸一口气，"你把它藏在哪儿了？你是不是动了我的货？"

阿什利又是一番竹筒倒豆子。

而他的话，令米莉安心如刀割。

"在卡车上，"阿什利说，"卡车司机叫路易斯，我把箱子藏在他的卡车上了。"

路易斯就坐在米莉安的旁边，不，是路易斯的鬼魂，眼睛被胶带贴住的路易斯。他微笑着，像个即将要收到心仪礼物的小姑娘一样咬着下嘴唇。

米莉安恍然大悟，之前所有的疑惑一时间全都豁然开朗。

她的脸颊上有温暖的东西在流动，她发现自己在哭。

光头佬长长出了一口气。

"那就简单了，"他笑着说，"我还担心会很棘手，而通常我的担心总是会应验。谢谢你的合作。"

阿什利松了口气，他点点头，甚至还笑了笑。可是他突然看到了不幸的前兆。他的眼珠惊恐地上下动了几次，开始结结巴巴地喊道："不，不，别这样，不，不！"

光头佬已将钢锯拿在手中，他的动作像兔子一样迅速伶俐。

当时的情形是这样的：趁阿什利猝不及防之时，光头佬身子一歪向他压了过去，他用后背死死抵住阿什利的胸口，用手肘顶住阿什利的下巴，使他既张不开口，又无法反抗，就像椅子抵住门把手。而光头佬的另一只手猛地抬起阿什利的一条腿，让他的脚搭在司机座位的头靠上。哈里特对此似乎并不介意。

然后他一把拎起阿什利的裤腿。

阿什利拼命扭动身体，嘴巴里呜呜乱叫，但光头佬显然是专业人士，他就像竞技场上的牛仔一样把阿什利骑在身下。

"我说了。"满嘴是血的阿什利喊道。只要一张口，他的嘴角就会鼓起一堆血泡泡，连光头佬明晃晃的头顶上也被溅了不少，"我已经把你想知道的都说了。"

"我也说过，"光头佬咬牙答道，"自然是残酷的。猩猩、海豚、狼，都是野蛮的动物。它们都懂得复仇。我这就是复仇！你误了我的事——"

光头佬的钢锯已经放在了阿什利的脚踝上。

"所以我要卸你一只脚。"

话音刚落，光头佬便动起手来。他把钢锯使劲往下一压，向后一拉。

阿什利鬼哭狼嚎般的一声惨叫，就像被宰的羔羊最后的哀号。米莉安从来不知道人也能发出如此令人毛骨悚然的声音。鲜血喷到了哈里特的肩膀上，但她无动于衷。

弗兰克一脸嫌恶的表情，身子歪向车门一侧，不顾阿什利的挣扎与喊叫，嘴里说道："这算是你交的租金。"

光头佬不停地拉着锯，锯齿深深咬进了阿什利的肉里。

米莉安不太清楚到底发生了什么，她只隐约看到光头佬的动作和喷溅的鲜血。路易斯的鬼魂坐在她旁边，嘴里吹着口哨，那意思是"我早就料到了"。

快想想办法，她催促着自己。

可她浑身僵硬，手脚都不听使唤，仿佛各个器官之间失去了联络。

锯齿已经啃到了骨头。阿什利的叫声停止了，只是不停翻动着眼皮儿。

活该！米莉安的脑海中忽然蹦出这两个字。去他妈的！这全是他咎由自取。可是另一个声音又提醒她说，这全是你的错！而且这声音像极了路易斯。但她比谁都清楚，光头佬对付完阿什利后，下一个就是她。那浑蛋会锯掉她的什么部位呢？她愿意舍弃哪个部位？滚烫的泪水不停地流下脸庞，而她心里却焦灼万分。

别傻看着了！

快想想办法！

她开始行动了。

由于双脚被绑，她将下巴搭在前排座位的靠背上，以此为杠杆，扭转肩膀，身体便翻了过去。现在她与光头佬和阿什利处在同一排了。她的身体几乎从座位上滚落下去，但她努力使自己的后背靠住了座椅。随后，她抬起了双腿。

光头佬对她的举动并不在意，只是有些好奇。

"不甘寂寞的幸存者，"他说，"我喜欢。"

她将双脚对准了光头佬的脑袋，可是对于一个手脚被缚、只能像毛毛虫一样蠕动的人来说，她无法做到那般精确。

她的脚蹬到了光头佬的胸口。

钢锯从光头佬手中脱落，但他的工作却尚未完成。阿什利的脚只被一层薄薄的皮肉连接着，像一块被拉长的创可贴，悬在半空，摇摇欲坠。

米莉安没有犹豫，对着光头佬的胸口又蹬了一次。

光头佬和阿什利后面的车门打开了。也许是阿什利偶然或故意打开的，也许本来就没有关好。米莉安不知道，也不在乎。

她只知道阿什利的身体翻滚着摔出了车外。他原来的位置上空空如也，只见一棵棵松树飞快地闪过，像一根根黑色的钢针直插铁灰色的天空。

光头佬一脸惊愕，似乎还有几分茫然，他用他那女人一样纤细的手指抓着头顶上的扶手。

而他的另一只手里，则托着阿什利被锯下的血淋淋的脚。在他眼中，这只脚就像学生送给老师的一份礼物。

米莉安知道她只有几秒钟的反应时间。

她连忙缩回双脚。只要她能退到身后这一侧的车门，然后用绑在背后的双手抓住扶手并打开它，或许还有逃生的希望。但是，车厢里的血实在太多了。地板上滑溜溜的，那种感觉就如同在梦中奔跑。她呻吟着，屈起双腿使劲蹬着车厢，希望能以此挪动身体。

这方法奏效了。她的后背已经抵住了凯雷德的车门。她的手指像瞎了的蠕虫，摸索着门把手。

"找死！"光头佬大吼一声，仿佛到现在他才看清了状况。

"去你妈的！"米莉安隔着胶带呜呜咽咽地骂道，此时她刚好摸到了把手。

"锁住车门！"光头佬大声命令哈里特，可惜已经晚了。

车门一下子打开，米莉安眼睛一闭，倒栽了出去。

她知道这不会好受。从时速 60 英里的车上摔到柏油路面上，那就好比一只小虫跳到飞速转动的磨砂机上。路上的沙砾会磨烂她的头骨。这很可能是自寻死路。

可是这主意并没有让她感到不安，因为她根本来不及考虑后果。

然而奇怪的是，她的头并没有撞上坚硬的柏油路面。

一双手死命抓住了她的小腿，是光头佬。她上身悬在车门外面，头发拖在了路面上。风灌进她的耳朵。她能闻到海水的味道，汽车尾气的味道，松树的味道，它们令人倒胃口地混合在一起，组成了新泽西州特有的气息。她听到的和闻到的便是自由，一个触手可及的世界——尽管是上下颠倒的。

但光头佬把她重新拽回了车里。他那张令人厌恶的脸伸到了米莉安的面前。

　　她想一头撞上去，可光头佬似乎看出了她的想法，因为他伸出一只沾满鲜血的手按住了米莉安的额头。而他的另一只手则不知从哪里掏出了一支注射器。

　　米莉安绝望地挣扎起来。她看到针头上有颗晶莹的小水珠，被车门外灌进来的风吹得歪歪扭扭，最后终于挣脱束缚，飞散在空气中。

　　"我们待会儿再聊。"光头佬奸笑着说。

　　随后他将针头扎进了米莉安的脖子。

　　"不！"她拼命晃动脑袋，无声地叫喊着。

　　整个世界开始颤抖，继而分崩离析。无数碎片朝着未知的黑暗飘散而去。

# 30  贫瘠之地

世界成了流体的世界。一切都像画布上未干的颜料，成块的颜色滑落下来。

米莉安感觉有双手叉着她的腋窝，她的双脚在沙地上拖行着。夕阳的余晖透过灰色的云层，大地一片朦胧。蚊虫在飞舞，松树投下长长的影子——生了手指的影子，气势汹汹地仿佛要把她的皮肉从骨头上撕裂下来。

光头佬走在前面，白色衣服上的血迹红得刺眼。

那是阿什利的血。

阿什利被锯掉的那只脚装在一个透明的速冻食品保温袋中，光头佬提在手里，袋子随着步调前后摇晃。

时间似乎在膨胀、拉伸。

米莉安不知道他们身处何地。这里树木很多，一个有着四根爪形支柱的浴缸倒扣在一堆苔藓上，浴缸的下半部分已经长满了某种黑色的霉菌。

旁边有个秋千，粗大的铁链上悬着一个轮胎。轮胎上落了一只肥肥的乌鸦，随着轮胎左右晃动，一副乐在其中的样子。

她的脚踩到了贝壳。贝壳很脆，稍碰即碎。

米莉安想开口说话，可是她的嘴仍被封着，只能发出含混的呜呜声。她有些憋闷，两个鼻孔似乎无法满足呼吸的需求，每深吸一次，便发出低沉干瘪的哨音。

前面是一栋小屋，有着白色的护墙板，只是靠近地面的部分爬满了青苔。

至少不是汽车旅馆，还算有点新意吧，她暗想道。

随后她又昏了过去。


噌！

米莉安猛然睁开双眼。世界在一阵风声中突然降临，她的耳朵里仿佛有条血液的河，一股潜流推着她，直到完全清醒。

米莉安发现自己被吊在一间浴室里，地上是已经褪成海泡石颜色的瓷砖。她的双手被绑着并高高举起，挂在喷头上。她的双脚也被绑着，勉强触到下面的浴缸，因此她不得不踮起脚尖站着。她的胳膊无法用力，身体只能像条挂在钩子上的毛虫一样扭动。

弗兰克站在门口，相对于他的个子，门显然太矮了。所以他佝偻着身子以免撞到头。

光头佬坐在马桶上，他脸颊上是一道道干涸的血迹——就像女孩子哭花的睫毛膏。米莉安的日记本放在他的大腿上。这时，他轻轻合上了日记。

哈里特从米莉安的嘴上撕下胶带，然后当着她的面拍打了几下——一种变态的嘲弄——便退到了一旁。

"我已经全部看完了你写的这些东西。"光头佬敲了敲腿上的日记本说道。

"去你妈的！"米莉安低声骂道。

光头佬失望地摇了摇头，哈里特开始戴上她的黑手套，"真不懂得克制。去这个妈的，去那个妈的，去你妈的，去他妈的。一个小姑娘家怎么能这么粗鲁呢。哈里特，你能教育一下她吗？"

哈里特踩在浴缸边上，用那只戴着手套的手对着米莉安的眼睛就是一拳。米莉安的头猛地向后仰去。

"这就对了，"光头佬说，"这一拳会让你记住，面对受人尊敬的人，要懂得礼貌。现在说说你日记里边的事。你的超能力是和死人有关的，对吗？"

"不是死人，"米莉安说，"是活人，活人的死。"

"哦，我们每个人都终有一死。"

"说得没错。"

"谢谢。你瞧，这就是我希望看到的礼貌。很好。"光头佬拿起手中的日记本晃了晃，"我相信你在这里写的东西都是真的，而不是一个精神错乱的女孩子的胡言乱语。想不想听听我奶奶的故事？"

"那你就说呗，反正我哪儿也去不了。"

光头佬笑了笑，对奶奶的回忆令他的眼神也变得温柔起来。

插　曲

## 光头佬的女巫奶奶

我的奶奶名叫米尔巴，她是个女巫。

早在她还是个从沼泽地里采红莓的小女孩儿时，她就具备了灵视能力，也就是我们常说的开天眼，她能看到常人看不到的东西。她那种能力并不是天生就有的，而是在她观察和学习周围世界的过程中自然得来的。只要她触碰某些东西，自然的东西，沼泽地里的东西，那些东西就能让她看到即将要发生的事情。

要是她在沼泽地里捡到蛇骨，她就会用自己的小手指拨弄它们，让它们在手里旋转，并观察泥水甩脱出去的方式，以此她就能看到当天晚些时候她爸爸去市场时会遇到的事，或者她妹妹会如何弄伤了脚指甲。

她把红莓在手掌中揉碎，通过它们的碎渣就能预报天气，她只要把手放在树皮上，就能知道树上栖息了什么鸟，扭断一只兔崽儿的脖子，她可能就会知道其他兔子的藏身之地。

在我还小的时候，我们来到了这个国家。我奶奶经常坐在我家门前的台阶上，利用人行道或台阶磨她的刀。有时候她闭上眼睛剥豌豆或者捶豆子，豆子就能告诉她会发生什么事。奶奶年老的时候，身材瘦小憔悴，腰也弯了，背也驼了，手像爪子一样瘦骨嶙峋，鼻子弯得如同鱼钩，因为她经常喋喋不休地说些谁也听不懂的胡话，邻居们都叫她女巫。

那纯粹是一种侮辱性的称呼，他们对奶奶占卜未来的本领一无所知。

但他们终究会明白的。

有一天，我在学校里又受了别人的欺负。我天生体弱多病，身体柔软不说，头上更是连一根头发都不长。而且当时我的英语还很差劲，不能像其他小孩子那样准确表达自己的想法。

欺负我的那个男孩子名叫亚伦，是个犹太人。他长得肥肥壮壮，四肢发达，一头卷毛。他说他之所以恨我，是因为我是德国人，是该死的纳粹。而实际上我根本不是德国人，而是荷兰人。我跟他说过很多遍，可那无济于事。

刚开始他只不过是经常揍我。先把我撂倒在地，再拳打脚踢，直到我鼻青脸肿，爬都爬不起来。

可是越往后他就越过分了。

他用火柴烧我的胳膊。把一些小东西塞到我的耳朵里，像小石子、小棍子和蚂蚁之类的，直到后来导致我耳朵感染。他越来越厚颜无耻，越来越残忍。他逼我脱掉裤子，用刀划伤我的大腿内侧，还扎我的屁股。

所以我就去找我的奶奶了。我想知道这一切什么时候才是个头儿。我求她告诉我，或者让我亲眼看看这种受欺负的日子什么时候才会结束。我知道她的本事，但我一直以来都很害怕，怕见她，也不敢问那方面的事。但那时我已经被逼得忍无可忍了。

奶奶说她会帮我。她让我坐下，然后对我说："不要害怕我看到的东西，因为我看到的只是自然的一部分。我能解读自然的东西，比如骨头、树叶、苍蝇的翅膀，它们能告诉我即将发生的事情。世界自有它奇怪的平衡方式，我能看到的东西并非魔法，它们就和你在路上看到一个信箱或者行人一样正常。只不过我能看到万物是如何相生相克的。"

奶奶有一罐牙齿，那是她多年来收集的各种动物的牙齿。她把罐子里的牙齿全部倒在我面前。然后她让我揭开我胳膊上被火柴烧伤之后留下的一个痂，用手指蘸了一点我的血，接着便把手指放在离牙齿几厘米的上方转来转去。

奶奶告诉我说："你的痛苦马上就要结束了，明天晚上之后。"

我特别高兴，激动地问她："这么快？"

她说是的。她已经预见到了，亚伦的末日马上就要降临。

"他要死了？"我问。

她点点头。我并没有感到难过，甚至连一点点矛盾的心情都没有。我只记得当时我很高兴。

第二天晚上，我像圣诞前夕等待天亮的小孩子一样躺在床上。我睡不着，因为我太兴奋了，而且也有一点害怕。

半夜我听到外面有动静。是摩擦的声音，金属在石头上摩擦的声音。

那是奶奶。她正在台阶上磨着一把从厨房里拿出来的刀。磨好了刀，她径直向亚伦家走去。亚伦的家和我们在同一条街上，相距不足一英里。她那样一个佝偻的身影，蹑手蹑脚地爬进了他的房间，趁他熟睡的时候拿刀捅死了他，捅了上百刀。

之后她回到我的房间，把刚刚做的事情告诉我，并把那把刀给了我。

"未来是什么样，有时候得靠我们自己决定。"她说。

随后她便走到门外，一直等待着。

第二天一大早，他们来了。她毫不隐瞒自己的所作所为——她的睡袍上沾满了那个小恶霸的血。我不知道他们想把奶奶怎么样，也许想打死她？但已经太迟了。

　　她已经死在了台阶上。她瘦弱的身体依旧弯腰驼背地坐在那里，像根无精打采的柳条，死了。

　　我为奶奶哭了许久。

　　但我没有为亚伦流一滴眼泪。

# 31　光头佬之死

"故事真精彩，"米莉安说，"可你的重点在哪里？它又不能证明你奶奶有魔力。她预言了一个结果，然后捅死一个小孩子让这个预言变成现实。真是牛逼。我算是明白你为什么会相信这些玩意儿了。"

光头佬脸上的笑容消失了，他的语气变得像钢铁一样冷峻。

"管好你的舌头，不然我就把它割下来。我的奶奶不是普通人。在我柔弱无助的时候，她救了我的命，拯救了我的人生。"

米莉安没说什么，她只是感觉刚刚被哈里特打的地方火辣辣地痛。

那小婊子仍然紧握着拳头在浴缸前踱来踱去。

"她还使我懂得，宇宙是有其法则存在的。这些法则通常隐藏在人们视线的背后，除非有人能洞悉得更深，或者有心钻研。"

光头佬拿来他的小包晃了晃。里面有骰子一样的东西发出呼呼啦啦的声响，"我收集骨头，我可以通过骨头算命。"

米莉安咳嗽了一声，"好极了，你也会巫术了。"

起先那光头杂种并没有理会米莉安的讥讽，只是随后他才点头说道：

"没错。"

米莉安将信将疑，她认为这浑蛋是在撒谎。也许是他自以为是，也许他只是吹牛。

"不过，"他说，"你的能力远胜于大多数人，因为你的预言非常精确。你和我的奶奶应该是处在同一个层次上的。这让我深感意外，我很激动。"

"实在荣幸。"

"我的组织向来欢迎高手加入。"

"你说的是什么组织？"

"从事收购和分配的组织。"

"不就是毒品、军火、性奴之类的玩意儿嘛。"

光头佬顿时两眼放光。

"我帮不了你。"米莉安说。

"你帮得了。你有灵视的本领，况且你也不是什么好鸟。"

"这话太伤人了。"她说。的确，虽然她听起来一副嗤之以鼻的样子，但实际上这话的确很伤她的自尊。这坏事做尽的光头佬以为找到了自己的同类，"我只是品行不端而已，并没有作恶多端。"她特别强调说。

"有什么区别吗？"

米莉安的双眼就像两个刀口，憎恨从里面汩汩流出。

"我觉得没有。"他细长的手指抚摸着日记本，不以为然地说，"你以后为我做事，欢迎加入我的团队。组织对你的能力一定会格外欣赏的。"

"我倒更乐意谈谈我能得到什么好处。"

光头佬笑了笑，"哦？"

"我指的可不是健康保险，因为我抽烟好酒。实际上我恨不得现在就来上一支烟。所以你用不着给保险公司交钱，他们可全是吸血鬼。不过，既然我给你省下了一笔钱，你得保证别碰我的朋友路易斯。"

"那我们的箱子怎么办？"

"我拿给你们，让我去找他。我能拿到箱子，不会有任何问题。"

"你在跟我谈条件？"

"没错。只要你放过他，我就跟着你干。"

光头佬似乎有些心动，米莉安以为他在考虑。这提议像一抹阴影掠过他的脸。他摸摸下巴，又摸摸光溜溜的脑袋。这时米莉安看出来了，这浑蛋哪里是在考虑，他分明是在演戏，他在戏弄她。

"唔，"光头佬若有所思地说，"不行。"

"那就算了，我是不会跟着你干的。"

"你现在没有谈条件的资格。狼群里地位最低的老狼、病狼是没有资格要求狼群的首领多分给它们食物的。这不合规矩。如果我屈服了你的条件，那就会失去你对我的尊重。我感觉你应该是一个——怎么说呢？——一个得寸进尺的女孩子，我说得对吗？只要我稍一让步，说不定你就敢蹬鼻子上脸了。我可不是你爸爸。"

"想得倒美。就凭你，狗都怀不上你的种。你肯定干过母狗吧，大光头？"

"另外，"光头佬没理会她的谩骂，"显然你很在乎那个开卡车的家伙，这可犯了咱们这一行的大忌。我必须拿走你在乎的东西，那样你才会乖乖听我的话。"

他把日记放在盖着的马桶盖子上，走到浴缸旁边。而后一只脚踩在浴缸沿上，双手伸到米莉安的屁股上——他并没有摸到她的屁股，只是用手指在离屁股一两指的地方盘旋。接着，他的手掠过米莉安的肚子，还有乳房。

"我才是你最需要在乎的。我的认可，我的笑脸，这一点他们都知道。"

光头佬所说的"他们"指的就是哈里特和弗兰克。两人对视一眼。弗兰克看起来很不舒服，但哈里特呆滞的双眼只微微一动，像镜子似的闪了一下光。

"你的第一个任务——"他那像骷髅一样的手指挪到了米莉安的锁骨和脖子处。米莉安幻想着她能挣脱双手，像绿巨人的女朋友那样，将喷头从墙上扯下来，戳进这光头杂种的脑袋里，"——是告诉我，我是怎么死的。"

米莉安咳出一口痰，对着光头佬的眼睛吐去。正中靶心。"休想。"她说道。

光头佬用手背擦了擦眼睛。

"我知道那并不费事，只需要你接触我的皮肤。"他说。

随后，他又开手指，像钳子一样捏住了米莉安的下巴。


节拍强烈的音乐声从夜总会的后门传出来。这是一条幽暗的小巷，除了黑黢黢的影子，便只有街口映照进来朦胧的霓虹。光头佬从长长的阴影中走了出来，他独自一人，身旁没有哈里特，也没有弗兰克。

他穿着一身粉红色的西装，黑色皮鞋，尽管已是午夜，他却仍然戴着一副反光墨镜。

此时已经是将近八年以后，光头佬脸上的皱纹深得都能当搓衣板了，他的头皮也开始萎缩。

他的黑皮鞋踏上了通往夜总会后门的金属台阶。

光头佬的眼睛不易察觉地转了一下，他已经发现有个皮肤黑得像黑曜石一样的家伙从垃圾箱后面鬼鬼祟祟地钻出来。这大老黑身上穿了一件黑色的马甲，前面敞着怀，露出汗津津的胸膛和胸口上几撮并不茂盛的胸毛。

台阶顶上的门打开了一条缝，但也仅此而已。

大老黑悄无声息地跟了过来。他已经踏上了台阶，先抬一只脚，再抬另一只脚，格外小心翼翼地向光头佬靠近。

光头佬假装浑然不觉。

当大老黑终于出手时，狡猾的光头佬已经做好了准备。

大老黑不知道从什么地方抽出了一把弯刀，对着光头佬便砍了过去。然而他这一刀却砍了个空，因为光头佬敏捷地一转身，靠在了旁边的栏杆上。

只见寒光一闪，光头佬手里多了一把锋利的剃须刀。他像手握画笔的画家一样，信马由缰地挥动起来。但大老黑也不是省油的灯，他用胳膊肘猛击光头佬的手腕，剃须刀盘旋着落在金属台阶上，当啷一声不见了踪迹。

夜总会的后门吱呀一声开了，喧闹的音乐声排山倒海般涌了出来。

光头佬双手抓住大老黑的脑袋，那样子就像是准备吃一个硕大无朋的巨无霸汉堡。而他当真下了口，像僵尸一样狠咬大老黑的鼻子、脸和下巴。他把对方的脑袋扭来扭去，鲜血溅得墙上、台阶上到处都是。

大老黑疼得哇哇直叫。

紧接着，两声枪响。

台阶顶上忽然又多出了一个人，一个瘦得像猴子一样的瘾君子。他头戴针织帽，帽檐拉得低低的，一脸麻子。他手里的点38左轮手枪正徐徐冒着烟。光头佬的后背上顿时盛开了两朵血红的玫瑰花。他不由松开大老黑，那孙子立刻伸手捂住自己血肉模糊的脸，并缓缓蹲下身去。光头佬趁机一把抢过了他手中的弯刀，而后毫不犹豫地高举起来，向拿枪的瘾君子砍过去。

光头佬龇牙咧嘴，面目狰狞，看起来就像涂了口红的骷髅头。

他不顾一切地扑过去，一刀把瘾君子的脑袋劈成了两半。

而与此同时，枪声又响。

光头佬的脑浆像厨师泼出去的泔水一样飞散开来。

血滴从他脸上弯弯曲曲地流下。他看了看四周，在台阶上坐下，那瘾君子扑通一声倒在他旁边。血流过鼻子，流到了嘴唇上，光头佬舔了舔，仿佛在品尝其味道，或许他在考虑以后是不是可以做个食人怪。随后，他身子一歪，死了。

——光头佬捏得太用力了，米莉安感觉自己的牙齿已经咬到了嘴里的肉。

他久久不愿松手，直勾勾地盯着米莉安的眼睛。

"你看到了对吧？"他低声说道，"你看到我是怎么死的了。"

米莉安勉强点了点头。

光头佬的脸上忽然光彩照人起来，他松开手，激动不已地说："告诉我，快告诉我。"

米莉安不屑地咧嘴一笑。

"是我杀了你，"她撒谎说，"我，我他妈一枪打爆了你的脑袋。"

光头佬审视着她的脸。他有些恐慌，有些不知所措。哼，你能逼我看到一切，她心里得意地说，但却不能逼我说出实情。

"她在撒谎，"哈里特说，"我能看出来。"

光头佬退后几步。

"你会告诉我的，"他仍旧一脸狐疑地说，"你会告诉我的，那样我就能逆天改命。我要打败宿命，不管怎么样我都会让你帮我躲过一死。"

"没用的。"米莉安说，她舔着嘴巴里被咬破的伤口，"谁都斗不过宿命，这叫天命难违。"

"我不一样。"

　　光头佬的手机响了。他掏出来，看着屏幕上的号码，然后冲弗兰克打了个响指说："你，让咱们的新搭档休息一下。"

　　光头佬接电话去了，弗兰克从门口弯腰出去，回来的时候手里已经多了一个注射器。

　　米莉安开始拼命挣扎，她希望能扯下喷头，或者把整栋房子拉塌下来。

　　弗兰克在她脖子上打了一针。

　　"什么事？"光头佬对着手机说。

　　世界好似镶了朦胧的边，它越缩越小，越来越暗。

　　"查到了？"她听到光头佬说，可那声音就像是从冒泡的鱼缸里传出来的。他的话音拖得老长，像蜂蜜，像糖浆，像黑黑的焦油。"这么说，你知道那卡车司机的下落咯？"

　　她想到了路易斯。

　　再一次，混沌将她完全裹挟，世界陷入了一片黑暗。

# 插　曲

## 梦

　　米莉安的妈妈坐在桌前，但并没有注意到她。也许她根本注意不到，这才是最令人沮丧的部分。米莉安已经有八年没见过这个女人了，而这一次并不算，因为这是一场梦，她知道。

　　她的妈妈憔悴不堪。干瘪，瘦弱，像颗枯萎缩水的杏子。她年纪并不大，但看起来却已经老得不成样子。时间——虚假的时间，梦里的时间，米莉安疯狂脑袋里的时间——正大发着淫威。

　　"马上就要结束了。"路易斯在她身后说。

　　他两眼上的胶带各鼓起一个可以移动的包，就像柔软的墙纸下钻进了一只没头没脑的蟑螂。

　　"对。"米莉安说。

　　"我们在看什么呢？"路易斯看了看手腕，像是在看表，但手腕上却并没有表，"还有差不多二十四个小时。"

　　她的妈妈打开一本《圣经》，开始认真地读起来。

　　"若所献的是为还愿，"她妈妈念道，"或是甘心献的，必在献祭

的日子吃；所剩下的，第二天也可以吃。但所剩下的祭肉，到第三天要
用火焚烧。"①

米莉安若有所思地点点头，"是吗？奇怪，你居然知道，因为如果
你知道，就意味着我知道，可是我并不知道，自从搭车之后我就再也没
有留意过时间了。"

"只能说潜意识是个神奇而强大的东西。"路易斯说。

"我猜也是。"

"或者，也许我是更强大、更卑鄙的东西，存在于你的意识之外的
东西。也许我就是死神。也许我就是地狱领主、暗渊之王，或者湿婆，
世界的毁灭者。或者，也许我只是命运女神阿特洛波斯剪刀上掉下的一
缕丝线，凌乱地躺在你脚下的地板上。"

"好极了，在我自己的梦里你还跟我捣乱。"

她的妈妈又开口念道："各类的走兽、飞禽、昆虫、水族，本来都
可以制伏，也已经被人制伏了；唯独舌头没有人能制伏，是不止息的
恶物，充满了害死人的毒气。②"

"闭嘴，妈妈！"而后米莉安又对路易斯说，"就是她老说我嘴巴
臭的。"

"是你自己说你嘴巴臭的。"

"随便啦。"

"后来出什么事了？"他问。

"好像也没什么。我最后一次清醒的时候还挂在一个脏兮兮的淋浴
喷头上。那是一栋满是霉味儿的小屋，大概位于新泽西中部的一片沙
地里。到了这个地步，我差不多已经没什么指望了。"

"这么说你不打算救我了？"

---

① 出自《圣经·利未记》。
② 出自《圣经·雅各书》。

"我能怎么办呢？"

"你们要给人，就必有给你们的。①"她妈妈念书的声音打断了他们。

"我在说话呢，妈妈。"

她妈妈接着念道："因为你们用什么量器量给人，也必用什么量器量给你们。"

"正如我所说！"米莉安大声喊道，她想把不停引用《圣经》的妈妈从她的梦里赶出去。然而她就像卡在尿道里的一颗肾结石，横竖不出来。"正如我所说，我无能为力啊。我已经不想再扮演救世主的角色，不想再盲目地相信自己能够改变这一切。"

"也就是说你听天由命了。"

"听天由命。天，命。你看，语言真是个扯蛋的东西。我居然从来没有好好思考过这一点，天意，命运。我们从中能知道点什么对不对？它的意思就是说，我们的人生就好比奔向悬崖的一辆驴车。既然每个人都命中注定会死掉，那我们还为什么要阻止它呢？我们都将和那头驴一起跌入黑暗的深渊，尽管叫唤吧，这就是宿命，游戏结束。我见过人们的种种不幸，也亲眼看见了命运如何左右他们的人生。可我无可奈何，不是吗？想对抗命运，那就如同在铁轨上放一枚硬币就妄想拦下一列高速行驶的火车一样不切实际。"

"实际上那个方法也许能奏效的。"

"不可能，闭嘴。我都快完蛋了，这表示你也快完蛋了。"

"他把我的眼睛戳了出来。"

米莉安的心仿佛被人揪了一下，"我知道。"

"临死之前我叫了你的名字。这是不是很奇怪？"

"不奇怪。"她言不由衷地回答。

"我要死了。"

---

① 出自《圣经·路加福音》。

"每个人都会死。"

"可我死得太惨、太痛苦。我是被折磨死的。"

"这都是命。"

"这一切都是你造成的，你必须想办法改变。"

"命中注定的事谁也改变不了。"

她妈妈扭过头，看着她的眼睛。

虽然她坐在原地，但却能把胳膊伸过整个房间，将米莉安拉向她的身边。米莉安有种穿越时空般的错觉，世界高速移动，模糊成了一道光。

她的妈妈说："你眼不可顾惜，要以命偿命、以眼还眼、以牙还牙、以手还手、以脚还脚。[1]"

米莉安结结巴巴地说："我……我不明白。"

然而就在这时，梦境突然而然地结束了。

---

[1]　出自《圣经·申命记》。

## 32　折磨的艺术

实际上，她的梦是被突如其来的一拳给生生打断的。

哈里特的拳头正中米莉安的心口。肺里的空气仿佛一下子被抽空，她想弯下腰喘气，可她做不到，因此只好剧烈地咳嗽起来，就像她的胸腔里藏了一只愤怒的鼬鼠，而她正想方设法要把它驱逐出去。

"醒了吗？"哈里特问。

米莉安眨了几下眼睛。不知道弗兰克给她注射了什么药。她注意到哈里特戴着黑色的手套。为什么？这样我就看不到她是怎么死的了？她可真是个无药可救的控制狂。她想。

"从某种意义上——"她已经没有足够的空气把最后一个"说"字说出来。她大口喘息，好让她的肺重新充满空气。

"打人的话，心口是个绝好的位置，"哈里特解释说，"尤其当你的目标没有受过训练时。这里有大量的神经。拳击手们都很注重加强这一块。他们把这里的肌肉锻炼得像铠甲一样坚硬。但是对业余人士来说，心口是最有效的打击目标。"

米莉安长吸了一口气，方才感觉肺部终于膨胀了起来。

"行了提托·奥提兹①，谢谢你的格斗课。"

"提托·奥提兹是谁？我不认识。"

米莉安舔了舔干裂的嘴唇，"这我一点都不觉得奇怪。嘿，多亏你叫醒了我。做噩梦的感觉实在太不爽了，我脑子里恐怖的东西越来越多。我该怎么谢你呢？"

哈里特将手伸成刀状，在米莉安的脖子里砍了一下。

刚刚好过些的米莉安又开始喘起来。她的脸涨得通红，两颗眼珠仿佛要被吸到脑子里，或者从眼窝里弹出来。

"这叫乳突②。"哈里特讲解说，"作用是保护气管。击打这里会造成目标窒息或呕吐。搏斗中，呕吐反射会限制人的行动。对人体而言这会导致严重的恐慌，因而就给攻击者制造了绝对的优势。"

当米莉安终于缓过气，并努力把那些想从胃里泛上来的秽物和酸水压下去的时候，她问道："为什么——"剧烈地咳嗽，"——要他妈加讲解？"

"因为我想让你知道我很清楚自己在干什么。"

"还是那句话，为什么？"

"这样你的本能就会对我产生恐惧。最终，我的存在都将变成对你的折磨。如果一个人往死里打一条狗，那么这条狗很快就会对所有人产生畏惧心理，它会变得要多软弱有多软弱。你知道心理学上的战斗或逃跑反应③吧？这种狗遇到这类情况，会立刻夹起尾巴逃之夭夭。"

米莉安几乎笑了出来，"相信我，我很怕你的，像你这种冷血动

---

① 提托·奥提兹（Tito Ortiz）：美国终极格斗锦标赛名人堂成员，绰号"坏小子"。

② 乳突又叫乳突骨，是头部两侧颞骨上的锥形突起。

③ 战斗或逃跑反应：即Fight-or-flight response，心理学、生理学名词，为1929年美国心理学家怀特·坎农(Walter Cannon，1871—1945)所创建，他发现机体经一系列的神经和腺体反应将被引发应激，使躯体做好防御、挣扎或者逃跑的准备。

物我怕得要死。不过说实话，我还害怕你的发型。你是用消防斧理的头发吗？我的天啊，你那刘海恐怕能把人的脑袋给削掉吧？"

哈里特不动声色地对着米莉安的腋窝来了三拳。

米莉安疼得叫了出来。

"腋窝，也是一个神经比较集中的地方。"

"你到底想干什么？"米莉安吼道，"你想问什么对不对？尽管问啊，我告诉你。但我求你别再打了，行吗？"

"求饶？这可不像你的风格。"

米莉安差一点就要哭出来了，"人家是复合型人才嘛。像鲨鱼一样，要么向前游，要么死掉。所以你想问什么就问吧，我全说。"

"我没什么想问的。"

"你不是想搞清楚光头佬是怎么死的吗？"

哈里特摇了摇头。

"那你干吗要打我？"

哈里特微微一笑，那笑容让人看了直起鸡皮疙瘩。她嘴巴不大，牙齿更小，像两排雪白的小贝壳，"因为我喜欢。"

他妈的，这婊子会打死我的。米莉安心中叫苦不迭。

不行，如此下去她必死无疑，她得想办法让这该死的女人住手。

米莉安想了想，开口说道："是光头佬让你这么没完没了折磨我的？刚刚加入你们，你们就要把我这个新人打成残废，这也太奇怪了。"

"他不知道。这不是他的意思，是我自作主张。"哈里特冲她挤了下眼睛，"女人嘛，有时候总得找点事儿干。"

"那你就不能去做做美甲吗？"

哈里特一只脚踩在浴缸边上。

"你和我，"她说，"咱们很像。"

"说得没错。"米莉安附和道。但她心里说的却是：像你妹。

"我们都是幸存者，每天都要做些不得不做的事情。但更重要的是，我们都乐在其中。你是个魔头，我也是个魔头，而且我们都不介意做魔头。当然，我比你更不介意。你到现在还在假装自己受到了不公，受到了虐待，把自己当成一个受害者，像个小题大做的大家小姐，仿佛全世界的人都跟你过不去，再拿手背矫揉造作地按着自己的额头，娇滴滴地来一句：哦，我好难过。哼，我已经过了那个阶段了。"

"难道就没有让你心烦意乱的事情吗？"

"没有。我把一切都看得很开。"

"你怎么做到的？"

"英格索尔教我的。"

"那光头佬？怎么会啊？我敢打赌这里面一定有故事。"

的确，这里面是有故事，而哈里特也没有隐瞒。

插　曲

## 哈里特的故事

我把我的丈夫剁碎了扔到垃圾处理机①里了。

---

① 垃圾处理机：安装于水盆下水口处的一种可以将食物垃圾粉碎的电器装置，可有效避免下水道堵塞及厨房异味。

## 33  精悍，但索然无味

米莉安等待着下文。但哈里特却板着脸站在那里，端详起自己松开的拳头来。

外面，蟋蟀在鸣叫，风滚草翻着跟头。在米莉安和哈里特之间横亘着一条巨大的鸿沟，这里除了呼啸不止的风声，别无他物。

作为拖延战术，这样的情形对米莉安倒更为有利。

"完了？"米莉安问。

哈里特一脸不解地反问道："什么？"

"这哪里是故事，分明只是故事的结尾。"

"我觉得很好。"

"我觉得，"米莉安说，"这里面可说的故事多着呢。你不可能忽然一天心血来潮就把你丈夫剁了然后扔进那什么——垃圾处理机？是真的吗？"

"有什么奇怪的？"哈里特不以为然地说，"不过没把骨头扔进去，只是肉。"

"你的丈夫。"

"我的丈夫。"

两人再度陷入沉默。只有小屋发出嘎嘎吱吱的声响，就像用勺子敲打法式焦糖布丁上面的硬壳。

"我只是觉得，这里面一定藏着故事。"

哈里特踩着浴缸边缘向上一跃，用手肘在米莉安的脸上狠狠来了一下。说得具体一点，是她的下巴。米莉安被打得眼冒金星，面前仿佛有个巨大无比的黑洞要把她生生吸进去。她又一次尝到了鲜血的滋味。用舌头在嘴里小心探了探，她发现自己下颚后部多了颗松动的牙齿。

米莉安把头扭到一边，冲着已经褪色的瓷砖吐出一口深红色的血水。她本想吐到哈里特的眼睛里，可是转念一想，此时那可能不是个好主意，或许待会儿可以试试。

"好吧。"米莉安强忍着怒火说，她已经感觉到嘴唇正在变厚，变麻木，"就算你是心血来潮把你丈夫给剁碎了扔进垃圾处理机吧。"

"你是不是想说他很可怜，那我告诉你吧，他活该。"

"我没那么想。但是不管怎么样，这故事都不可能像你说的那么简单。"米莉安眨了眨眼睛，又问，"我嘴里是不是在流血？我都感觉不到了。"

"是在流血。"

"哦，谢谢。"

哈里特的手机振动起来。她侧过身去，故意避开米莉安的视线，然后才打开屏幕看了看。她脸上看不出任何表情，但看到屏幕上的内容时，她的确顿了一下，仿佛在考虑什么。

终于，哈里特耸了耸肩，把她的故事原原本本告诉了米莉安。

插　曲

## 哈里特的故事（完整版）

我对沃尔特向来没什么感觉。

我们是包办婚姻。嫁给他是我妈妈的意思，也是我奶奶的意思。而且在我们那个地方，婚姻就是嫁鸡随鸡、嫁狗随狗。女人没有选择的权利，对男人而言，我们只是一根拐杖，一个可以用脚踩的凳子，或者，一台带乳房的吸尘器。

我丈夫是个俗不可耐的男人，他对高雅的东西一无所知，也分不清各种事情的轻重缓急。

我们都知道，滨海地区经常会有风暴降临，每次风暴一过，遍地狼藉。松脱的木墙板，废弃的纸杯，各种各样的废料和从失事船只上漂上岸来的货物。总之全是些没用的垃圾。

沃尔特就属于这一类货色。他在一家颜料厂做销售经理，他们主要向一些化妆品加工厂销售颜料和色素。每天只要他一下班回来，原本被我收拾得干干净净的家瞬间就能变成风暴过后的灾区。

　　这就是我对沃尔特印象最深的地方，也是他存在过的证据，除此之外，我会感觉他根本就没有在我的人生中出现过。

　　他的鞋上总是沾满颜料，而进屋之后他也从来没有先换鞋的习惯，因此便经常能在地毯上看到蓝色或别的颜色的脚印。只有坐在咖啡桌前时，他才会蹬掉鞋子，但却任意地把它们扔在桌子底下。

　　他的衬衣上、家里的窗帘上以及椅子的扶手上，脏手印比比皆是。领带解下之后，他便随手挂在门把手或床头架上。而床头几上总能看到一个脏兮兮、油乎乎的高脚酒杯。

　　他就像可怕的癌症。所有好的东西——有条理的、整洁干净的、完美的——只要经他的手一碰，便瞬间瓦解、倾覆，变得肮脏，不复存在。

　　我们的性生活索然无味。他每每趴在我身上，呼哧呼哧喘着粗气，冲锋陷阵似的只管自己动作，还经常在我身上拍拍打打，听着就像一群青蛙呱呱乱叫。

　　他手上永远汗津津的，完事儿之后也总是满头大汗，我在他下面总有种快被淹死的感觉。他喜欢吃潜艇三明治。油、醋、洋葱、蒜的味道全随着他的汗排了出来。无论他碰过我身体上的哪里，就会在哪里留下这些气味儿。和他做一次爱，我身上总会变得油乎乎的，感觉像被流浪汉非礼了一样。

　　沃尔特就是一头笨手笨脚的大猩猩。

　　结婚三年后，沃尔特想要孩子了。一天晚饭之后他直接把这想法告诉了我。我们从来不在一起吃饭，往往是他坐在咖啡桌前吃，我就到另外一个房间，或者坐在早餐桌前吃。吃完之后我就等着，好收拾他饭后的烂摊子，免得在家具上留下永远无法擦洗掉的污渍。

　　那天晚上我做了伏特加风味的粉汁通心面。当时的情景至今仍历历在目。他这个人窝窝囊囊的，吃饭也一样。结果一根面条从盘子里掉出来，落在地毯上，看上去就像一条正往地里钻的毛毛虫。融化的帕玛森乳酪已经沾到了纤维上，粉色的酱汁渗透到了地毯中。我一阵心疼，那地毯恐怕又要拿去用蒸汽蒸一蒸才能洗干净了。

他就是那时提出要孩子的事情的。

我正弯腰捡他掉在地上的面，他站起来，手放在我的后腰上，仍和平时一样冷淡地说："咱们生个孩子吧。"

七个字。每个字都像一团烂泥，都像掉在地毯上的通心面。

我直起身，第一次忍不住发了火。

我说："等你什么时候不再像个邋里邋遢的小孩子了，我们再说要孩子的事。"

沃尔特原本是有机会活命的，只要他当时服个软，说句好听话，哪怕是闭嘴都行。

可他偏偏没有闭嘴，"你他妈说话给老子注意点。"

而且不仅如此。他一把抓住了我的手腕，就是我还拎着那根面条的手。他抓得很紧、很疼。他是故意的，从他得意的眼神中我看得出来。

我使劲抽回了我的手。

"那就算了。"他悻悻地说。

随后我走进了厨房，来到搅拌器前。那是一台陈旧的奥斯特双速搅拌器，有个蜂窝状的底座和厚厚的玻璃罐。我抓住把手提起搅拌器，大步走回了客厅。

沃尔特已经又窝进了他的椅子里。我走到他跟前时，他抬头看了看我。

"你手里拿个搅拌器干什么？"他问。

我二话没说就举起搅拌器朝他的头上打去。

我并没有一下子把他打晕，但他伤得着实不轻。他从椅子上滚了下去，头破血流，试了好几次想爬起来都没有成功。

于是我就把他拖到了厨房里。

我把一整套厨房用刀全都拿了出来，还有砸肉的榔头、切肉刀。说得确切一点，我把他活着给千刀万剐了。整整两百磅肉。地上血流成河，都渗到了厨房的地砖缝里。

我把他的骨头装进垃圾袋，把肉填进了垃圾处理机。

垃圾处理机的质量很好，直到最后才被带头发的头皮给缠住了一次。不过仅此一次便把处理机给报废了，排水槽口飘出一缕焦煳的青烟。

这之后我不知道该干什么，所以就报了警，然后等着他们。

警方逮捕了我，我没有反抗。

没有人保释我。这起杀人案在当地引起了极大震动。我们那个社区以中产阶层居多，向来和谐宁静，偶尔冒出一桩家暴案件或者谁家的小孩踢响了别人的汽车警报器，就已经是了不得的事件了。

一个女人把自己的丈夫碎尸万段？可想而知人们会有多么震惊。

那件案子甚至还成了轰动全国的新闻，虽然只是昙花一现。

但英格索尔就是因为这件案子找上了我。

他们拉着我去法庭受审，但押运过程极为松懈。我只是一个三十出头的家庭妇女，看起来文文静静的，对于警方的工作从头到尾又都十分配合，所以没人把我当成一个重案犯去看管。但谁也没想到，押运犯人的车子会被一辆卡车拦腰撞上。

更没有人想到，那次意外竟是有人蓄意为之，对方撞翻了警车，把我给劫走了。

可事实就是如此。英格索尔知道了我的事，并相信我身上有对他非常重要、非常有用的东西。

他想得没错。他花了十年时间来改造我，像修剪盆栽一样精心培养我的残酷无情。我可以实话告诉你，他从我身上消除的东西远比留下的多。

这成就了今天的我。我之所以能成为如今这个样子，多亏了他。所以当他说你要成为我们中的一员时，我痛苦万分。我最不愿看到的事情就是让他失望。但这也是他灌输给我的思想。

我并不喜欢和人争，但是僧多粥少。你明白吗？

## 34   自杀没有痛苦

米莉安的血像冰冷的雪泥，在血管中缓缓流动，所到之处，皮肤上便冒起一层鸡皮疙瘩。

"我明白了。"她平静地说。

"一山不容二虎，我们两个不能在这个组织中同时存在。"

米莉安歪着脑袋，在高高吊起的肩膀上擦了擦下巴上的血迹。

"这本日记。"哈里特说着从马桶盖上拿起了米莉安的日记本，"你在里面写的东西我全都看了。你和我出身相似，都来自小城市的郊区，家庭生活压抑，渴望挣脱束缚。只要稍加引导外加一点点鼓励，你就会喜欢上你现在的生活的。"

"我和你不一样，我没你那么残忍。"

哈里特用手指反敲着日记本的封面。

"得啦，小偷遇上贼，谁也别说谁。不过我们之间倒的确有一点不同，"她说，"即便有英格索尔坚定的领导加上我的生活经验，我们也救不了你这种一心求死的人。"

"一心求死？"

"对。我能在你的字里行间读出言外之意。"哈里特突然神采奕奕，这在之前她虐待米莉安时是没有过的。米莉安有种不祥的预感，即将到来的伤害，也许将是前所未有的。

"那你都看出什么名堂了？"

"你想自杀。"

米莉安沉默了。呼吸是她发出的唯一的声音——空气从流着血的嘴巴吸进去，而后费力地从干燥的鼻孔呼出来。

"我从来没写过自杀的事。"她最后说。

"你的否认很没有说服力。"

"是真的。我从没写过，真不知道你是从哪儿看出来的。"

"你虽然没有直接写出来，但你的意思是明摆着的。在每一篇日记的开头你都会注明所剩的页数。你甚至明明白白地暗示我们你在为了某件事而倒计时。与你痛恨自己、痛恨自己的所作所为以及你能看到的东西的事实相比，这样的结论并不难得出。我说得对吗？"

"胡说八道。"

"是吗？我认为自杀将是你的最后一搏。你在这里面说了很多关于宿命的事，但你仍然不知道自己将会怎么死掉，对不对？"哈里特咧嘴一笑，"自杀就是你掌控自己命运的方式，也是你对那个拿着气球的小男孩儿的救赎。"

米莉安再也抑制不住，两行热泪夺眶而出，流过脸上的瘀青，和干涸的血。

"这没什么，"哈里特说，"我能理解。"

她说的是真的，米莉安心想。自杀的念头其实早就深埋在她的心里。日记的终结是件非常简单的事，每一次当她如期而至造访某个人的死亡现场——顺手偷走他们的钱财——她都会在日记上写明：又一页，离最后的终结又近了一页。她从来不知道终结之后会是什么。当那一刻终于到来时，她会毫不犹豫地用任意一种方式结果自己。世界上有千千万万种死法：刀、枪、药、火、车祸、跳崖、投湖、挑衅黑帮。她可以在路边抓起一把石子吃掉，她也可以偷警察的枪，然后持枪跑到满是小孩子的幼儿园。死是很简单的事。

她脑子里没有任何特定的方案，因为临时发挥能显得她更聪明，就像蹑手蹑脚地溜到命运背后，然后出其不意地吓它一跳。也正因为如此，她才从来没有在日记中透露过半点自杀的想法。她以为，只要她不说也不写，命运就无从知晓她的打算。

现在她觉得这逻辑愚蠢透顶，但真的是这样吗？她也不免怀疑。

哈里特打开手机，用拇指在一个按键上按了几下。然后她把手机举到米莉安眼前让她看。

那是一张用手机拍摄的模糊照片，但从画面中她清楚看到了一辆牵引式拖车的车尾。

即便哈里特没有说，米莉安也知道那车子是谁的。

"他们已经找到你的朋友了，现在正跟踪着呢。这一切很快就要结束了。"

双眼，大脑，生锈的剖鱼刀，灯塔。

米莉安眨了眨被泪水模糊的眼睛，可该死的眼泪仍止不住地往外流。

哈里特晃了晃日记本，"还剩下九页。"

然后她把那些空白的页面一页一页地撕了下来。每一页都像一把刀，砍在米莉安的心脏上。而哈里特故意拉长的撕裂的声音，又使刀口更深了几分。

哈里特把撕下的每一张参差不齐的纸都丢在了身后。

到最后一页了。

"亲爱的日记本。"哈里特说道，仿佛页面上有她可以直接念出的文字，"这是我的最后一篇日记了。我那开货车的男朋友被我的新老板残忍杀害了。生活不易，生存不易。命就是命，什么什么的，全是废话。"

说完，她把那一页扯了下来。

虽然明知道没有字，但米莉安还是不敢看那张纸一眼。她虽然没看，但却听到了那张纸被哈里特扔到半空的声音。而后又听到日记本掉落在地板上。

待她睁开眼睛，发现哈里特正面对面地盯着她，手里拿着一把手枪和一把小巧的折叠刀。

"你要干什么？"米莉安惊问道。

"现在给我乖乖听话。"

哈里特一个伶俐的动作便割开了喷头上面绑着米莉安双手的束线带。但米莉安毫无准备，她的双脚仍然被绑着，而且一直都用脚尖踮着浴缸，双手突然松开令她失去了平衡，整个身体都向前倒去。她的两条胳膊因为长时间拉伸和缺血而变得疼痛不堪，一时半刻简直像掉了一样，根本不受她的控制，因而她只能眼睁睁地看着自己倒下却无能为力。

砰！

她的脑袋磕在水龙头上，身体随之歪向旁边，一头栽到了浴缸里。她头晕目眩，眼前仿佛有无数个黑点在移动。她感觉自己的双脚好像抬了起来，但却并非出自她的意志，是有人拖着它们。只听"嚓"的一声，她的双脚随后便又落在了浴缸里，但绑脚的束线带已经断为两截。

"我……"米莉安结结巴巴地说，"我不明白。"

她听到哈里特凑到她的耳畔说道："我说了，你给我乖乖听话。"

手枪的枪柄像锤子一样砸在米莉安的锁骨上。疼痛是爆炸性的。哈里特一把将米莉安翻了个脸朝上，手握着枪管，开始没轻没重地敲打起来。她一下接着一下，就像往木板上钉钉子。枪柄打在米莉安的肋骨上、肚子上、脖子上，几乎每一个地方。她很快就感觉浑身像被拆散了一样疼痛难忍。

血终于回流到了手上，她是一拳打在哈里特的耳朵上之后才意识到的这一点。

那小拿破仑捂着脑袋从浴缸里摔了出去。米莉安挣扎着翻过浴缸边缘，肩膀首先着地落在了地板上。

"看来你还没有搞清楚——"哈里特怒吼着说，"听话的含义。"

她一把揪住米莉安的头发，向浴缸一侧撞去。

米莉安的世界像口该死的大钟一样嗡嗡起来。她甚至已经感觉不到疼痛，只是昏天暗地的麻木。她的身体仿佛成了一个沙袋，而有人拿着水泥砖在不停地打她。一个念头从脑海中划过：疼痛总算过去了，可结果她发现这完全是个错觉。

她还没有弄清是怎么回事，哈里特已经抓住了她麻木的双脚。米莉安奇怪地看到自己竟站在自己面前。难道这就是濒死的体验吗？难道她灵魂出窍了？她盯着自己的眼睛看了许久。

随后她扑向了自己，也许她想在自己鲜血淋漓的嘴唇上亲一口？

咔！

她的脑袋就像一个被斧子劈成两半的苹果。回过神时她才发现：是哈里特拽着她的头撞到了镜子上。

她看到自己顿时变成千万个碎片散落下来。而她满头满脸都是血。

这时的哈里特却出奇的温柔，她把米莉安放倒在地板上，脸朝上。

"这就对了，"哈里特说，"做个听话的好姑娘。"

米莉安想说点什么，可她的嘴角只能吐出一个个红色的血泡。她的嘴唇湿漉漉的，仿佛粘在了一起。耳朵对声音的反应似乎慢了半拍，还有些失真，就像她被塞到了油桶里面。而她的每一次心跳都像有人在那个油桶上重重敲了一锤。现在的情形，哈里特是刀俎，米莉安是鱼肉。

她想爬起来，可双手根本不听使唤。它们有气无力地躺在身体两侧，摊成个"一"字，手指像死掉的臭虫一样弯曲着。

她侧着脑袋，脸颊贴着瓷砖——当然，她并不喜欢这个姿势。

地板很凉，她只想躺在那里，闭上眼睛，蜷缩起身体，永远都不用起来。也许我要死在这儿了，她想。不远处，一张从日记本中撕下的纸半折叠着靠在暖气片上。也许这就是最后一页。

也许这样也不错。

一个沉甸甸的东西忽然压在她的胸口。

她无力地转过脑袋，看到了微笑着的哈里特。

压在她胸口的是把手枪。她的心脏每跳动一次，手枪便跟着颤抖一次。

"你可以考虑将这把手枪视作一个礼物。"哈里特说。她的声音就像从房间另一头的鱼缸里传过来的，"日记到头了。你的司机男朋友黄昏之前就会死掉。你不会再受到伤害，你的痛苦结束了。"

你的痛苦结束了。

这句话在她耳边不停回响。

哈里特笑着从房间里退了出去，然后轻轻关上了门。

手枪像沉重的船锚压在米莉安的胸口。

她把麻木不堪的手——感觉就像一个厚厚的枕头——甩到胸口，摸索着手枪的位置。她想将手指伸到扳机的位置，可如此简单的一个动作她也难以做到。最后，她的手指像条趴在马路上的毛毛虫一样搭在扳机护圈上，她只能做到这一步了。

结束了，她想。

路易斯已经活不了多久。尽管她看不到时间，但雷鸣般的脉搏始终在提醒着她，时间在靠近。

日记终结了。

她见证了那么多人的死亡。

见证一次自己的死亡又有何不可呢？

这是她的权利，是她唯一可以从命运手中夺回来的东西——用自己的双手结束自己的生命。

她蜷起手指，勾住扳机。

梦里她妈妈的声音忽然传来，悠悠荡荡，像微风从远处带来的歌。

"你不可顾惜，要以命偿命、以眼还眼、以牙还牙、以手还手、以脚还脚。"

她举起了手枪。


哈里特将耳朵贴在门上，仔细倾听着。

她听到那愚蠢的姑娘在屋里缓缓移动。胳膊在地板上艰难地爬着，嘴里传出吃力的呻吟，手枪不时磕碰着地面。

哈里特的脸上露出笑容，这一刻，她就像即将加冕的女王。

她没少做伤天害理的事情，但是这一次有所不同。她甚至隐隐有些难过，为此她感到不安。没错，她的确对这个小妞抱有同情。但是内疚？内疚于她是个新鲜玩意儿，她已经多久没有过内疚的感觉了？她这辈子有过这种感觉吗？

她心里酸酸的。现在不是内疚的时候。

房间里一个微小的声音打断了她悲天悯人的思绪：那是向后扳手枪击锤的声音。

很好，哈里特满意地想。这可以理解。向后扣击比扣扳机容易多了。那姑娘被打得不轻，很可能根本没力气扣扳机。

她甚至不需要举起手枪，只需逆时针转动枪管，使其对准下巴就行了。

恰在这个时候，枪声响了。

砰！

灿烂的笑容在哈里特脸上绽放开来。

枪响之时，门也随之震动了一下——大概是米莉安蹬腿时踢到了。很快就会有恶臭传来，因为自杀者的大小便会失禁，而这种味道只有熟悉这一行的哈里特才不会觉得恶心。

哈里特向后退了一步，她的头忽然一阵剧痛。

她身体摇晃了一下，差点摔倒在地，但她及时抓住了门把手。

她想问自己："我的肩膀为什么湿了？"

可她张不开口，甚至连这句话都组织不起来。因为她的嘴巴已经不再听从大脑的指令。

哈里特闻到了烧焦毛发的味道。

门的正中央赫然多了一个洞，洞口只有铅笔粗细，正徐徐冒着烟。

哈里特伸手摸了摸耳朵，放下时手上却一片血红。

她嘴巴嚅动了一下，如果能发出声音，那将是对浴室里那个该死的小妞最恶毒的诅咒，因为她居然隔着门对哈里特的头上开了一枪，可是，她的大脑已经再也运转不起来了。

她只来得及发出一声感叹，留下了一句十分无厘头的遗言："地毯，面条。"

随后，她便轰然倒在了地板上。

## 35　选择活着

对米莉安而言，选择活着是个非常简单的决定。她并不需要用未来的种种美好与可能来鼓舞自己。她眼前不会浮现出荡着秋千的孩童，庭院里玩耍的小狗，或者金色池塘上泛起的粼粼波光。

不，米莉安的世界单纯无比，她选择生，仅仅是因为怨恨与愤怒——这强烈的情感驱使着她又一次打破了自己的计划。

她真的动过自杀的念头。

而其原因也正如哈里特所分析的。

她的生活简直就是一坨屎。她是命运的婊子，是趴在粪便上津津有味地享用大餐的苍蝇，是把一根漂亮的香蕉渐渐吞噬掉的黑色霉菌。

她认为自己的死理所应当。

躺在冰凉的瓷砖上，米莉安感觉着放在胸口的手枪。只需轻轻旋转枪体，她就能让枪管对准自己的下巴，可是这个简单的动作她照样花费了九牛二虎之力。

她用拇指向后扳动击锤，这样开枪就容易多了，只差一个小小的动作。为了确保不会失手，她将枪管抵在了下巴上。

可就在这时——

她看到了浴室门缝下方的影子。

两道黑影，那是哈里特的两只脚。

她在门外偷听，米莉安顿时明白了。

这让她怒不可遏。

要死的人是她，因此这一刻只能属于她一个人。况且哈里特之前把她的自杀说得那么高大上，仿佛那是足以令万人敬仰的壮举，可如今她却躲在门外像中了彩票一样暗自窃喜？

她举起了枪。她从没想到一把枪会如此沉重，压得她胳膊上的骨头和肌肉都近乎断裂。但她借助破碎的镜子，将枪口对准了门。

她没有瞄准，也没有细想过哈里特会站在什么地方。她这一枪完全是随意的，至于能否打中目标，听天由命。

她开枪了。砰！

几秒钟之后，门外传来含含混混的几个字（地毯，面条。鬼知道是什么意思），随后便是轰然倒地的声响。


米莉安越过尸体。她费了半天工夫才挪到这里，因为她的身体像喝醉了酒一样不受控制。从浴室里出来之前，她在镜子里看了看自己——她的脸犹如一个塞满垒球的枕套，而她原本就苍白的皮肤与那已经干涸的鲜红的血迹更形成了鲜明对比。

她本身看起来就像一宗谋杀案的现场。

但她还活着，活着站在哈里特的尸体前。

这矮矮胖胖的女人躺在地上，嘴巴张着，血和脑浆流出来，浸透了地毯。

米莉安低头看着哈里特戴着的手套。

"我最终还是知道你是怎么死的了。"米莉安说。她的声音呜呜啦啦，嘴巴里像塞满了石头和糖浆。她想大笑一场，可她无法承受由此带来的疼痛。她咳嗽了几声，胸口嘟嘟作响，好像整个肺都要从喉咙里吐出来，或者从屁眼里面拉出来。唉，她浑身上下已经找不到不疼的地方。

她轻轻推了推哈里特，心里甚至隐隐希望这小拿破仑能突然坐起来咬她的脚后跟，可这种复活的桥段并没有在这个女人身上上演。

现在，该去找路易斯了。

米莉安并不相信自己能救他的命，但她知道不幸发生时，她就在现场，这是灵视告诉她的。

可问题是：他在哪儿呢？

不，等等，第一个问题应该是：什么时候？

米莉安忍痛弯下腰，从哈里特的黑裤子口袋里翻出了手机。

下午4：30。

再过三个小时路易斯就要没命了。

米莉安拿着手机，蹒跚着穿过一间有着七十年代装修风格的脏兮兮的厨房，从一扇半开着的纱门走了出去。室外，灰蒙蒙的天空笼罩着一望无际的松林，每一棵松树都像一根生了锈的铁针直插云霄，每一棵都像查理·布朗[①]的圣诞树。

一条碎石路绕着摇摇欲坠的小屋转了一圈，而后直通向松林里。

虽然没有篱笆，但附近仍然竖着一根篱笆桩，桩头上落了一只肥嘟嘟的乌鸦，正好奇地盯着米莉安。

"我这是在哪儿？"她对乌鸦说。乌鸦拍打着油乎乎的翅膀飞走了。"真不是好鸟。"米莉安摇摇头说。

行了，好好想想，她心里说。这里应该就是新泽西州有名的松林泥

---

[①]　查理·布朗是漫画《花生》中小狗史努比的主人，在美国几乎家喻户晓。

炭地。它究竟有多大呢？撑死了也就一百万英亩的松林和沙壤土。而路易斯死在一个灯塔里。新泽西州的灯塔并不多，可能只有一二十座。三个小时的时间跑遍这二十多座灯塔？好吧，我会尽力而为。不过首先我得离开这片松林，那应该也就是转个弯的事，但这个弯，可能要走好几英里。

这是一项不可能完成的任务。

不！根本没有不可能那回事！她想。我在现场，不管用了什么方法，总之我赶到了。命中注定的事谁也改变不了，而我命中注定会出现在那座灯塔中。好好想想！

可她无法思考。她的大脑走进了死胡同，就像不停撞着窗玻璃的蜜蜂。也许疼痛让她变得迟钝，也许震惊与创伤妨碍了她的思考进程。

米莉安四下寻找着指示牌。如果上天要她现身灯塔，那么上天就应该给她指示。

她手中的手机突然响了起来。铃声伴随着振动，米莉安吓了一跳，差点像扔手雷一样把它扔到树林里。

不过幸运的是，她克制住了这种冲动。她看了看手机屏幕。

弗兰克。

她心里一阵激动，毫不犹豫地接通了电话。

"什么事？"她问，并尽量模仿着哈里特生硬冷淡的语气。她疼痛的喉咙和肿胀的嘴唇似乎帮了不少忙。

"那女的怎么样了？"弗兰克问。这里手机信号不太好，但不影响通话。

"没怎么样。"米莉安说。她随即又补充了一句，"那一针力道挺猛的。"

弗兰克顿住了。

该死！废话少说，言简意赅才是哈里特的风格。

“你没事吧？”弗兰克狐疑地问。

“我没事。”

“你听起来有点怪怪的。”

“说了没事。”

又是一阵停顿，“但听着可不像，你似乎想收拾那小妞。”

“别烦我！”

“好！好！天啊，吃枪药了吗？”

米莉安咬了咬牙，也许这是她唯一的机会了。

“你们在哪儿？”她问。

“我们抓到那个卡车司机了。我差点忘了他是个大块头，打了两针才把他放倒。英格索尔用凯雷德拉着他呢，我要去处理他的卡车，把它烧掉。”

“你们要把他带到哪儿？”

“英格索尔不知道哪根筋搭错了，非要找个高一点的地方。他说马上就有风暴来临，他想利用风暴的力量，呃……他是怎么说来着？观什么天象。我们听说有座灯塔正在整修，好像是要往里面装一个新的大信号灯，或者换个其他什么零件。”

“灯塔在哪儿？”

“你问这个干吗？”

妈的！你说我干吗？

米莉安紧紧闭上眼睛，咬了咬牙说：“这跟你没关系。”

“哦，抱歉，”弗兰克说，“呃，好像是在巴尼加特，长滩岛。听着就不像是好地方，估计到处都是死鱼和医疗废物。”

“我该挂了，那小妞要醒了。”

“替我亲她一口。”弗兰克说。

“别这么可爱。”

　　米莉安挂断了电话。

　　身体上的疼痛依然存在，但她已经毫不在意。米莉安感觉犹如重获了新生。这时，远处天边传来了隆隆的雷声。

　　经过几次深呼吸，米莉安精神振奋了许多，她大步走上了碎石路。大概走了十来步，她又转身回了小屋。

　　半分钟后，她再度从屋里走出来，一手拿着手枪，一手拿着日记本，而手机已经装进了口袋。

　　尽管步履蹒跚，但米莉安目光坚定，头也不回地向前走去。

# 36  第一个小时

米莉安总觉得自己已经走了数个小时，可每当拿出手机查看时，却发现只是过去了四五分钟，有时候甚至更短。

那条碎石路——称之为"路"实在是一种乐观的叫法，因为它只不过是一条坑坑洼洼、崎岖不平、遍布石子的小道——像条笔直的丝带穿过茂密的松林和丛生的荆棘，看起来似乎无穷无尽地向前延伸。与路的漫长相比，她的每一步都显得渺小无比，出发时的兴奋劲头已然消失，肌肉随着脚步越来越僵硬。她甚至怀疑自己是不是已经死了，或者，现在的她是不是已经变成了一具行尸走肉。

大树的枝杈伸到了路上方，形成一道天然的走廊。麻雀、椋鸟在树枝间飞来飞去。远处雷声阵阵，暂时仍没有平静的迹象。

"我认识的那个姑娘，"路易斯并肩走在她身旁说道，"她的天性还没有泯灭。这一次，你要拥抱命运了。你知道路易斯死的时候你出现在现场了，所以你才如此拼命地向前。我喜欢这个新的你。我一直都说，人要学喷泉，而不是排水沟；要学小溪中随波逐流的落叶，而不是限制它们自由的大坝。我说得对吗？"

　　米莉安实在没那么多耐心。对于这凭空而来的幻觉她懒得搭理，连瞥一眼、哼一声的工夫都舍不得给。

　　"怎么，不打算说几句俏皮话？"路易斯问。一只小黄蜂从他贴着胶带的眼睛里飞出来，抖了几下翅膀便径直向林子里飞去。

　　"我想来支烟。"

　　"真失望，这话可一点都不俏皮。"

　　"我想喝酒。"

　　"还是没有进步，看来你真的变了。"

　　"滚，否则我拉泡硬屎噎死你。"

　　"哈哈，"路易斯乐了，"也许没变。"

## 37　第二个小时

耳朵远比眼睛更早感知到高速公路的存在。

往来车流那熟悉的多普勒效应，那咆哮着驶过的摩托车。

这条碎石路仿佛没有尽头，米莉安摇摇晃晃地走向路边。路易斯的鬼魂早就把她甩在了后面，不过每当她快要摔倒时，便总能在树影之间看到他。

前面是一条双车道的公路。灰色的路面，中间是一条断断续续的黄色分界线。

她眨了眨眼睛，把手枪塞到腰后。

这样的环境她毫不陌生。无数次，她站在高速公路的路肩上，竖着大拇指，希望能遇到个好心人，搭个顺风车。她就像吸附在鲨鱼肚子上的鲫鱼，依靠鲨鱼强大的游泳能力做免费旅行，或混吃混喝。在某种意义上，鲫鱼就像秃鹰，像乌鸦，也像米莉安——一群坐享其成的食腐动物。

这一次，她又是冲着某个人的死亡而去。

只是这一次，她恐怕不能指望搭便车了。那太慢了。况且大部分司机都知道在高速公路上会遇到什么：瘾君子、懒汉、连环强奸犯、一个丝毫不值得回答的巨大问号。

米莉安没有时间浪费下去。

她看到有辆车驶了过来，那是一辆至少已经开了一两年的斯巴鲁傲虎旅行车。

米莉安走到路中央，她要用身体拦住那台高速行驶的日本车。晚了，太晚了。透过灰蒙蒙的风挡玻璃，米莉安看到那个女司机正在打手机，她很可能根本就没有注意到公路上的变化。

但米莉安不躲不闪。

车子渐渐逼近，没有丝毫减速的迹象。

直到最后关头，刹车声才骤然响起。随后车身像条老狗的屁股一样摇摇摆摆地向前冲去，可惜刹车不够及时，车子最终撞到了米莉安。

庆幸的是，最后撞到人时，车速已经降到几英里每小时了。

但这样的碰撞一般人仍然吃不消。现在，米莉安的每一寸皮肤，甚至连头发都开始疼痛起来。不过，碰撞产生的刺激也胜过一切言语，米莉安顿时又像打了鸡血一样兴奋起来。

开车的女人吓得呆若木鸡。她年纪比米莉安大得多，恐怕有五十多岁。金色的头发已经开始发白，而她那像部队教官一样的发型说明她要么是个同性恋，要么是那种早上起来已经懒得梳头的绝望主妇。

手机已经从手中掉落，可手依旧放在耳边。那样子要多好笑有多好笑，只可惜米莉安已经没了幽默的心情。

那女人似乎终于醒过了神，伸手去抓方向盘。米莉安很清楚那种像受惊的兔子一样的表情。她无奈地叹了口气，掏出手枪，对准了风挡玻璃。

女人立刻举起了双手。

"还算识相。"米莉安咕哝了一句，来到副驾一侧，把全身每一根尖叫着的骨头都挪上了座位。

女人张口结舌，不知所措。米莉安举枪的手晃晃悠悠，实在难以令人放心。

"巴尼加特灯塔。"米莉安说。

女人张了张嘴，却没有说出一个字。

"抱歉，"米莉安说，"我是想问，巴尼加特灯塔？"

"怎么了？"女人的声音尖锐刺耳，仿佛在透过一个咖啡研磨机说话。显然，这女人是个烟民。米莉安心想二十年后自己的嗓子会不会也变成这种调调。

"在哪儿？"

"长——长滩岛。在最北边呢。"

"我怎么去那儿，需要多长时间？"

"你沿着那个方向走，"女人指了指与她们相反的方向说，"一直走到花园高速。然后向南——不对，是向北，向北，对不起，一直走到72号公路，然后沿着72号公路向东就能走到长滩岛了。长滩岛上只有一条主干道，所以一路向北就可以了，最终你就会看到灯塔。开车也就是四十五分钟的路程，呃，也许一个小时。"

"最后一个问题，你抽烟吗？"

女人点点头，随后又匆忙摇了摇头。

"把你的烟给我。"

女人从车门上的储物格里摸出了一包维珍妮牌[①]女士香烟。

"我去，你抽女士香烟？"米莉安大失所望，但她很快又摆摆手说，"算了，总比没有强，凑合着抽吧。"

米莉安伸手接烟盒时，碰到了那女人的手指。

---

① Virginia Slims，也叫弗吉尼亚牌女士香烟。

二十三年后,女子已经瘦得皮包骨头。她浑身哆嗦着走下门廊,走上门前的车道。天上下着小雪,寒风打着旋吹起一团团雪花。女人来到信箱前,取了信,可在转身时她踩在了一片脚掌大小的冰面上。她脚一滑,身体失去平衡,头撞在信箱上,倒在地上不动了。几个小时过去了,天色渐晚。雪花落满了她的脸庞,但此时她还没有死。她在粉红色的睡袍里摸索了一会儿,掏出一支细长的女士香烟塞到嘴上,点着,这是在向低温屈服之前她能做的最后一件事。

米莉安晃晃脑袋,先把点烟器预热,而后从烟盒中抽出一支烟塞到嘴上。

"现在,"她叼着一支没有点燃的烟说道,"从车上给我滚下去,免得我打得你满地找牙。继续抽烟吧,死不了的。"

女子推开车门没命似的向远处跑去,那样子看起来就像屁股上挨了一针的猫。

米莉安点着烟,换到司机座位上,让这台斯巴鲁重新上了路。她的肺里充满了神奇的尼古丁,她的脚兴奋地踩着踏板。

前进,向着灯塔。

# 38 最后时刻

然而前进的路并非畅通无阻，顺畅的车流也有停滞不前的时候。

米莉安一路都开得挺顺利，唯独到了巴尼加特湾的堤道时，路上堵得就像塞了一大把卫生棉条的修女屁股。

车子一辆紧跟着一辆，一眼望不到头。他们有的拖着橡皮艇，有的拖着小舟。车里坐着像鬼一样面无表情的大人，后座上的小孩子们在车载电视上看着《海绵宝宝》。即便天色已经晚到这个份儿上，人们还是争先恐后地要涌到海边，去感受所谓的沙滩和海浪的惬意（惬意？呸！海浪带着一股软体动物腐烂的味道，沙滩上更是遍地用过的针头和令人作呕的安全套）。夕阳西下，朦胧的余晖给笼罩在岛上的乌云镶上了一道金边。米莉安搞不懂这些人到底图的是什么。

她不耐烦地猛按着喇叭。最后一支烟也抽完了，她咬牙将烟屁股扔到窗外，只见它翻着跟头，落在了旁边一辆银色微型客车的引擎盖上。

坐在客车副驾上的是一位妈妈，她那河马一样肥硕的身躯被晒得黝黑发亮，就像她刚刚在沙漠里游荡了四十天又四十夜，看到落在车上的烟头，她厌恶地瞪了米莉安一眼。

米莉安心里也老大的不爽，她真想掏出枪来，给那个女人点颜色瞧瞧。

她用胳膊肘再次按起了喇叭。她感到压抑，现在已经到了最后关头，而她被堵在路上的时间显然太久了。

她需要指点。

"我需要指点。"她恐慌地说。

"指点来了。"路易斯在后座上说。他揭起眼上的胶带，但却并非像往常那样露出张着大口的眼窝，而是一个废掉的眼珠子，看着像一颗被捏烂的葡萄。而且似乎为了增强效果，他还故意调皮地眨了眨眼。

随后，他又消失不见了。

米莉安左顾右盼，疯狂寻找着路易斯口中的指点。

是邻车上那个皮肤黝黑的尖酸女人吗？不会。

是前面一整车的狗和喧闹的小孩子吗？恐怕也不是。

一架小飞机从头顶飞过。但她的腰带上可没有蝙蝠侠那么拉风的抓钩，所以，凌空飞渡的计划还是算了吧。

这时，她看到了。

一个骑自行车的人。

他身材匀称强健，穿着非常漂亮的、红蓝相间的氨纶紧身运动衣，那使他看起来就像自行车手界的超人。

当他在车阵中间嗖嗖穿过时，米莉安一直注视着他，待他眼看就要经过她的车子时，米莉安突然推开了副驾一侧的车门。

自行车的前轮遇到了不可抗拒的阻力。

自行车手咻的一下便从车门上方飞了过去。米莉安听到了，但却没有看到，自行车手的脑袋撞到了路面，不过至少他戴了安全头盔。

似乎也就一眨眼的工夫，米莉安已经钻出汽车，跳上了自行车。自行车前轮被撞得有些弯曲，走起来摇摇晃晃，但将就着也能骑。

她看了眼手机。

还剩下不到一个小时了。

"我的自行车！"车手喊道。

米莉安毫不理会，颤颤巍巍地从他身边冲了过去。

## 39 弗兰克

巴尼加特灯塔——人称老巴尼——已经矗立在眼前了。

通往灯塔的小路曲曲折折，小路两旁各有一排稀稀落落、歪歪扭扭的栅栏，栅栏后面长满了开着黄花的灌木丛。

海鸥在头顶喋喋不休，连绵的乌云则犹如从远处飞来的一群黑鸟。潮起潮落，浪推浪涌，大海在远处窃窃私语。

米莉安跨过黄色警示条，经过一个写有"正在施工"的牌子，牌子旁边还立着一块板，上面是关于灯塔将安装一台新的信号灯并更换优质的树脂玻璃窗的说明。

走在通往灯塔的小路上感觉就像坐过山车——虽然这里并没有山。她的肚子里翻江倒海，仿佛有无数条鳗鱼在不停地蠕动。

脚下的沙地软绵绵的。她吸了口气，踢掉鞋子，胸中顿时多了股明知山有虎、偏向虎山行的豪气。可实际上，她却感觉自己像个战战兢兢的小姑娘，不情愿地走向拿着皮带在前面等着她的妈妈。

一步一步，她走得小心翼翼。

仿佛不是她在走向灯塔，而是灯塔在走向她。

你什么都改变不了。脑海中回荡着一个声音，不是路易斯，而是她自己的。记住，你来这里不是为了改变什么，而是为了见证。这才是你的使命，也是你的本性。你是战场上的乌鸦，是屠戮之眼。

走到栅栏的尽头，沙土小路继续向前延伸。灯塔有着白色的基座和红砖垒砌的塔顶。

弗兰克正在塔前百无聊赖地踱着步。天空与沙滩之间，他高大的身躯格外醒目。只见他一会儿揉揉鼻子，一会儿挠挠耳朵。

可是，周围并没有看到那个光头佬——哈里特口中的英格索尔——的身影。

时间差不多了，即便不看手机米莉安也能猜到。

但她还是掏出了手机。随后她一手拿着手机，一手握着枪，裤腰里塞着她那本日记，用拇指重拨了一个号码。

号码拨出去了，她继续向前走着。

弗兰克的手机响了。不响才奇怪，米莉安正打给他呢。

他把手机放在耳边，米莉安同时听到了他在手机中的声音和真人的声音，"哈里特？"

米莉安将手机使劲丢出，就像丢一把该死的飞去来器。手机狠狠砸在弗兰克的鼻梁上，他一个趔趄，立刻疼得眼泪汪汪。

米莉安本想一枪打死他，可是——不。英格索尔会听到枪声的，别那么干！

于是她紧跑两步，拿枪管拼尽全力戳向弗兰克的心口。

"心口有大量的神经。"这是哈里特教给她的。

弗兰克笨手笨脚地去拔枪，可米莉安抬起膝盖猛然一顶，枪掉在了地上。

趁他喘息未定，米莉安又抢起枪柄猛击了他的咽喉部位。

"乳突会引起窒息或呕吐反射。"

哈里特说得没错,弗兰克果然弯下腰呕吐起来。让人恶心的是,他并非干呕,而是吐出了一堆看起来像是消化了一半的三明治的东西。

米莉安不知道该如何解决这个浑蛋。弗兰克像个相扑队员,扎腰吐个不停,但他并没有坐以待毙,而是像只螃蟹似的横着朝一侧挪去。

去他妈的,米莉安心想,勒死他算了。

她两步绕到弗兰克身后,用拿枪的那条胳膊死命勒住了他的脖子,力道之大,恐怕能勒死一匹小马——

四十二年后,弗兰克已经老态龙钟。他和孙子坐在昏暗的电影院里。银幕上不知正在放映着什么影片,小孙子看得入了迷。弗兰克看着全神贯注的孙子和他那怡然自乐的神情,甚是安慰。他满意地将脑袋靠在椅背上,闭上了眼睛。过去的六个小时,他一直忍受着无聊的尖叫和孙子紧紧攥着他的手,但他的心脏早已不堪负担,此刻他想休息了。他张着嘴巴,最后吸了一口气。他的孙子什么也没有察觉,因为他的眼睛始终没有离开过银幕。

——米莉安松开了胳膊。弗兰克喘息着,向前趴倒在他刚吐出的秽物上面。

他想站起来,但米莉安用枪抵住了他的后脑勺。

"将来你是要当爷爷的。"她说。

"好吧。"他含混地说道,并拼命眨了几下眼睛好忍住眼泪。

"你并不喜欢这种日子,对不对?"

"天啊,当然不喜欢,我恨死这种日子了。"

"凯雷德的车钥匙在你手上吗?"

他点点头。

"开车走吧，离开这儿。"

弗兰克又点点头。

"如果再让我看到你，"米莉安说，"我发誓让你永远当不了爷爷。"

说完她扭头向灯塔里走去。此时雷声大作，但明显已经不再遥远，而是仿佛打在头顶上一样了。

# 40　老巴尼灯塔

灯塔顶端是一个 360 度透明的玻璃灯房，或者准确来说，一部分是普通的玻璃，而另一部分则已经换成了新的树脂玻璃。

不过，信号灯还没有更换。

路易斯被绑在信号灯旁边的一把木椅子上。信号灯圆滚滚的，像颗巨大的昆虫眼睛。路易斯的手脚都被棕色的废电线绑着，头几乎被一整卷胶带缠到了信号灯上。

英格索尔耍弄着他那把生锈的剖鱼刀，似乎很享受般闻着刀上的鱼腥味儿。

刀是他在附近码头上从一个熟睡的渔民那里偷来的。当然，也不完全算偷。他先扭断了那个可怜虫的脖子，丢到海里去喂鱼，随后才从椅子下面拿了这把刀。

英格索尔把他那个宝贝的尸骨袋倒了个底朝天，骨头散落一地。而后他像从豆子里面拣石子儿的农夫一样把骨头摊开、铺匀，用手指碰碰这个，挪挪那个，仿佛能从中读到什么。

当然，这只是故弄玄虚，他连个狗屁都读不出来。尽管他做梦都想拥有他奶奶那样的通灵天赋，可他偏偏不是那块料。所以这一切都是假装，只是有时候他装得特别像那么回事儿，连自己都骗到了。

这一次他照样演得十分投入，好像他真能从这堆烂骨头中看到将要发生的事。

他头顶有扇窗户烂了一块玻璃，风从洞口呼呼地灌进来。

"要起风暴了。"他煞有介事地说。

而他的目标，路易斯，依然是一副睁不开眼的样子，这一半是因为他刚刚挨过打，一半则是因为他被下了药。这时，好像受了什么别的刺激，他有气无力的脑袋忽然抖了一下。

英格索尔叹了口气。那堆骨头什么也没有告诉他。一如既往，真相是什么，未来会怎样，全都要靠他自己去发现了。

"我为什么要杀你？"他大声反问，"你对我毫无意义。但你看见了我的脸。而且我的新手下米莉安对你用情颇深，这是我不能允许的。你会干扰她的灵视。她是我的，朋友，不是你的。"

剖鱼刀在他树枝一样瘦削的手指间转来转去，"况且，我最喜欢看别人痛不欲生的样子，而更让我觉得刺激的是，米莉安早就在灵视中看到过这一幕了，是不是？"

英格索尔瞻仰着手中的刀。闻了闻锈迹斑斑、遍布凹口的刀刃。

"放开我，"路易斯结结巴巴地说，"你是谁？你们是什么人？我没有你们想要的东西。"

"那已经无关紧要了。"英格索尔耸了耸肩说。

他突然像个弹簧一样跳起来，一刀插进了路易斯的左眼。刀尖并未深及大脑，但却毁了他的眼睛，这正是英格索尔想要的。路易斯痛苦地大叫起来。英格索尔眼睛都没眨一下，随即"噗"的一声拔出了刀。

他薄薄的嘴唇微微咧开，露出一丝阴森的笑容。

巴尼加特灯塔内的楼梯共有217级。

对米莉安而言，这不是楼梯，而是极大痛苦的源泉。每上一级都像经历着一次难产，都像排出了一颗肾结石，或被黑寡妇咬了一口。

楼梯在青砖砌成的楼梯间内盘旋而上，梯面由波纹钢制成，上面的黄漆已经斑驳脱落。

拾级而上，感觉就像爬上某种古老生物的咽喉。

恐怖的灵视画面像开启了循环播放模式的视频，在她脑海中不停地重现。破烂的窗户，倒灌进灯房的寒风，生锈的剖鱼刀，刀插进眼睛的声音，路易斯是在悲伤与惊讶中喊出的她的名字。

一遍又一遍。犹如这没有尽头的阶梯。

因为塔身的阻隔，外面的雷声变得柔和许多。她心急如焚，暗自加快了脚步。我是不是来晚了？这是灵视中的雷声吗？每次在灵视中见到死亡，她都会着意记住这些细节——视觉上的、听觉上的，或者其他线索。汽车喇叭，电视中的广告，某人说过的某句话等。

当她终于来到真实的死亡现场，摇摇晃晃地踏进灯房，目睹她在灵视中已经见过的恐怖画面时，她没有想到自己的感受仍会如此强烈。

尽管为了这一刻她已经准备了许久，但真正面对的时候，她还是震惊得瞠目结舌，忘记了呼吸。

英格索尔并没有听到米莉安爬上灯塔的声音，但当她来到灯房时，他也仅仅是瞥了她一眼，嘴角露出一丝赞赏的微笑。

米莉安跨进灯房的那一刻，剖鱼刀已经刺进了路易斯的左眼。但刀身并没有完全插入。接下来的才将是致命的一刀。

在某种程度上，英格索尔很高兴米莉安能赶到这里。那样她就能亲眼见证。他甚至有些后悔没有一开始就把她带过来，好让她站在旁边，瞻仰他的光荣与残酷。

只剩下右眼的路易斯这时也看到了她。

好极了。

"米莉安？"他惊讶地叫道，但英格索尔已经再次举起了手中的刀，对准他的右眼，还有他的大脑，狠狠刺去。

事情也就发生在电光石火的一瞬间。按道理说，米莉安早就知道他的下一个动作，因而这一切应该会显得更加从容，甚至有种慢镜头的感觉。

可事实却并非如此。

手中的枪温温的。她闻到了一股辛辣的气味儿，烟雾蜇得她眼睛发痒发疼。

英格索尔紧紧握着刀，手已经明显开始颤抖。他稍稍转身，抬手去摸自己的太阳穴。鲜血如同爆裂的水龙头里流出的掺杂着铁锈的水，像小溪一样从伤口处汩汩而出。

路易斯眨了眨右眼。

他还没死，米莉安激动地想。

这与灵视中的画面完全不同，这样的结局出乎了她的预料。

米莉安心中不免激荡澎湃。她感到一阵恶心，她想吐。

枪在手中，她的胳膊平举着。

她手一松，枪掉在了地板上。

"我——"她张了张嘴，可却不知道该说什么。

英格索尔的身体开始摇晃。

但突然之间，他举起刀，像猛虎般一跃而起。他的一只手像张开的血盆大口，直扑米莉安的咽喉。她本能地向后躲闪，却不料失足跌下了楼梯。她能感觉到开始是英格索尔压着她，随后又变成她压着英格索尔，而接下来整个世界都颠三倒四地乱了套。青砖，白线，他们好像掉进了深不可测的螺旋，她的脸一次又一次撞在坚硬的黄色梯面上。

浑身每一块肌肉都在惨叫，每一根骨骼都在折断、粉碎。她拼命伸开手脚好阻挡身体的翻滚。

大概滚落了二三十英尺，她终于停了下来。

旁边的墙壁上血迹斑斑。

身下，英格索尔仍不敢相信似的瞪着眼睛。他脑袋扭转的角度令人后脊发凉。下巴跑到了肩膀上，脊椎骨几乎戳破了皮肉，脖子则像熟透了的果子，随时都可能裂开。他好像仍在盯着米莉安，犹如一幅不论从哪个角度都感觉是在看着你的人物画。

米莉安差点笑了起来。

可她哪里笑得出来，此刻她连喘口气都要忍受难以形容的剧痛。

她低头一看，那把生锈的剖鱼刀就插在她的左胸上，刀刃已经全部没入她的身体。

米莉安试着呼吸，可那感觉就像在肺里吸进了一团火。

"妈的！"她不禁骂道。

黑暗吞噬了她。

她再度沿着灯塔的螺旋向下滚去。

# 插　曲

## 梦

"现在你明白了吗？"与她并肩而行的路易斯问。

他们一同走过一片黑色的沙滩，这里的每一颗沙粒在太阳下都闪闪发光。米莉安脚下的沙子暖融融的，潮水亲吻着海岸，空气中带着潮潮的咸味儿，但却不似海水那样咸中带苦，更没有难闻的鱼腥味儿。

"我明白，我已经死了。不过感谢上帝，这里看起来不像地狱。"

"你还没死。"路易斯挠了挠贴在其中一只眼上的胶带，"但我要提醒你，你离死已经不远了。"

"好极了。如此说来，这就是人在弥留之际所做的梦。光在哪儿呢，我直接跑过去就可以了。"

"你没听懂我的意思。"

"是吗？"

"是。好好想想吧，刚才都发生了什么？"

她确实需要好好想想，因为她不愿回头。她宁可留在这里，留在此刻，留在这片沙滩上，还有这明媚的阳光里。

　　可她下意识地已经回想起来了。

　　"我赢了。"她说。

　　"对，你赢了。"路易斯说。

　　"破天荒头一回，事情没有按照灵视中那样发生，虽然差一点就发生了，但我改变了结局。"

　　"是啊。干得漂亮！"

　　"谢谢。"她得意地笑起来。真正的笑，不是敷衍的、虚情假意的笑，不是苦笑，不是奸笑，而是不可阻挡的、发自内心的笑，"我不知道这一次我和以往做的有什么不同。我确实拼尽了全力。也许是因为我爱你或者他。我想你应该不是他。"

　　路易斯敛起了笑容，"我不是他，你还是没有明白。其实你知道这一切为什么会是现在这个样子，你也知道自己是怎样打破了这个恶性循环。"

　　"我不知道！我真的不知道！"

　　"需要暗示吗？"

　　"需要。"

　　米莉安只是眨了下眼睛，路易斯便忽然变成了她的妈妈。憔悴的脸庞，瘦小枯萎的身板。

　　"你不可顾惜，要以命偿命、以眼还眼、以牙还牙、以手还手、以脚还脚。"

　　随后，噗——又变回了眼上贴着胶带的路易斯。

　　"我还是不——"

　　等等。不对，她明白了。

　　"我杀了人。"

　　路易斯打了个响指，"叮叮叮，恭喜你，答对了。"

　　米莉安停下脚步。此刻乌云已经遮住了太阳。远处的海面上，一场风暴已初具雏形，而雨点却已经噼里啪啦地向潮水发起了挑战。

"通常……我只是信使。是在尸骨上啄食腐肉的秃鹰。但这一次不同。这一次，我……我改变了一些事。我打死了英格索尔。"

"你保持了天平的平衡。因为天平必须保持平衡。如果你想改变，而且是巨大的改变，一个改写生死、令命运屈服的改变，就势必要付出一定的代价。"

"血的代价。"米莉安说。她嘴里发干，寒冷浸入肌骨。头顶是灰沉沉的天空，远处，闪电不断挑衅着大海。

"血的代价，痛苦的代价，还有饥饿的代价。"

"你是谁？"她平静地问。

"难道你只想知道我的名字，而不想知道我的身份？"

米莉安没有回答。

路易斯又变成了她的妈妈，然后又变成了本·霍奇斯，他的脑袋像朵盛开的血兰花。接着他又变成了阿什利，一只脚跳来跳去。

最后，他又变回了路易斯。

"也许我就是命运，"他说，"但也许，只是也许，我是命运的对立面，就像上帝的对立面是魔鬼一样。也许我只是你，是回荡在你脑海中的声音。"

他咧开嘴笑了起来。他的每一颗牙齿，都是一个小小的骷髅头。

"但有一件事我可以肯定。我们还有很多事需要你去做。"

"我们？"她问。突然，她的心脏僵住了——

## 41　命运的敌人

　　她喘息着从梦中惊醒，感觉自己如同身陷海草丛中，难以自拔。她开始拼命挣扎，想扯掉那些缠着她的脖子、胳膊和胸口的海草。可她忽然听到了嘟嘟的蜂鸣声，有些急促，有些和缓，有些沉重。世界像一头笨重的海狮，慢慢游到了她的眼前，而与此同时，一股防腐剂的味道钻进她的鼻孔，并在那里安家落户、生儿育女。

　　路易斯正俯身看着她，手按着她的肩膀。

　　"嗨，"他叫道，"别急，小野猫，别急。放心吧，你没事。"

　　他左眼蒙着一片白色的纱布，上面绷了一条黄色的橡皮筋。

　　"去你的！"她咬牙骂道，"你去死吧。回答我，你是谁？你说的'我们'是指谁？你赶快从我脑子里滚出去。要么让我死，要么就让我醒来。快点！"

　　"你已经醒了呀。"路易斯说着，轻轻摸了摸她的头发，"嘘。"

　　米莉安眨了眨眼睛。

　　这个路易斯身上有股香皂的味道。

　　而且他有只完好无损的眼睛。

　　她的胸前疼痛难忍，仿佛刚刚被人捅了一刀。而据她回忆，昏迷之前她确实挨了一刀。

"我没有在睡觉？"她不相信地小声问道。

"没有。"

"这也不是在梦里？"

"我看不像，虽然我自己有时候也感觉像在做梦。"

米莉安心中五味杂陈，不知道该说什么，于是便脱口而出了一句"对不起"。

"对不起？"路易斯不解地问。

"这件事……很复杂。而且都是我的错。"她内疚地说。

路易斯在床边的一把椅子上坐了下来，"我承认这的确挺复杂，但却不一定是你的错。"

"你不会明白的，就算我告诉你你也不会相信——"

"我看了你的日记。"路易斯打断了她的话。

米莉安愣住了，她惊慌地望着路易斯。

"什么？"

路易斯从后腰间抽出了日记本，放在米莉安的腿上，"对不起，我知道这样做不好，但我真的很想知道答案。希望你能理解。我以为你只是想骗我的钱，呃，也许你曾经真的有过这个想法，可是一转眼我就被人拖到了灯塔里，一个光头的变态家伙居然要弄瞎我的双眼，然后你就出现了。后来我在楼梯最底下找到了你，当时你已经奄奄一息，那个光头死在楼梯中间。这么多乱七八糟的事……总之，我需要知道是什么情况。我想问你，可你一直昏迷不醒，手里就只有这本日记。它是在你滚下楼梯的时候掉出来的。"

米莉安深吸了一口气，胸口一阵钻心的疼痛，害得她差点再次昏过去，"这么说你全都知道了。知道我是什么人，也知道我能看见什么东西。"

"是。"

"你相信吗？"

"我觉得我相信。要不然你肯定就是史上最专业、最古怪和最有耐心的骗子了。"

"你还有心思说笑？"

"当然，虽然经历了这么多事，但该笑还是要笑啊。"

米莉安心下踟蹰，不过她向来就不善于谈论这个颇为敏感的话题。

"那只眼睛保住了吗？"

路易斯咬着拇指指甲，回答说："没有。"

"非常抱歉。"

他摆了摆手，"人这一辈子谁还不会遇到点什么事啊。有时候是好事，有时候是坏事。坏事来了就得学会忍受，尤其当你无法改变它们的时候。"

"如果能改变呢？"

"那你就尽最大努力去改变。"

米莉安眼前又浮现出太阳穴上流着血的英格索尔的形象。

"我想你一定尽了最大努力。"她说。

"咳，马马虎虎吧，"他靠在椅背上说，"至少我弄了个很酷的眼罩。"

"确实酷得呱呱叫。万一他们不让你开货车了，也许你可以去当海盗。"

"好，当海盗，就这么愉快地决定了。"

米莉安笑了起来。

"你会在这里逗留吗？"她问，"我知道你很可能还有别的地方要去，不过看眼下这情况，他们恐怕会让我在这里多待几天吧。"

"没错。至少还要待一周。你身上有几处骨折，而且肺部还中了一刀。"

"只是，我觉得现在我需要有人陪着。"

路易斯点点头，"我也有同感。"

"这么说，你哪儿都不会去了？"

"除非你要去哪儿。应该说你救了我的命，作为报答，我想我有义务陪着你。"

米莉安微笑着说道："你能再帮我一个忙吗？"

"尽管吩咐。"

虽然稍微动一动就周身疼痛，但她还是拿起日记本丢给了路易斯。他像个玩杂耍的小丑一样把日记本在半空掂了好几次才终于接住。

"一只眼睛看东西还有点不习惯。"他自嘲似的说。

"哦，对不起。"

"你让我帮什么忙？"

"替我把它扔了。"她说。

"扔到海里怎么样？"

她故意皱眉咧嘴，做出一副鄙夷的神色，"你跟大海有什么仇什么怨吗？我才不会那么做呢。而且我一直都特别讨厌在电影中看到这样的场景。扔到海里，结果海就在面前了。要么就是被海浪冲上岸，然后被什么人给捡了去，实在老套。只管扔掉就行了。反正已经写满了。那里面是我不想再提的故事。找个垃圾桶扔掉吧，如果是大垃圾箱更好，那样别人不容易捡到，如果能扔到大火炉里就最好了，像火葬场那种。"

路易斯起身亲了亲她。他的嘴唇很干，但那并不影响它们的柔软，也不影响米莉安收获她梦想中最美妙的一吻。

"我这就把它扔掉。"他说。

"我难受。"

"我知道。"

"我大概需要睡一会儿了。"

"嗯。你暂时没事吧？你脸色不怎么好。"

米莉安尽力耸了耸肩，"该是什么就是什么，路易斯。该是什么就是什么。"

# 关于作者

　　查克·温迪格是美国知名小说家、编剧和游戏设计师，圣丹斯电影剧本创作研究室成员。他与兰斯·威勒合作完成剧本并由后者执导的电影短片《流行病毒》（*Pandemic*）参加了 2011 年圣丹斯电影节。同年，他仍然是与兰斯·威勒合作完成的一部数字跨媒体作品《休克》（*Collapsus*）得到了国际数字艾美奖和创新游戏大奖的提名。他创作的游戏脚本多达两百万字，同时他还是热门游戏《猎人：夜幕巡守》的开发者。

　　目前他与妻子米歇尔、儿子 B-Dub 居住在宾夕法尼亚州，家中养了一只名叫 Tai-Shen 的小猎梗。

# 致　谢

在常人眼中，作家是一群孤独的人，像狼一样独来独往；像浪人、忍者那样游走在社会边缘；或者像大胆的探索者那样，划着一叶孤舟游弋在创作的海洋上。作品上印着我们的名字，好似那是无上的荣光。

每一部作品都有其特定的诞生过程，比如《超世纪谍杀案》。作品的诞生离不开人的参与，因此我在这里要感谢那些对我提供过帮助的人。

首先我要感谢斯蒂芬·苏思科，他帮助我敲定了这本书的雏形。

感谢杰森·布莱尔和马特·弗贝克，是他们为我推荐了愤怒机器人出版社（Angry Robot），为这本书找到了一个好归宿。

感谢我尽职尽责的经纪人斯达西亚·德克尔，还有愤怒机器人出版社的优秀团队，他们分别是李、马尔科和达伦，与他们相识并得到他们的不吝帮助，是我人生之大幸。

此外还要感谢乔伊 HIFI 为我提供了最炫酷的封面，简直膜拜啊。说实在的，乔伊，你看到封面了吗？好好盯着它瞧一会儿，摸摸都可以，我不会告诉任何人的。

我的个人网站 terribleminds.com 上的广大热心读者，他们同样是我感谢的对象。

最后我还要感谢我的妻子米歇尔，当然更少不了她刚刚为我们这个家庭增添的一个小成员——我们的儿子本。他们两个是我的支柱，让我在需要理智的时候能够保持理智，而需要疯狂的时候又能尽情疯狂。我爱你们。

## 查克·温迪格
与小说家、编剧亚当·克里斯多夫的对话

故事结束了，意犹未尽对不对？好消息是，故事的主人公米莉安·布莱克将在续集作品 *Mockingbird* 中回归。在我们等待的这段时间，不妨把作者查克·温迪格先生请到审讯椅上来，贴上电极片，调好电压，准备好好审问一番。放心，作者说了，受审于他比泡澡还要舒坦。

（提问者为亚当·克里斯多夫）

**咱们从头开始，《知更鸟女孩》（*Blackbirds*）的故事是从哪儿来的呢？**

和所有作家获得灵感的方式一样：在堪萨斯州托皮卡市一家不存在的小邮局里，我们收到了一个红色的信封，然后用混合了眼泪和鲜血的酊剂打开了它。信封里面装的就是这个故事的灵感，就像一个等待喂食骨肉的幽灵。

开个玩笑。

像大多数故事一样，《知更鸟女孩》并没有特定的起源，它只是许多各种各样的元素在某天晚上突然碰到了一起，然后灵光一闪，故事的雏形便诞生了。

首先要提到两首歌，蝴蝶·鲍彻（Butterfly Boucher）的 *Another White Dash*（《又一个破折号》）和 *Life Is Short*（《人生苦短》）。在这里我不方便留下歌词，但有兴趣的朋友可以上网搜索。两首歌说的都是告别温暖的沙发，外出旅行或流浪的事儿，在后一首歌中更感叹了人生之短暂（反正我就是这么理解的）。

其次是死亡。曾经有段时间，我人生中有数位亲人相继离世。我的祖父祖母，其中一人死于癌症，另一个则死于仿佛永无休止的中风。后来我姑妈也去世了，也是因为癌症，接着是我的父亲，同样是癌症。

死亡总能让人感到孤独无依。我们看不见死神，但他却一个接一个地带走了我们的亲人。

患了癌症，就预示着死神正向你走来。而当你开始接受临终关怀时，就意味着你的时间屈指可数了。

所以我就想，知道自己即将死去，这真是一件极恐怖的事。当然，好处并不是没有，那就是它能让你有所准备，让你有时间和亲人朋友告别，与敌人握手言和，不过它的坏处也是显而易见的，因为它给了你一个可以预见的未来。试想，一个没有前途的未来，该让人如何面对呢？

但这样的想法到了小说家的脑袋里就成了上好的素材。如果一个人能够真切地预见未来，能够看到别人是怎么死的，那他到底是幸还是不幸呢？

所以我就写了一个名为"可怜的米莉安"的大纲文件，说的是一个女孩儿仅仅凭借触碰别人的皮肤就能预知别人是如何死去的。问题是，米莉安看得到死亡，但却看不到所有的细节，而且她也似乎无力改变这一切。

然后我把这个故事梗概与我写的另一个关于两个杀手——弗兰克和哈里特——的故事梗概合二为一。那两个杀手其实我只是随便写写，我想看看把两个个性反差巨大的杀手放在一起会有什么效果，以此来锻炼自己塑造人物形象的能力。不过后来发现，这些练习还是派上了用场。

因为从这里开始，整个故事便在我的脑子里扩散开来。米莉安的超能力，两个穷凶极恶的杀手，随后再穿插进其他的人物和事件。结果到最后时，故事的发展已经和我最初预想的完全不同，但整个故事的开端就是在这种看似古怪的汇合中实现的。

**弗兰克与哈里特这两个人物最初只是为了练手？你经常做这一类的练习性创作吗？这对一个作家来说是不是非常重要？像这种已经收起来的素材，有多少后来证明是可用的？**

我经常随机做笔记。只要我脑子里蹦出来某个人物形象或者故事创意，哪怕是一个题目，我都会立刻写下来。你要问这样做有没有用？那肯定是有用的。俗话说，好记性不如烂笔头。况且我神经大条，所以不能指望自己记住几年前、几周前甚至几分钟前想到的东西。你是谁？你怎么跑到我的书里来了？快报警。哈哈……

**可惜读者听不到你的喊叫，温迪格先生。遇到这种时候，我真希望自己能有撮小胡子可以摸一摸。**

哦，不好意思。你瞧见了吧？我这脑袋不正常。不一定什么时候就搭错了神经。对了，摸胡子现在已经不流行了，现在流行一把将胡子扯下来，然后大喊大叫。回头你可以试试。

我想说的就是，这些琐碎的笔记看起来一无是处，但却已经不止一次地证明非常有效。我的许多短篇故事都是从这些随机记录的东西和其他一些看似无关的元素中拼凑整理出来的。

**《知更鸟女孩》出彩的地方就在于人物性格的塑造，甚至包括那些次要人物。米莉安复杂多面的人格给我留下了非常深刻的印象。作为男性作家，在创作一个女性主人公时会不会感受到特别的挑战？有没有哪些东西是你尤其希望涵盖的，或者有没有哪些东西是你刻意想要避免的？你是有意把故事的主人公设定为女性角色，还是因为故事的需要？**

这件事我并没有费神去考虑，从一开始我就决定了，主角肯定是个女性。恰好这个故事也需要这样的设定。我也说不清为什么。总之女性角色与情节更加贴合，因为男人是没机会经历主人公的流产意外的。

（实际上，故事中的流产意外，其灵感来自现实生活中的一次真实事件。我曾经在我朋友的大学里待过一段时间，一天早晨，我们在卫生间里看到了遍地的血块。不管是真是假，反正传言说有个女生不小心怀了孕，结果在卫生间里流产了。很不幸的事，但对于小说家来说，他们都对此类恐怖的事件趋之若鹜。）

这本书几乎可以说是围绕着女人写的：米莉安和她的妈妈，哈里特和她的丈夫，盖恩斯太太和她的儿子。想想可能会觉得奇怪，但当把他们写下来的时候就不怪了。因为我觉得这就是我想讲述的故事和藏在故事背后的关联。

**另外一个我很欣赏的地方是，我发现你在取舍方面非常小心翼翼。你在书中提到了米莉安的童年，这里有向斯蒂芬·金的《魔女嘉莉》致敬的影子，你还提到了英格索尔对其奶奶的继承，书中还有其他暗示魔法或超自然的地方。不过这些都只是增加了本书的神秘感，有些东西读者恐怕仍然一头雾水。你觉得米莉安的超能力是从何而来呢？平时我们常见的有通灵和用骨头占卜，还有其他的超自然现象存在吗？**

我想她的超能力的根源应该是创伤。有时候不幸事件会导致其他的不幸事件，就像推倒了多米诺骨牌。米莉安的孩子死了，自己也差点一命呜呼，这就留下了心灵创伤。人就像天线，会传播痛苦，也会接受别人痛苦的频率。

这个方面就为米莉安的世界中存在其他超自然能力提供了空间。我认为她的能力具有唯一性，世上没有任何人能看到她看到的东西，但我认为同样也会有其他种类的超能力存在。但在这本书中我只是不愿多说而已,你不妨看看我的续集作品。

至于米莉安的世界中会不会涵盖吸血鬼、食尸鬼、狼人以及僵尸等元素,我觉得不会。

另外,米莉安的灵视和梦境提出了一个很有意思的问题。那个在梦境中与她交谈的到底是什么东西?是鬼吗?流产而死的孩子的鬼魂?某种奇怪的命运之神或自由意志,或躲在面纱后面的存在?或者那只是她自己的幻想,被赋予了人格面具的个人意志?我是知道答案的,但请允许我卖个关子,因为时候还未到。

**书中最神秘的部分在米莉安造访通灵师的时候差一点揭开,这是一个非常关键的时刻,不过随后故事的走向发生了极大改变。米莉安的过去、她的超能力的本质、那个与她同在的另一个存在,这些在续集中会继续关注吗?**

绝对的。续集 *Mockingbird* 说的是本故事一年之后的事。米莉安一直忌讳使用自己的超能力,她戴着手套,拒绝与任何人接触。

但当她从自我流放中回归时,生活再度陷入了过去那种境地,而随着故事的发展,她的能力也在发展。因此她会想方设法地压抑自己,隔绝自己。

我们会进一步了解她的身世,她的过去,包括她与家人的关系。

**米莉安的故事会只写两部吗?**

其实如果需要的话,她的故事完全可以一口气讲完。你走进她的生活,经历一段悲摧的时间,一段沧桑巨变的时间,一段对于她的性格而言相当于里程碑式的时间，然后便离开，并确信她已经改变。至于是变好了还是变坏了，谁知道？

但于我而言，这个故事在我脑子里就是一个系列性的存在。不只是两本书，而是一系列的故事。米莉安的超能力可以做出延伸，比如她能利用自己的能力有效阻止谋杀。因此就她的性格而言，有很多可能的发展走向。当然，我可以很轻松地让她恢复正常生活，也可以很轻松地让她再度崩溃，只要动动笔就可以了。但我总觉得把她作为一个系列故事的主角来写是可行的。

至少我的计划是这样的。我知道她的故事该在哪里结束。但现在米莉安·布莱克的故事离结束还早着呢，这一部没有结束，下一部也不会结束。

**这本书的整体格调比较阴郁黑暗，虽然你在其中穿插了不少小幽默和俏皮话。但也有非常多的粗口和暴力成分，这些都反映了米莉安所处的生活环境。写这些的时候需要特别的精神状态吗？你对动作的描写非常到位，要想写出一个出色的搏斗场景，你需要画多少草图进行设计？**

黑暗？粗口？暴力？我？得了吧。

这些我顺口就能来，有时候容易得简直让我感到不安。米莉安这个角色很容易代入，不过这种代入有时候并不会让人觉得舒服。比如，嘿，描写这个神经病女人一点问题都没有。那感觉就像穿上一件用鸟骨头、香烟和怪物的皮为我量身定制的衣服。

动作场面也是小菜一碟。但我不会事先设计动作。身为作者，本书对我是一次非常重要的磨炼机会，包括概括与设计，但我觉得把所有搏斗细节以画草图的方式展示出来作用不大。我通常是心里怎么想就怎么写，就像自己亲身去打架一样。

为了烘托搏斗场面，尤其你想表现其残酷和出其不意的一面，这时你就更要代入其中，现场演示出来，看看会是什么样的情况。以酒吧那一场为例，你停下来，考虑下一个动作，表演出来，再停下来，考虑下一个动作，如此下去。于是一个结果套着另一个结果，不管是出拳还是砸瓶子，连接到一起，便都一气呵成了。

当然，和其他场景一样，搏斗场面也是写写改改，反复推敲出来的。

**在谈论我的作品 Empire State（《帝国》）时，你问过我一个很难的问题，你问我，我是如何使那部作品保持了我的风格。读过你这部作品后，我惊讶地发现，这本书根本就不可能出自别人之手。我相信读者们都很熟悉你的作品，包括你个人网站上的文章，他们一定也会有同样的感受。所以请允许我把这个问题问回给你。你是如何让《知更鸟女孩》这部作品保持你的个人风格的？**

我早就料到你会问这个问题了，不过，我也不知道答案。

对作家来说，表达是个很难捉摸的东西。如果你刻意地想要塑造某种标志性的表达形式，通常是很难成功的。如果你信马由缰，完全放开，要表达的东西自己就跑到你脑子里来了。也就是说，什么都不必在意，我手写我心，把自己的写作技巧发挥到最高水平就可以了，在这个过程中词汇选择、语言风格、人物特点、对话、故事、情节等要素会互相碰撞、交融、补充，一部完全属于你的作品便诞生了。这样的作品即便你不署名，读者也能看出是你的。

说到这本书，不得不说说米莉安。我和她之间没有任何相似之处，但我有时候总能听到她在我的脑子里踱来踱去，抽着烟，嘴里诅咒着她自己的命运、你的命运、大家的命运，甚至连没有橘子汽水卖的自动售货机也逃不掉她的诅咒。

另外一个明显的部分就是脏话。

很多读者都知道，我是很喜欢用脏话的，而且喜欢用新鲜的脏话。

我对脏话的偏爱是受了我爸爸的影响。可以说他这方面的影响在我脑子里始终阴魂不散。主题是始终存在的。死亡，鸟，脏话，诸如此类的东西。作家也是人，我们都有各自的小癖好，而且在创作时也会时不时地表现出来。

**你已经写了一系列适合青少年阅读的中篇小说，比如 *Shotgun Gravy*，《知更鸟女孩》的风格与青春小说完全不同，你是怎么从一种风格的作品转到另一种风格的？**

我猜这恐怕就是作家的天性吧。就像演员要尝试不同的角色一样，作家也要尽可能多地尝试塑造新的人物。

但至于写作风格，也就是作者的个人风格，这部作品和以往的作品还是有共同之处的。它们主题相似，人物特征相似，说的都是两个有着惨痛经历的女性主人公，两人所走的路都近乎疯狂。*Shotgun Gravy* 可以说比《美眉校探》或《神探南茜》更黑暗更扭曲，它的主人公亚特兰大·伯恩斯是个十七岁的小姑娘，和米莉安非常不同，但她们都与黑暗有着无法回避的关系且都经历了一系列的磨难。

有很长一段时间，我对自己脑子里老是蹦出某些主题和创意的想法感到担心，但随后我就意识到，那只是我性格中的一部分，也是我创作风格的一部分。只要加以约束，不使其泛滥，那么它对一个锐意探索同一主题的作家来说，兴许并不是坏事。

**《知更鸟女孩》采用了一般现在时的时态。这是你有意为之的，还是这只是你的写作习惯？**

是有意为之的，这本书一开始并不是如此。初稿，甚至在全书已经接近完成的时候，我用的仍是过去时。

但《知更鸟女孩》属于过程式的创作，它带有电影剧本的风格，而剧本通常都是采用的一般现在时。因为那样显得一目了然，非常直接。所以我就觉得这本书也需要给读者带来那种感觉。尤其是米莉安的超能力在情节中需要带有一定的时间性，一般现在时能让读者更有代入感，仿佛与米莉安同呼吸，共命运。

有人说一般现在时更有电影感，我不知道是不是真的，但我的确借鉴了电影剧本的创作手法，而且使情节中的每一个片段动作都突出了这种现时的特点。一般现在时帮助我营造了更为紧张的气氛。因为感觉故事正在发生着，一切未成定论，对于这样一个围绕命运展开的故事来说，这似乎非常合适。

**你刚才说到过程式的创作，能否解释一下？**

是这样的：

《知更鸟女孩》……实际上是我写的第六部小说，但之前的五部全都是垃圾，根本不值一提。

问题是我完成不了，总是写着写着就钻进了死胡同。而且更糟的是，我直到碰了一鼻子灰才发现自己进了死胡同，而在那之前已经写了大段大段漫无边际的情节。我安慰自己说，没关系，这是一部公路小说，但这只是一种需要即刻消灭的妄想。

不过我总能认清问题的所在，虽然没那么及时。有一天我姐姐写信告诉我说，有一场剧本写作大赛，获胜者可以得到真正编剧一年的辅导，当时说的编剧是斯蒂芬·苏思科，他是 *Grudge* 和 *Red* 这两部影片的编剧。

他的专长在于改编。我当时想："嘿，如果我赢了，然后在大编剧的帮助下完成我的《知更鸟女孩》，就能把这部未完的小说写成剧本，然后再还原成小说。"当然，我对剧本创作没多大兴趣，也没有那方面的才华，所以就没抱多大希望。《知更鸟女孩》仍然是一部连题目都没有的半成品，兴许某一天我心情不好的时候就会把它束之高阁，再不问津。

不过没想到的是，我赢了。

所以我打算用一年时间把这个故事写成剧本。意想不到的是，苏思科的家离我家竟然只有几分钟的路程，我们还上过同一所高中，有了这层关系，我们的相处就融洽多了。我发现他的建议总是能说到点子上，他向我提出的第一个也是最重要的一个建议，我恐怕永远都忘不掉：

勾勒故事大纲。

勾勒故事大纲？我的第一反应是，我的故事岂不是完了？那肯定会扼杀我的想象力啊。当然，这只是自欺欺人。他非常清楚地告诉我说，剧本创作这个行当的核心说白了就是大纲。他让我学着写剧本，并让我学着爱上这一行。

一年后，《知更鸟女孩》的剧本完成了，我又花了点时间把它改成了小说。我严格按照剧本大纲去改写，需要调整的地方就做出些调整，就像根据小说拍摄电影那样。

总共算下来，从剧本到小说，《知更鸟女孩》一共改了八九稿，有些时候易稿基本上就相当于重写了一次。

过程虽然很繁杂，但最终总算成功了，现在我对写小说有了更深刻的认识。

**嗯，也就是说，勾勒大纲是关键。可你是怎么勾勒大纲的呢？你经常在网络上向人提供写作建议，那么对于如何勾勒一部小说你有什么高招吗？**

　　我的确经常在网站上为人们解答一些疑问，但是想当作家的话，从网站上是看不到什么教条的。我觉得作家应该经常聊一聊自己的工作，而我最常聊的一个话题就是如何列提纲。有些作家是不需要大纲的，我也是这一类。我们在创作之初，故事的大概便了然于胸了，只需适当增添些情节而已。

　　同样，我也不会按照特定的模式勾勒大纲。每一部作品都需要不同的大纲。我最常用的一个模式就像搭帐篷一样，先栽好桩子，比如一个故事需要五个或十个情节段落，那就是五个或十个桩子，这些桩子缺一不可。

　　有些作品是需要按章节勾勒大纲的，有些人会需要故事进度表或概要。不同的故事需要做好不同的准备，这跟做什么饭就准备什么样的食材是相同的道理。


　　**从剧本创作培训中，你还学到了什么？不管是电影、电视剧还是漫画的剧本，我觉得它们都有一个非常迷人的地方，那就是基本上里面全是对话。你觉得散文小说类作家有必要学习这种写作方法吗？**


　　让我受益最深的是我在圣丹斯电影剧本创作研究室与我的搭档兰斯一起合作的日子。我们和一些一流的编剧研究了数天，讨论故事概念、人物角色和特点等。那是非常宝贵的一段经历。

　　我从中学到的最宝贵的知识就是懂得了——故事就是故事。不管我们谈论的是游戏、小说、电影或漫画，故事就是故事。它们仍然保留着叙述的创意、规则和传统。虽然每一种表现形式都有其各自的挑战和优势，但归根结底，故事才是灵魂。

　　同时，作家应该是多才多艺的，需要尝试不同的形式，从短篇小说到漫画脚本到游戏资料，最后再回到小说。不管选择了哪种形式，你的故事必须能够直击读者的心，最好能使其感觉就像是从作者的内心喷涌而出的。

**剧本创作研究对你今后的工作会有哪些影响吗？**

这是个很有意思的问题。本来我只是想借助学写剧本的机会完成我的小说，哪承想现在倒成了一个正经编剧。我们有一部电影短片名叫《流行病毒》（*Pandemic*）参加了 2011 年的圣丹斯电影节，还有一部篇幅较长的影片正在制作，名叫《他》（*Him*）或者《希望渐失》（*Hope is missing*），我和搭档还有个新的试验项目刚刚启动，另外我们的跨媒体项目《休克》（*Collapsus*）被提名了国际数字艾美奖。这些成就与《知更鸟女孩》息息相关。

作家的成长之路是很疯狂的，我们一边埋头向前挖，一边把身后的路炸掉。

**查克，非常感谢你能接受我的采访。呃……要不要把电极片撤掉？或者你还想再爽一会儿？**

不用不用。我感觉很好。就算被电尿了也是超级舒服的，像老友重逢。

亚当·克里斯多夫是 *Empire State*（《帝国》）的作者，其最新作品 *Seven Wonders*（《七大奇迹》）即将面世，两部作品均为愤怒机器人出版社（Angry Robot）出版。欲了解他的更多信息，可登录网站：adamchristopher.co.uk 查询，或推特 @ghostfinder。

# 《知更鸟女孩》专有名词中英对照表

Chuck Wendig —————————————————— 查克·温迪格（作者）

Del Amico —————————————————— 德尔·阿米可（男名）

Miriam Black —————————————————— 米莉安·布莱克（女名）

North Carolina —————————————————— 北卡罗来纳州（地名）

Crayola —————————————————— 绘儿乐（商标名）

Timex —————————————————— 天美时（商标名）

Sears —————————————————— 西尔斯百货

Oscar Wilde —————————————————— 奥斯卡·王尔德（男名）

I-40 —————————————————— 40号州际公路

Chick-fil-A —————————————————— 福来鸡快餐店

Frankenstein —————————————————— 弗兰肯斯坦（男名）

Paul —————————————————— 保罗（男名）

Johnny walker —————————————————— 尊尼获加（酒）

Red label —————————————————— 红牌（红方）

Rebel Base —————————————————— 《反抗基地》（杂志）

Joe —————————————————— 乔（男名）

Virgin Mary —————————————————— 圣母玛利亚

Louis —————————————————— 路易斯（男名）

CB —————————————————— 车载无线电台

Day of the Dead —————————————————— 墨西哥亡灵节

Sugar skull —————————————————— 骷髅糖

Ben —————————————————— 本（男名）

Cincinnati ------------------------------------- 辛辛那提市（地名）

Charlotte ------------------------------------- 夏洛特市（地名）

Andrew Jackson ------------------------- 安德鲁·杰克逊（男名）

Google ------------------------------- 谷歌（网络搜索工具）

Iron Butterfly ------------------------------- 铁蝴蝶乐队

Tennessee ------------------------------- 田纳西州（地名）

Ashley Gaines ------------------------- 阿什利·盖恩斯（男名）

Thunderdome --------------------《霹雳神探怒扫飞车党》（电影）

Jurassic Park ------------------------- 《侏罗纪公园》（电影）

Coors Light ------------------------------- 库尔斯淡啤

Ford Mustang ------------------------------- 福特野马（汽车）

Spongebob ------------------------------- 海绵宝宝（动画角色）

Richmond ------------------------------- 里士满（地名）

Harry Osler ------------------------- 哈里·奥斯勒（男名）

Pennsylvania ------------------------- 宾夕法尼亚州（地名）

Bren Edwards ------------------------- 布伦·爱德华兹（男名）

Tim Streznewski ------------------- 蒂姆·斯特勒斯纽斯基（男名）

Ben Hodges ------------------------- 本·霍奇斯（男名）

Raleigh-Durham ------------------------- 罗利达勒姆（地名）

Dracula ------------------------------- 德拉库拉（男名）

Toledo ------------------------------- 托莱多（地名）

Clark ------------------------------- 克拉克（男名）

Rick Thrilby ------------------------- 里克·斯瑞尔比（男名）

Irving Brigham ------------------------- 欧文·布里格姆（男名）

Jack Byrd ------------------------- 杰克·伯德（男名）

Virginia ------------------------------- 弗吉尼亚州（地名）

Norman Rockwell —————————————— 诺曼·洛克威尔（男名）

Craig Benson ———————————————— 克雷格·本森（男名）

Honda —————————————————————— 本田（汽车品牌）

Kenny Rogers ————————————————— 肯尼·罗杰斯（男名）

The Gambler —————————————————《赌徒》（歌曲）

John Deere ——————————————————— 约翰·迪尔（公司名）

Kubota ———————————————————————— 久保田（公司名）

Tremayne Jackson ———————————— 特雷梅恩·杰克逊（男名）

Harriet Adams ——————————————— 哈里特·亚当斯（女名）

Frankie Gallo ————————————————— 弗兰克·加洛（男名）

Oldsmobile Cutlass Ciera ————————— 奥兹莫比尔短剑西拉（车）

Brookard Street ————————————————— 布鲁卡德街

Maggie ——————————————————————— 玛姬（女名）

Jehovah's Witnesses ——————————————— 耶和华见证会

National Geographic ————————————《国家地理》杂志

Eleanor Gaynes ——————————————— 埃莉诺·盖恩斯（女名）

Zippo ———————————————————————— 芝宝打火机

Providence ————————————————————— 普罗维登斯（地名）

Asheville ——————————————————————— 阿什维尔（地名）

Ingersoll ——————————————————————— 英格索尔（男名）

Star Trek ——————————————————————《星际迷航》（电影）

Sulu —————————————————————————— 苏鲁少校（电影人物）

Des Moines ——————————————————————— 得梅因（地名）

Wendy's ———————————————————————— 温迪快餐店

McSlurry ————————————————————————— 麦旋风（冰淇淋）

Austin ———————————————————————————— 奥斯汀（男名）

Waffle House —————————————————— 华夫屋 ( 快餐店 )

Sex and the City —————————————《欲望都市》( 美剧 )

Jo Ann Fabrics ————————————————— 乔安面料店

New York ————————————————————— 纽约 ( 地名 )

Philly ——————————————————————— 费城 ( 地名 )

Portland —————————————————————— 波特兰 ( 地名 )

Delaware ————————————————————— 特拉华州 ( 地名 )

Shelley ——————————————————————— 谢莉 ( 女名 )

CDL ————————————————————————— 商业驾照

Mennonite ————————————————————— 门诺派教徒

Evelyn Black ——————————————— 伊芙琳·布莱克 ( 女名 )

Mary ———————————————————————— 玛丽 ( 女名 )

Fanta —————————————————————————— 芬达汽水

Mello Yello ——————————————— 美乐耶乐 ( 品牌名称 )

Scully ——————————————————————— 史考莉 ( 女名 )

Mudler —————————————————————— 穆德 ( 男名 )

Green Crème De Menthe ———————————— 绿薄荷甜酒

Jimmy DiPippo —————————————— 吉米·迪皮波 ( 男名 )

Scranton ————————————————————— 斯克兰顿 ( 地名 )

Range Rover ———————————————————— 路虎揽胜 ( 汽车 )

James ————————————————————————— 詹姆斯 ( 姓氏 )

Bronx ——————————————————————— 布朗克斯 ( 地名 )

Brooklyn —————————————————————— 布鲁克林 ( 地名 )

Vanna White ————————————————— 凡娜·怀特 ( 女名 )

Randy Hawkins ————————————— 兰迪·霍金斯 ( 男名 )

Empire State Building ————————————————— 帝国大厦

King Kong ———————————————————— 金刚（电影角色）

Maryland ———————————————————— 马里兰州（地名）

Ohio ———————————————————— 俄亥俄州（地名）

Blanchester ———————————————————— 布兰切斯特（地名）

Andrew Jackson ———————————————— 安德鲁·杰克逊（男名）

Nancy ———————————————————— 南希（女名）

Doylestown ———————————————— 多伊尔斯敦（地名）

Dan Stine ———————————————————— 丹·斯泰恩（男）

Muriel Stine ———————————————— 穆里尔·斯泰恩（女名）

Poison ———————————————————— 毒药乐队

Mötley Crüe ———————————————————— 克鲁小丑乐队

Warrant ———————————————————— 通缉令乐队

Winger ———————————————————— 温格乐队

Rebecca ———————————————————— 丽贝卡（女名）

Field and Stream ———————————————《田野与溪流》

Mike ———————————————————— 迈克（男名）

Coopersburg ———————————————— 库珀斯堡（地名）

Enola Gay ———————————————— 艾诺拉·盖号轰炸机

Jeff ———————————————————— 杰夫（男名）

Milba ———————————————————— 米尔巴（女名）

Aaron ———————————————————— 亚伦（男名）

Atropos ———————————————— 阿特洛波斯（女名）

Tito Ortiz ———————————————— 提托·奥提兹（男名）

Crème brûlée ———————————————— 法式焦糖布丁

Walter ———————————————————— 沃尔特（男名）

Pine Barrens ———————————————— 松林泥炭地（新泽西州）

Barnegat ———————————————————— 巴尼加特（地名）

Long Beach Island ——————————————— 长滩岛（地名）

Garden State expressway ————————— 花园高速公路

Virginia Slims —————————————————— 维珍妮牌女士香烟

Sundance Screenwriting Lab ——————— 圣丹斯电影剧本创作研究室

Lance Weiler —————————————————— 兰斯·威勒（男名）

Pandemic ——————————————————《流行病毒》（短片）

Collapsus ————————————————————《休克》

International Digital Emmy ————————— 国际数字艾美奖

Games 4 Change —————————————— 创新游戏大奖

Hunter: The Vigil ————————————《猎人：夜幕巡守》（游戏）

Michelle ——————————————————— 米歇尔（女名）

Soylent Green ————————————————《超世纪谍杀案》

Stephen Susco ————————————— 斯蒂芬·苏思科（男名）

Jason Blair ————————————————— 杰森·布莱尔（男名）

Matt Forbeck ——————————————— 马特·弗贝克（男名）

Stacia Decker ——————————— 斯达西亚·德克尔（女名）

Lee ———————————————————————李（男名）

Marco ——————————————————— 马尔科（男名）

Darren ——————————————————达伦（男名）

Joey ——————————————————乔伊（男名）

Adam Christopher ——————————— 亚当·克里斯多夫（男名）

图书在版编目（CIP）数据

知更鸟女孩 / (美) 温迪格著 ; 吴超译. -- 南昌 :百花洲文艺出版社, 2016.3

ISBN 978-7-5500-1619-4

Ⅰ.①知… Ⅱ.①温… ②吴… Ⅲ.①长篇小说—美国—现代 Ⅳ.①I712.45

中国版本图书馆CIP数据核字(2016)第008644号

江西省版权局著作权合同登记号：14-2016-0007

Blackbirds by Chuck Wendig

Copyright © 2012 by Chuck Wendig

Published by agreement with Donald Maass Literary Agency through The Grayhawk Agency.

Simplified Chinese edition copyright © 2016 by Beijing White Horse Time Culture Development Co.Ltd.

All rights reserved.

出 版 者　百花洲文艺出版社

社　　址　江西省南昌市红谷滩世贸路898号博能中心20楼　　　　邮编：330038

电　　话　0791-86895108（发行热线）0791-86894790（编辑热线）

网　　址　http:www.bhzwy.com

E-mail　　bhz@bhzwy.com

书　　名　知更鸟女孩

作　　者　〔美〕查克·温迪格

译　　者　吴　超

出 版 人　姚雪雪

出 品 人　李国靖

特约监制　何亚娟

责任编辑　王丰林　黎紫薇

特约策划　高　蕙

特约编辑　王　婷　王　瑜

封面设计　林　丽

封面插图　so.pinenut

版权支持　高　蕙

经　　销　全国新华书店

印　　刷　北京市兆成印刷有限责任公司

开　　本　1/32　880mm × 1230mm

印　　张　10.25

字　　数　220千字

版　　次　2016年5月第1版

印　　次　2016年5月第1次印刷

定　　价　32.00元

ISBN 978-7-5500-1619-4